S. K. Reyem

Todesregion Deutschland 3
-Ihr Trieb beherrscht die Welt-

Bibliografische Information der Deutschen National-bibliothek: Die Deutsche Nationalbibliothek verzeichnet diese Publikation in der Deutschen Nationalbibliografie; detaillierte bibliografische Daten sind im Internet über http://dnb.dnb.de abrufbar.

Umschlagkonzept: **S. K. Reyem**
Umschlagbild: **S. K. Reyem**
Satz: **S. K. Reyem**
Lektorat: **Ralf Niemczyk**

Herstellung, Druck und Bindung: BoD – Books on Demand, Norderstedt

ISBN: 978-3-7460-6433-8

Prolog

»So ein Mist. Wie konnte das denn jetzt passieren? Wie ist die allgemeine Wettersituation?«

»Das ist doch jetzt scheißegal. Willst du hier tot umkippen? Wir müssen schnellstens hier raus.«

»Hier raus? Was spielt das jetzt noch für eine Rolle? Du glaubst im Ernst, wir kommen hier noch weg? Nein, nein mein Freund, wir sind so oder so nicht mehr zu retten. Das kannst du abhaken. Was meinst du, wie es da draußen aussieht?«

Mit einem lauten Knall flog die Tür zum Überwachungsraum auf und Madison sauste herein. Liam schaute sich zu ihr um und kniff die Augen zusammen. William hielt sich die Ohren zu. Bei offener Tür ließ sich der heulende Lärm der an- und abschwellenden Alarmanlage kaum ertragen.

»Schlimmer kann es nicht kommen. Den Idioten ist der ganze Behälter umgekippt, siebzig Liter. Wie sind die bloß auf die wahnwitzige Idee gekommen, so einen Scheiß überhaupt zu produzieren? Bestimmt wieder die Generäle«, schrie Madison, die erste Sekretärin der Forschungsabteilung, den beiden Jungs an den Kontrollbildschirmen entgegen.

Dabei warf sie einen neugierigen Blick auf die Wand von Projektionswänden, Knöpfen, Schiebern und Kontrollanzeigen. Die komplette hintere und die rechte Wand des Kontrollraums wurden von ihnen eingenommen.

Madison kannte den Raum gut. Täglich besuchte sie hier ihren Freund Liam, auch wenn es gegen die Vorschriften verstieß. Jetzt erkannte sie anhand der unzähligen roten und blinkenden Anzeigen die Miesere. Ihre schon lange gehegten, schlimmsten Alpträume bewahrheiteten sich heute. Eigentlich durfte das nie passieren. Jede einzelne Tätigkeit in diesem Hause wurde strengsten Sicherheitsbestimmungen unterworfen. Und doch...

»Was ist das denn überhaupt – die siebzig Liter?«, zeigte sich William trotz der Aufregung neugierig.

»Genau kann ich das nicht erklären. Ist wohl ein Kampfstoff. Soweit ich weiß, haben sie resistente Bakterien gezüchtet und dann in die Bakterien ein tödliches, genmanipuliertes Virus gepflanzt – das alles in einer Flüssigkeit. Bekämpft man das Bakterium mit Antibiotika, kann man damit nicht den Virus bekämpfen und geht man mit einem Virostatika gegen den Virus vor, bleibt das Bakterium unbehelligt. So ähnlich zumindest. Ein genialer biologischer Kampfstoff. Mehr weiß ich nicht. Keine Ahnung, was das mit den Menschen sonst noch macht.«

»Es ist einfach in die Klimaanlage gelaufen«, bemerkte Liam trocken und zeigte auf eine kleine, wild wackelnde Nadel einer Anzeige.

»Dann nichts wie raus«, argumentierte Madison in dieselbe Richtung, in die William vor wenigen Minuten redete.

»Ich hab es doch grade schon gesagt, es ist zu spät«, sagte Liam und fuhr dabei aus der Haut, »ich muss jetzt wissen, wie die Wetterlage ist!«

»Es scheint die Sonne, das hast du doch vorhin selber gesehen. Was soll das? Willst du uns verarschen?«

William regte sich jetzt ebenfalls auf.

»Versteht du Blödmann noch irgendetwas?«

Liam verzog sein Gesicht.

»Siebzig Liter toxische Substanz, Klimaanlage, mit vierhundertzwanzig Metern höchster Schornstein der Welt, Hochdruckwetter, Jetstream. Alles klar?«

»Nein, verstehe ich nicht. Ich weiß nur, dass uns hier bald der Arsch auf Grundeis geht, wenn wir nicht sofort abhauen.«

William sprang auf und griff Liam an den Arm, wollte ihn von seinem Sitz zerren.

»Finger weg!«

»Nun gebt endlich Ruhe. Hier geht alles den Bach runter und ihr streitet über das Wetter!«, fuhr Madison dazwischen.

»Also ganz ruhig Leute«, meinte Liam schwitzend, »Punkt Eins: Die siebzig Liter hätten niemals auslaufen dürfen. Irgendein Schwachkopf hat die Sicherheitsbestimmungen umgangen, ohne darüber nachzudenken, mit welcher Art Substanzen in unserem Labor gearbeitet wird. Punkt Zwei: Weil sie gleich mit siebzig Litern rummachen mussten, besaßen sie viel zu viel von dem Zeug. Bis sie die Belüftungsanlage abstellen konnten, sind ihnen ein paar Liter in die Anlage gelaufen. Punkt Drei: Je nachdem, welche Schieber offen waren, sind damit mindestens die obersten sechs Etagen verseucht. Wenn wir Glück haben, sind unsere Etage sowie Etage sieben und acht sauber – aber eben nur, wenn wir Glück haben. Punkt Vier: Mit dem Glück können wir trotzdem nichts anfangen. Als sie im Labor endlich die Belüftungsanlage ausgestellt hatten, sorgte das für das Anspringen der Gebäudeentlüftung. Dadurch saust das Zeug mit Höchstgeschwindigkeit durch unseren Schornstein. Die digital gesteuerte Filteranlage darin ist aus – wurde heute gereinigt.«

Mit verzerrter Fratze wies Liam auf einen der Bildschirme oben rechts. Der überlegene Gesichtsausdruck, den er aufsetzen wollte, misslang.

»Dann haben wir die Scheiße in die Umwelt gepustet?«, wollte Madison wissen.

»Genau das«, bemerkte Liam, »doch vermutlich kommt es noch schlimmer.«

»Wie jetzt?«

»Wir haben draußen einen riesigen Hochdruckeinfluss. Jahrhunderthoch sozusagen. Das Teil dreht sich im Uhrzeigersinn und reicht von Miami im Süden bis Portland in Maine. Deswegen muss ich wissen, was mit den Jetstreams ist.«

»Was hat das mit den Jetstreams zu tun? Was ist das überhaupt?«

»Jetstreams sind Starkwindbänder, die sich in der Troposphäre um die ganze Welt legen. Hast wohl im Studium geschlafen, was?«

»Ich hab das kontrolliert«, mischte sich jetzt William ein und man konnte seinem Gesicht die erschütternden Nachrichten ansehen, die er vermelden musste.

»Wie sieht's aus, William?«

»Der subtropische Jet verläuft exakt über Florida und der Polar Jet streift Michigan und die New England Staaten. Es ist alles aus.«

»Was heißt das, es ist alles aus?«, kreischt Madison hysterisch.

»Ganz einfach, Madison. Ein halber Liter genügt, um ganz Virginia zu infizieren. Durch den Kamin sind mindestens fünfzehn bis zwanzig Liter gegangen, bevor wir das abstellen konnten. Wir befinden uns direkt am Rande des Hochdruckgebiets. In zwei Stunden ist das Zeug über New York gezogen und nach weiteren drei Stunden ist jeder in Florida, der sich an der freien Luft aufhält, verseucht. Die Jetstreams befinden sich in zwölf Kilometern Höhe und besorgen den Rest. Sie verteilen das Zeug über die ganze Welt. Europa ist in zwei oder drei Tagen dran. Nordafrika einen Tag später. Über dem indischen Ozean schiebt der Nordostpassat den Mist nach Süden und zack, bleibt von Südafrika, Südamerika und Australien auch nichts mehr übrig. Keiner kann das mehr aufhalten.«

»Was heißt das? Es bleibt nichts mehr übrig? Wir werden alle krank?«

Plötzlich schwang die Tür zum Gang erneut auf und donnerte mit einem Höllenkrach gegen die Wand. Drei gierig aussehende Gestalten mit weit aufgerissenen Mündern drängten herein und stürzten sich grunzend auf Madison, Liam und William. Denen blieb kaum Zeit zur Reaktion. Eine der Gestalten trieb seine Zähne tief in Madisons Hals. Sie zuckte zurück und riss dadurch ein großes Stück ihres Fleisches mit heraus. Blut spritze, Menschen schrien, Madison zuckte heftig und William schlug und trat wild um sich. Nur Liam saß ruhig da und schaute der ersten Gestalt, die sich vor ihn aufbaute, direkt in die leblosen Augen. Diese biss ihn mitten ins Gesicht und er starb ohne einen Laut von sich zu geben. Riecht nach ranziger Leberwurst, dachte er noch.

Fünf Minuten später herrschte Stille.

(1)

»Georg«, sagte seine Mutter ab und an und erhob dabei mahnend den Zeigefinger der rechten Hand, »mach so weiter und du wirst einsam und alleine enden.«

An diese Worte dachte der baumlange Georg jetzt. Er raffte seinen Gleitschirm zusammen, schnappte sich seine Sachen und machte sich auf den Weg zur Grundhütte. Dem angesagten Durchzug einer größeren Wolke mit Nieselregen wollte Georg ausweichen. Der Verzehr eines Kaiserschmarrens aus Luises Küche in der Berghütte würde über die Wartezeit hinweghelfen. Sollten doch die Anderen in der Schlange stehen, um sich mit ihren Gleitschirmen noch vor dem Wetterwechsel ins Tal zu stürzen. Er, Georg, würde warten können. Mit den Anderen wollte er nichts zu tun haben. Die gingen ihn nichts an.

Jede freie Minute nutzte Georg zur Ausübung seines Hobbies. Knappe siebenhundert Kilometer betrug die Entfernung zwischen seinem Wohnort in Essen und dem Tannheimer Tal – einem Mekka für Gleitschirmflieger. Neue Freunde fand er bei seinem Sport nicht – wollte er auch nicht - und seine Familie mied er sowieso.

Größere Menschenansammlungen stießen ihn ab. Es existierte nur ein einziger Ort, an dem ihm große Menschenmengen nicht störten – das Stadion seines Heimatvereins Rot-Weiss Essen. Im Fußballstadion fühlte er sich wohl, da lebte er ebenso auf wie in den Zeiten, in denen er in seinem Gleitschirm über die Landschaften schwebte. Von seinem bewegten Leben in der Fanszene dieses Vereins zeugte das große Tattoo, welches die komplette rechte Seite des Halses zierte. „Nur der RWE" stand dort zu lesen, direkt neben dem bekannten, runden Logo des Vereins Rot-Weiss Essen.

An der Grundhütte angekommen, suchte er im Inneren nach einem Tisch, an dem er alleine saß - gerade so wie er sich am wohlsten fühlte. Nach einer Weile verließen die anderen Gäste die Berghütte. Luise servierte ihren berühmten Kaiserschmarren und verschwand dann ebenso wie die letzten Gäste, die sich zur Seilbahn aufmachten. Der gesamte Schankraum lag nun menschenleer vor ihm.

Georg dachte über das Alleinsein nach und fühlte sich dabei durchaus wohl. Draußen setzte der erwartete Nieselregen ein.

Ein paar Gedanken an verschmähte Lieben und einige Zeigerumdrehungen später stand ein leergefegter Teller und ein geleertes Weizenbierglas vor Georg auf dem Tisch. Er legte die Euro, die er Luise für Speise und Getränk schuldete, auf den Tisch, raffte abermals seine Sprungutensilien zusammen und verschwand durch die Eingangstür. Die Wolke, die den Nieselregen brachte, zog mittlerweile weiter gen Süden. Der trockene Boden sog die kleinen Mengen an Regenflüssigkeit auf.

Diese Ruhe, dachte Georg und wunderte sich, ganz alleine zu sein. Kein Mensch hielt sich in seiner Umgebung auf.

Eine leichte, über seine Haut streichende Briese, zauberte ein Lächeln in sein Gesicht. Das sind die richtigen Bedingungen für einen Flug, dachte er. So würde er gut und gerne vierzig Minuten in der Luft bleiben können.

Am westlichen Startplatz angekommen, zurrte Georg seinen Gleitschirm zurecht, legte ihn für den Start bereit und ordnete die einzelnen Seile, die er fest mit dem dazugehörigen Sitz und seinem Geschirr verband.

Genüsslich steckte er sich den rechten Zeigefinger in den Mund und befeuchtete ihn mit Spucke. Dann schloss er die Augen und hob den Zeigefinger steil in die Luft. Ja, das würde passen. Genau das richtige Wetter.

Ein kurzer Zug an den Seilen und der Gleitschirm erhob sich in die Lüfte. Georg drehte sich zum Abhang. Zwei, drei Schritte und der Gleitschirm segelte mit Georg davon. Rasch kamen durch den Auftrieb zu den Höhenmetern am Startplatz weitere dreihundert Meter Höhe dazu.

Am Ende des Tals fuhren Fahrzeuge mit Blaulicht in das Tal ein.

Georg beachtete das nicht weiter. Seine Aufmerksamkeit gehörte einem anderen Gleitschirmflieger, der eine Weile vor ihm gestartet sein musste. Offenbar verlor er die Kontrolle über sein Fluggerät. Jetzt geriet er vollends ins Trudeln und fiel die letzten hundert Meter wie ein Stein vom Himmel. Davon erschrocken, konnte Georg seine Blicke nicht mehr von der Szenerie lösen. Zu seiner Verwunderung bewegte sich der eben abgestürzte Kollege noch, trotz des Sturzes aus dieser Höhe.

Quietschende Bremsen und ein lauter Knall, der entsteht wenn Metall mit hoher Geschwindigkeit auf Metall trifft, rissen Georg aus seiner Starre. Zwei Autos begegneten sich auf der Bundesstraße, die durch das Tal führte. Sie wichen einander nicht aus, sondern stießen frontal zusammen. Was ist denn jetzt los, dachte Georg.

Er beobachtete, wie vier Personen zur Unfallstelle gingen – langsam gingen – die Türen der Fahrzeuge öffneten und die in den Autos befindlichen Menschen herauszerrten. Das sah so gar nicht nach erster Hilfe aus und verwirrte ihn vollends.

Georg wollte jetzt lieber schnell landen. Irgendetwas konnte hier nicht stimmen.

Sein Fluggerät näherte sich dem Landeplatz. Aus Richtung des nächsten Dorfs kam eine größere Gruppe von Menschen herangelaufen. Scheinbar wollten sich die Leute in den nahen Feldern verstecken. Eine ebenso große Gruppe von Personen folgte der ersten, nur viel langsamer. Dabei entwichen den Menschen der zweiten Gruppe seltsame, gurgelnde Laute. Die letzten beiden Leute der ersten Gruppe, zwei ältere Herrschaften, befanden sich nicht in der körperlichen Verfassung den Hetzern zu entkommen. Georg beobachtete, wie sie von ihren Verfolgern eingeholt und gegriffen wurden. Dann triefte die Wiese, auf der die Alten gerade noch standen, vor Blut. Georg spürte, die aufkeimende Angst, die durch seinen ganzen Körper zog. Er suchte nach Auftrieb und beförderte seinen Gleitschirm wieder hoch in die Lüfte. Ein leichter, süßlicher Geruch hing in der Luft.

In der Ferne zucken immer noch die Blaulichter verschiedener Fahrzeuge. Viel länger konnte Georg sich nicht in der Luft halten und er beschloss abseits auf einer Wiese zu landen. Weiter hinten kroch der vorhin verunglückte Gleitschirmflieger mit seltsam anmutenden Bewegungen die Bundesstraße entlang.

»Da bin ich ja froh. Einer lebt noch«, schreckte Georg eine männliche Stimme auf.

Der von hinten sich anschleichende Mann legte nun seine rechte Hand auf Georgs Schulter. Dieser ließ von seinen Flugutensilien ab und wirbelte angstvoll herum.

Vor Georg stand ein Bauer aus der Gegend, der sich sicherlich schon jenseits des Renteneintrittsalters befand.

»Ruhig Blut, junger Mann.«

»Was ist den hier los?«

»Alle sind sie verrückt geworden. Der Holzerwirt, der von der Schänke da, kam über die Straße und hat unserem Bürgermeister in den Unterarm gebissen. Der ist gar nicht umgefallen. Zusammen sind sie dann ins Rathaus gerannt. Ich wollte gerade hinterher, da fiel einer ihrer Kollegen einfach vom Himmel. Da wusste ich nicht, was ich tun sollte. Dann kam unser Apotheker. Blutüberströmt machte er seinen Mund weit auf und versuchte mich runterzureißen und zu beißen. Ich bin dann weggelaufen.«

»Oh Gott Alter, beruhig dich erst einmal«, versuchte Georg nun den Bauern zu beschwichtigen, der ohne Luft zu holen sprach.

»Ich kann doch jetzt nicht ruhig sein«, sprach der Alte und packte sich an den Kopf, »ich muss nach Jutta sehen.«

Der Mann wendete sich ab und trabte auf die nächsten Häuser zu. Aufgrund des kurzen Gesprächs übersahen Georg und er die drei Figuren, die sich schlurfenden Schrittes näherten. Diese griffen nun den Bauern und rissen ihn förmlich in Stücke. Drei, vier tiefe Bisswunden, in welche die Kreaturen ihre Hände stießen und heftig an dem zerrten, was sie zu fassen bekamen. Der Bauer wehrte sich nach Leibeskräften.

Schreiend vor Schmerzen und Panik hieb und trat er um sich, besaß jedoch nicht den Hauch einer Chance.

Georg beobachtete das Geschehen und sah sich nicht in der Lage, dem Bauern zur Hilfe zu eilen. Wie angewurzelt stand er da und betrachtete das direkt vor ihm stattfindende Grauen.

Die drei Angreifer labten sich an Blut und Fleisch des Bauern. Der erste der Drei wendete sich nun Georg zu. Der glaubte ein Lächeln im blutverschmierten Gesicht der Bestie zu erkennen, deren Mund weit offen stand. Das dabei entstehende rülpsende Geräusch ließ Georg aus seiner Lethargie erwachen. Er, der Bär von einem Mann, dreht sich um und rannte – rannte so schnell er es vermochte. Schließlich verschwand Georg zwischen den Bäumen der nächsten Anhöhe aus dem Sichtfeld der ihn verfolgenden Kreaturen.

(2)

Jan, das ist der Name, den meine Eltern mir gaben. Fiona, meine Mutter, mochte lieber Sven, Sören oder Fabian. Doch mein Vater Marc setzte sich nach tagelanger Diskussion durch.

Vor bald sechzehn Jahren brachten meine Eltern das Abenteuer am Leipziger Flughafen unbeschadet hinter sich. In der Zeit danach gründeten sie ihre eigene kleine Familie. Das lebende Resultat ihrer Liebe bin ich.

Vor drei Tagen feierten wir meinen fünfzehnten Geburtstag. Während der Feierlichkeiten ahnten wir noch nichts von der dramatischen Wendung, die unser Leben nehmen sollte.

In meinen ersten Jahren, an die ich mich noch erinnern konnte, lebte mein Großvater Rudolf noch. Auf seinen Abendsparziergängen rund um die Festung begleitete ich ihn, wenn es sich irgendwie einrichten ließ, täglich. Bei jeder Gelegenheit erzählte mir der Alte von früher und oft konnte ich mir nur schwer vorstellen, wovon mein Großvater da sprach. Große Städte mit Millionen von Menschen, Straßen und unzählige Autos, mehrstöckige Gebäude mit zahlreichen Geschäften, in denen man alles kaufen konnte, volle Fußballstadien, Kinos, Fernsehen und Radio hören – unvorstellbar. Mein Opa sang mir Lieder vor, von roten und weißen Fahnen, von Toren und Aufstiegen und ich konnte mir das, was er vor seinem geistigen Auge sah, nicht recht ausmalen.

Dann verstarb der alte Mann. Er stürzte und brach sich den linken Oberarm. Dr. Manter, unser Arzt, konnte nicht viel für ihn tun. Er bekam hohes Fieber und fünf Wochen später starb der alte Zausel.

Den abendlichen Spaziergang rund um unser Zuhause behielt ich ihm zu Ehren bei. Sehnsüchtig schaute ich dabei in die Ferne und erinnerte mich an Opas Erzählungen.

Wenn sich meine Lerngruppe nicht zum Unterricht traf, bestand meine Aufgabe auf der Festung Königstein darin, bei den Reparaturen und Instandhaltungen der Gebäude zu helfen. Die Arbeit verrichtete ich zusammen mit meinem besten Freund Lennart, dem Sohn von Fritz und seiner Frau Bärbel, einem Weggefährten meines Vaters. Lennart wurde nur drei Wochen nach mir geboren, dafür maß er schon bald dreißig Zentimeter mehr als ich – ein Riese, wie sein Vater.

Auf der Festung Königstein lebten wir glücklich und zufrieden – wie Bauern eben auf einem kleinen Hof. Alles entwickelte sich zu unseren Gunsten. Es herrschten friedliche Zeiten. Hörte ich meinen Eltern und den anderen zu, die unsere alte Welt noch kannten, lebten wir anders als vor der Katastrophe, doch wir lebten gut. Die Schrecken des Desasters und die beschwerlichen Reisen unserer Altvorderen nach Königstein und Leipzig gehörten der Vergangenheit an.

Nur uns jungen Leuten reichte das manchmal nicht. Wir kannten nur die wenigen Quadratmeter der Festung. Hin und wieder erwischte ich den einen oder anderen Jugendlichen dabei, wie er den Hals reckte und den ausgezeichneten Blick hinab ins Tal ausdehnen wollte – so, wie ich es auch tat. Der Fluss, der dort floss, hieß Elbe. Doch das half uns nicht weiter. Andere Flüsse kannten wir nicht.

Mein Vater meinte, das wirkte sich nachteilig auf die Entwicklung der Jugend aus. Er verglich uns mit den Jugendlichen seiner eigenen Zeit. Wir erschienen ihm deutlich naiver. Und unsere Entwicklung dauerte länger, sagte er immer. Mehrmals diskutierte er mit meiner Mutter darüber. Ich kam ihm eher wie ein Zwölfjähriger als wie ein junger Mann in der Pubertät vor. Im Vergleich zu den Menschen unter uns, die unsere alte Welt noch kannten, kamen ihm die jungen Leute oft wie Hinterwäldler vor. Ich fürchte, er lag damit sogar richtig. Wir lebten in einer so unendlich kleinen Welt. Fünfzehn Jahre lang versäumten es die Erwachsenen diese Welt für uns größer werden zu lassen.

Nur ein einziges Mal setzte ich meine Füße auf die andere Seite der Festungsmauern. Mein Vater nahm mich damals mit. Aus einem der Autos, die auf dem Parkplatz vor der Festung parkten, wollten wir etwas holen. Stolz präsentierte er mir dazu seine alte Waffe, einen alten Tapezierigel - ein Holzstiel, an dessen Ende sich eine Gummirolle mit spitzen Dornen befand. Eine gute Waffe gegen die Schlurfer, meinte er.

Doch das lag mittlerweile auch schon vier Jahre zurück. Ich kannte Schlurfer nicht. Nie bekam ich ein Exemplar zu Gesicht. Die letzten Kreaturen sichteten wir von der Festung aus vor fünf Jahren. Ob es später noch welche gab, wussten wir nicht. Ich konnte mir nicht viel unter den Untoten vorstellen. Der Tapezierigel lehnte seitdem unbeachtet neben meinem Bett an der Wand.

Meine Freunde und ich klebten an den Lippen derjenigen, die noch das alte Leben, die Katastrophe und den Kampf der untergehenden Zivilisation erleben durften. Bernhard von der Flughafensicherung auf Zypern und Nils, der Pilot, redeten schon mal gerne über wilde Tiere und andere Menschen – spannend.

Vor drei Jahren sahen wir Rauch aufsteigen. Mit den Feldstechern beobachteten wir eine Woche lang ein Lagerfeuer, in dessen Schein wir mehrere Personen vermuteten. Dann erlosch es und wir erhielten nie wieder einen Hinweis auf andere Menschen.

Mit Vaters erstem Hund, dem ehemals wilden Hund Gordi, spielte ich früher häufig. Wir wurden ein Herz und eine Seele. Ich erinnere mich an zwei Hunde, die auf der Festung lebten. Gordi und Pepe, der meinem Opa in der Nähe seiner früheren Wohnung zulief. Die beiden Tiere lebten schon lange nicht mehr. Der Hund und Freund, der mich jetzt begleitete, hieß nun Oskar. Er stammte direkt von Gordi und Pepe ab.

Insgesamt lebten mehr als sechzig Menschen auf Königstein. Im Großen und Ganzen lebten wir zufrieden, freuten uns über täglich gefüllte Teller und verstanden uns gut. Nur selten entstand Streit, der schnell von den gewählten Altvorderen geschlichtet wurde. Sie stellten das Gesetz dar.

Zu unseren größten Problemen zählte die Freizeitgestaltung. Viel zu oft verliefen die Abende gleich. Es gab Sport-, Lese-, Spiel- und Gesprächsgruppen, die sich regelmäßig trafen, doch ein ums andere Mal wurde das langweiliger.

Andrea und Mona gingen oft in die Gesprächsgruppe, in der sich ihre Altersgenossen trafen. Der Sohn des ehemaligen Feuerwehrmannes Mahmut, Karim, vier Jahre älter als ich, leitete diese Gruppe. Wegen Andrea und Mona gingen Lennart und ich auch hin. Wir redeten über alles Mögliche und träumten von fremden Welten außerhalb der Festung.

Lennart liebte heimlich Mona. Was er an dem ewig zickigen Mädchen fand, blieb sein Geheimnis. Ebenso wie ihre Eltern, Bernd und Elke, trug Mona eine rote Irokesenfrisur, die ihr überhaupt nicht stand. Trotzdem bewunderten sie die anderen für die Mühen, die man sich auf der Festung Königstein machen musste, um eine solche Frisur herzustellen. Mona wusste nicht, warum ihre Eltern solche Frisuren trugen. Sie meinte, es hätte mit Protest und alten Zeiten zu tun, und das gefiel ihr.

Monas beste Freundin mochte ich dafür umso mehr. Andrea hieß die Tochter von Ebenezer Arissi, einem Mann mit tiefschwarzer Haut und Jenny, von deren Kletterkünsten Opa Rudolf immer berichtete. Sie war die Erste des Flüchtlingstrecks, die einst ihren Fuß auf die Festung Königstein setzte. Andreas Haut strahlte im Sonnenlicht wie Milchschokolade. Jedenfalls erklärte mein Vater einst, so sähe Milchschokolade aus. Ich selbst wusste nicht, was Schokolade sein sollte.

»Ist dir das eigentlich schon aufgefallen? Alle Mädchennamen enden auf a?«

Verdutzt schaute ich zu Lennart hinüber, der neben mir auf einem wackeligen Gerüst an einem der Hauptgebäude der Festung seiner Arbeit nachging. Mit seiner linken Hand klammerte er sich an einem Fensterrahmen fest.

»Was? Da habe ich noch nie drüber nachgedacht.«

»Dann wird's aber langsam Zeit«, lachte Lennart, »hast du Andrea schon gefragt?«

»Nein, hab ich nicht. Du bist ja selbst nicht besser. Ober weiß Mona wovon du träumst?«

Glockengeläut unterbrach unsere Arbeit und schob unsere Gedanken und Träume beiseite. Gülsens Beerdigung.

In den letzten Jahren musste nicht nur mein Opa von uns gehen. Nach Oma Johanna, die den Weiberhaushalt auf dem letzten Hof führte, vor dem die Leipzig-Fahrer zuletzt rasteten und nach Agnes, die bereits auf der Festung lebte, als die Katastrophe ausbrach, verstarb auch kürzlich Gülsen, die Oma von Karim. Sie wurde eines Morgens einfach nicht mehr wach.

(3)

»Das mit deiner Oma tut mir leid.«

»Danke Jan, das ist nett von dir.«

»Vorhin hast du gesagt, du müsstest mir was zeigen.«

»Ja stimmt, lass und zur Blitzeiche gehen. Da warten die anderen.«

»Welche anderen?«

»Wirst du schon sehen.«

Die Blitzeiche trug diesen Namen, weil der Baum in der Vergangenheit gerne mal von Blitzen getroffen wurde. Menschen ließen in der Nähe der Eiche vom Blitz getroffen ihr Leben. So stand es zumindest auf der neben dem Baum angebrachten Gedenktafel. Doch dabei handelte es sich um alte Geschichten, die sich schon lange vor der Ankunft der Flüchtlinge auf der Festung Königstein zutrugen und die bei uns Jugendlichen keine weitere Beachtung fanden.

Die Blitzeiche stand außerhalb der Gebäudeansiedlung und damit entfernt vom üblichen gesellschaftlichen Treiben auf einem kleinen Plateau. Von hier aus besaß man einen herrlichen Blick ins Elbtal und auf die nicht weit von hier liegende Bastei – einer Felsformation auf der anderen Seite der Elbe. Im Tal selbst lag der Ort Königstein. Bedeutende Einzelheiten des Orts konnte man von hier aus nicht mehr erfassen. Pflanzen überwucherten große Teile der Ansiedlung. Das eine oder andere, teilweise eingestürzte Häuserdach konnte man noch einsehen. Früher sammelten im Ort die Leute aus der Festung allerhand Zeug ein – alles, was man so gebrauchen konnte. In den letzten Jahren zog es niemanden mehr dorthin.

Neben Mona, Andrea und Lennart standen noch weitere Bewohner der Festung im engen Kreis an der Eiche beieinander. Der Vollwaise Marvin, der auf Zypern einst seine Eltern verlor und Emma, die asiatisch aussehende Tochter von Bernhard und Isa sowie Luisa warteten auf Karim und mich. Gretes und Nils' Kind, Gretes insgesamt vierte Tochter, hieß Luisa.

Wir näherten uns dem Versammlungsplatz. Das Geschnatter der Wartenden ebbte ab. Alle starrten gebannt auf die Neuankömmlinge.

Karim kletterte auf ein kleines Mäuerchen, strich sich eine Strähne aus der Stirn und guckte einen nach dem anderen eindringlich an.

Ich stellte mich direkt neben Andrea.

»Hi, schön, dass du da bist«, flüsterte sie leise und nur für mich hörbar in meine Richtung.

Schweiß rann mir die Stirn hinab und lief mir brennend ins linke Auge. Dieses Mädchen mit ihren schwarzen Augen und den breiten Lippen brachte mich noch um den Verstand. Ich muss unbedingt meinen Vater fragen, wie er das mit Mama gemacht hat, dachte ich.

»Es gibt interessante Neuigkeiten«, begann Karim seine Rede, »es kann nicht verschoben werden, bis wir uns zur nächsten Runde treffen. Gülsen, meine Oma, hat mir kurz vor ihren Tod diesen Umschlag hier gegeben und gesagt, ich solle ihn erst nach ihrer Beerdigung, also heute, öffnen.«

Karim öffnete seine Augen weit, schaute erneut in die Runde und nickte dabei leicht mit dem Kopf. Und seine Jünger ersehnten geduldig weitere Worte. Er hob den Umschlag hoch und öffnete ihn für alle gut sichtbar.

Den Zettel, der zum Vorschein kam, hielt er nahe vor seine Augen und las ihn durch. Seine Stirn legte er dabei in Falten. Seine Lippen formten lautlos die Worte, die er sah.

»Ich lese euch das Schreiben vor«, kündigte er ehrfurchtsvoll an, »nur wenige Menschen kennen den Inhalt der folgenden Zeilen. Nur Bernhard, Nils, Marc und Fiona wissen überhaupt von der Existenz des Papiers. Marc, Fiona und meine Oma kennen den Inhalt.«

»Boh ist das spannend«, warf Marvin ein.

Auch allen Anderen konnte ihre Erregung angemerkt werden. Lennart rieb sich ohne Unterlass die Hände. Mona strich ständig ihr Haar zurecht und Luisa hüpfte von einem Bein aufs andere. Auch ich musste mir meine Aufregung eingestehen. Das Gehörte ließ mich neugierig werden.

Innerlich lachte ich über meine arglosen Freunde. Für Gewöhnlich gab es auf Königstein für Jugendliche nicht viel Dramatisches zu erleben.

»Vor mehr als fünfzehn Jahren hat Nils während seines Flugs von Zypern nach Leipzig einen Funkspruch empfangen«, fuhr Karim fort, »der Funkspruch wurde nicht eindeutig klar gesendet, doch wir konnten die Fragmente zusammensetzen. Marc kam damals zu dem Schluss, es wäre besser, darüber nichts verlautbaren zu lassen. Ich teilte diese Meinung. Doch die jungen Leute sollen jetzt erfahren was wir einst gewahr wurden. Sie haben das ganze Leben ja noch vor sich. Der Funkspruch lautet: „Hallo, kann das jemand hören? Kommt nach Norden! Oberhalb des sechzigsten Breitengrads ist die Welt noch in Ordnung. Hallo, ich wiederhole. Kann das jemand hören? Kommt nach Norden."«

Jetzt redeten alle begeistert durcheinander und mir schoss ein Gedanke durch den Kopf. Wollten wir das Gehörte sinnvoll diskutieren und in geordnete Bahnen lenken, müsste ich für Ruhe sorgen. Also stieg ich zu Karim auf die Mauer.

»Ruhe! Seid ruhig!«

Jetzt schauten alle gebannt zu mir auf. In Andreas Augen glaubte ich ein Blitzen und Leuchten zu erkennen. Ich gehe runter und küsse sie sofort, dachte ich, traute mich aber nicht und wendete mich wieder an meine Zuhörerschaft.

»Auf keinen Fall dürfen unsere Eltern erfahren, was wir jetzt wissen. Das muss unter allen Umständen unser Geheimnis bleiben. Ich weiß nicht, wie es euch mit dieser Geschichte geht. Je länger ich darüber nachdenke, umso mehr möchte ich herausbekommen, was hinter dieser Information steckt. Gibt es noch andere Menschen auf der Welt? Wenn ich mir vorstelle, die leben sogar noch so, wie unsere Eltern früher. Ich will das unbedingt wissen – und wenn ich bis zum sechzigsten Breitengrad zu Fuß gehen muss.«

Den Beifall der Anwesenden genoss ich bei diesen Worten. Ich hob den linken Arm hoch über den Kopf und sie klopften mir auf die Schultern.

Gemeinsam schmiedeten wir Pläne, wie wir von den anderen unbemerkt die Festung verlassen und große Abenteuer erleben konnten. Emma guckte zuerst noch skeptisch drein. Doch nach wenigen Minuten wurden sich alle Jugendlichen einig. Wir wollten uns heimlich auf die Reise zum nördlichen sechzigsten Breitengrad machen – wo immer der auch sein mochte.

Schnell schworen wir uns gegenseitig ein und versprachen einander absolutes Stillschweigen.

»Wir müssen das auf das Genaueste planen«, warf Lennart ein und alle nickten bedächtig.

(4)

Sieben Tage später, die Nacht brach herein und es regnete, schlich eine kleine Gruppe von jungen Männern und Frauen den Tunnelgang zum Ausgang der Festung hinab.

»Sind alle da?«, flüsterte ich.

Wie einst mein Vater die Führung der Überlebenden übernahm, übernahm ich jetzt, ohne es zu bemerken, die der Ausreißer.

»Stopp mal, ich zähl schnell durch«, meinte Lennard mit wichtigem Unterton, »Mona, Andrea, Luisa, dein Hund Oskar. Und dahinten kommen Karim und Marvin. Alle da.«

»Stimmt doch gar nicht«, mischte sich Mona schnippisch ein, »Emma fehlt noch.«

Damit lag Mona vollkommen richtig. Emma, mit dreizehn Jahren das Nesthäkchen und nach meiner Meinung für diese Expedition viel zu jung, fehlte.

»Was ist los? Wo ist Emma?«, polterte auch gleich Marvin heran, »ohne Emma können wir nicht gehen. Die heult rum und verrät uns sofort.«

»Pst, leise«, ermahnte ich meine Freunde, »wir wissen alle, Emma ist im Nahkampf die Beste von uns, egal wie alt sie ist. Kein Wunder bei der Mutter. Keiner kann hierbleiben, der weiß was wir vorhaben. Ich habe keine Lust, von den Alten sofort wieder eingefangen zu werden.«

»Seid mal still. Da oben, da kommen Leute.«

»Das ist doch Emma. Wen hat sie denn dabei?«

»Jetzt schleppt die auch noch Paul und Irma an. Was sollen wir denn mit denen?«

Die Eltern der Zwillinge Paul und Irma, die Bogenschützen Torben und Paula, zogen vor fünfzehn Jahren gemeinsam mit Eddi durch die Lande. Ebenso alt wie Emma, hielt diese die beiden Gleichaltrigen für ihre besten Freunde.

Ich zeigte mich nicht sonderlich erfreut darüber, die Zwillinge im Schlepptau zu haben. Für viel zu kindisch hielt ich sie. Die Beiden zurücklassen ging allerdings auch nicht mehr. Sie kannten offensichtlich unsere Pläne und würden sofort ihren Eltern davon erzählen. Noch vor Sonnenaufgang wäre unser kleines Abenteuer beendet.

So baute ich mich vor meinen Freunden auf. Mit leiser Stimme flüsterte ich in die Runde.

»Es ist jetzt wie es ist. Wir gehen alle gemeinsam. Niemand bleibt zurück. Langsam, ganz langsam schleichen wir durch das Tor hier und ich will keinen einzigen Mucks hören. Es wird nicht gesprochen. Und niemand rennt an mir vorbei oder sonst irgendetwas. Ist das klar?«

Meine Zuhörer nickten, was ich in der Dunkelheit gleichwohl nicht erkennen konnte.

Das große Tor ließ sich problemlos und zum Glück geräuschlos öffnen. Meine kleine Gruppe stand auf der anderen Seite des Tores und harrte aus. Ich schloss das Tor wieder ab. Mich beschlich ein schlechtes Gewissen. Den Schlüssel meines Vaters, den ich ohne sein Wissen aus seiner Tasche entwendete, warf ich durch den engen Durchlass zwischen den groben Holzbalken zurück in das Areal der Festung.

Außerhalb der Mauern ging ich aufrecht und stolz durch die Nacht und meine Meute folgte mir. Fühlte es sich für mich innerhalb der Festung noch unbedeutend an, verspürte ich nun Größe. Es musste sich dabei um das Gefühl der Freiheit und die Lust auf ein großes Abenteuer handeln. Meinen Mittstreitern ging es ähnlich. Ein Großteil von ihnen setzte das erste Mal im Leben einen Fuß vor die Festung und so ins unbekannte Land der Untoten.

Vor uns lag der kleine Parkplatz, den ich noch vom Ausflug mit meinem Vater kannte. Die hier befindlichen, schon lange ausgeschlachteten Fahrzeuge würden uns keinen Nutzen bringen können. Dahinter führte ein schmaler Weg den Hügel hinab.

»Geradewegs nach Norden«, flüsterte Lennard beschwingt, der unmittelbar hinter mir daherschlich.

Bald erreichten wir eine zweispurige Querstraße. Das musste die ehemalige Bundesstraße sein, die einst Pirna und Königstein miteinander verband, über die ich in alten Landkarten las. Auf der anderen Straßenseite begann der Wald, in dem ich das erste Mal mit meinen Freunden innehalten wollte, um die Lage zu prüfen.

Der nasse, brüchige Belag der Bundesstraße glänzte im Schein des Mondes, der sich durch die Wolkendecke kämpfte. Schon längst eroberte die Natur von den Rändern her die Straße zurück. Das Gestrüpp rechts und links der Straße stand dicht und hoch. Kein Geräusch störte die Stille.

Die zehn Ausreißer und der Hund huschten über die Straße und verschwanden bald im Grün dahinter. Mühsam bahnten wir uns unseren Weg durch den unerwartet dichten Wald.

Der Weg wurde breiter und ich ließ die Gruppe stoppen. Wir ahnten es nicht, doch es handelte sich exakt um die Stelle, an der Lennards Vater Fritz meine Mutter Fiona aufgriff. Sie folgte damals heimlich Marcs Gruppe auf dem Weg zum Flughafen Leipzig.

Meine Leute verteilten sich auf die umliegenden Wurzeln oder umgefallenen Bäume.

»Also«, begann ich meine Rede, »ich habe einen Kompass, ein selbstgebackenes Brot und drei Maiskolben dabei. Meine Waffen sind der Tapezierigel hier, mein Hund Oskar und ein großes Messer. Was habt ihr?«

Lennard wedelte mit einer zusammengefalteten Landkarte, zog ein kleines Fleischerbeil aus seinem Rucksack und steckte es stolz in seinen Gürtel. Dann polterten vier Gläser mit eingemachter Marmelade auf den Waldboden.

Marvin und Karim, die einzigen Mitstreiter, die schon einmal einen Schlurfer aus der Nähe sahen, zückten nahezu zeitgleich ihre Küchenmesser. Karim zeigte zudem einen Baseballschläger vor. Lebensmittel vergaßen dummerweise beide Jungs gleichermaßen.

Mona, Andrea und Luisa sowie die drei Dreizehnjährigen verfügten über Unmengen von getrocknetem Gemüse und Obst. Auch das eine oder andere Brot und eine Hand voll Kartoffeln steckten in ihren Rucksäcken. Wie Marvin und Karim nicht an Lebensmittel dachten, vergaßen sie über die Notwendigkeit von Bewaffnung nachzudenken.

Luisa, von Nils und Grete streng nach christlicher Lehre erzogen, zog ein zwanzig Zentimeter großes, silbernes Kreuz aus ihrer Tasche und zeigte es stolz in die Runde.

»Das ist meine Waffe!«

Mir graute es bei dem Gedanken, mit dieser Truppe in eine Auseinandersetzung geraten zu können. Mit Sorge dachte ich an die Geschichten über Kämpfe mit Untoten, wilden Hunden und anderen Menschen, von denen mir mein Opa und meine Eltern erzählten. Ich erwischte mich bei dem Gedanken, doch lieber umzukehren zu wollen. Die unbändige Neugierde auf das Unbekannte gewann jedoch meinen inneren Kampf.

»Auf geht es Leute. Wir müssen soviel Weg wie möglich zwischen uns und die Festung legen, bevor die Alten unser Verschwinden bemerken. Lennard, du gehst hinten, Marvin und Karim in der Mitte. Ich bleibe vorne.«

Kein Widerspruch. Meine Freunde akzeptierten ihren Anführer.

(5)

Marc freute sich auf seine Mittagspause. An diesem Morgen befand er sich schon früh auf den Beinen. Er freute sich auf eine Menge Arbeit und er wollte Zeit für den Nachmittag hereinholen. Die gewählten Altvorderen, zu denen er ebenfalls gehörte, wollten auf ihrer nachmittags stattfindenden Sitzung über den Bau eines Schwimmbades befinden. Das wäre eine tolle Sache und willkommene Abwechslung für die Bewohner der Festung Königstein. Fünfzehn Jahre lang auf den nicht einmal zehn Hektar der Festung zu leben, mit einem wundervollen Blick in die Umgebung jedoch letztendlich hinter Mauern, stellte für jeden Bewohner, ob jung oder alt, eine Herausforderung dar.

Nun denn, jetzt stand erst einmal die Mittagspause an. Er würde dabei auf seine Frau Fiona treffen. Und mal sehen, wie es Jan so ging. Der Junge schlief in der Frühe noch.

»Wat isn mit den Jan? Is et den nich jut am gehen? Isser krank?«, rief Willi ihm von weitem zu und störte ihn in seinen Gedanken.

»Hallo Willi. Was ist denn mit Jan? Warum soll es ihm nicht gut gehen?«

»Der wa nich aufe Maloche gekommen heut früh. Da dachte ich, datter malade sein könne.«

»Wie? Jan war nicht auf der Arbeit? Da sieht ihm gar nicht ähnlich. Komm Willi, lass uns zu Fiona gehen.«

Nee, lass uns ers bei den Fritz gehen. Sein Lennard hat sich och nich aufe Maloche blicken lassen.«

Verständnislos blickte Marc Willi an. Lautes Rufen lenkte sie jedoch ab. Spätestens jetzt, da Bernd, Nils und Ebenezer Arissi wild gestikulierend vom Brunnenhaus her auf Marc und Willi zuliefen, wurde es ihnen klar. Bedeutend mehr musste im Argen liegen. Um nur einen faulen Sohn im Bett konnte es sich nicht handeln.

»Sie sind alle weg«, hörte Marc Bernd schon aus Entfernung rufen.

»Wir haben alles abgesucht. Sie müssen raus sein«, meldete sich Nils zu Wort und hustete asthmatisch.

»Jetzt erst einmal Ruhe. Was genau ist passiert? Wer sind alle?

»Na dein Sohn Jan und sein Kumpel Lennard, meine Tochter Andrea, die Mona und Karim, Emma, Luisa, die Zwillinge Irma und Paul, eben alle.«

»Die können sich doch hier überall rumtreiben. Was heißt denn überhaupt weg?«

»Wir haben alles abgesucht. Die sind nicht mehr in der Festung. Und das hier haben wir am großen Tor gefunden.«

Ebenezer Arissi hielt einen großen Eisenschlüssel in der Hand, der dem von Marc für das große Tor ähnelte. Sollte der Bengel tatsächlich...

»Wenn das meiner ist...«, stieg ihm die Zornesröte ins Gesicht.

Marc fühlte, wie seine Ohren immer heißer wurden. Diese Art von Zorn kannte er von früher - schon lange verspürte er ihn nicht mehr.

Aus einem der Gemeinschaftsräume, in denen die Bewohner gerne gemeinsam ihre Mittagspause verlebten, stürmte nun Bärbel, die Frau von Fritz und Mutter von Lennard, hervor. Marc schwante nichts Gutes.

Eine wütende Bärbel konnte Unheilvolles für das Ziel ihrer Wut bedeuten.

»Ist das dein Schlüssel?«, fuhr sie Marc an und zeigte mit ausgestrecktem Arm auf den Schlüssel in Ebenezer Arissis Hand, »ich habe es ja gleich gesagt. Es ist ein Fehler, keine Torwache mehr aufzustellen. Das alles ist eure bescheuerte Idee gewesen. Wenn dem Lennard was passiert ist, dann...«

»Beruhig dich bitte, Bärbel. Das hilft uns jetzt auch nicht weiter. Denen wird schon nichts geschehen.«

An den letzten Satz seiner Bemerkung konnte Marc selbst nicht so ganz glauben. Sie versäumten es doch alle erfolgreich ihre Kinder auf mehr einzustellen als auf das beschauliche Leben auf der Festung. Doch wildes Gezeter half ihnen jetzt auch nicht weiter. So wie damals im Parkhaus, musste nun koordiniert reagiert werden.

»Wir suchen jetzt noch einmal das Gelände ab. Das machen Nils, Bernhard und Ebenezer Arissi. Willi, Bärbel und ich gehen durch die Gebäude. In einer Stunde treffen wir uns im großen Saal. Und sagt jedem Bescheid, den ihr unterwegs trefft.«

(6)

Meine Freunde und ich legten unbehelligt Kilometer um Kilometer zurück. Ich erachtete es als wichtig, eine möglichst große Entfernung zwischen uns und die Burg zu legen. Ein Umkehren bei den ersten auftauchenden Unannehmlichkeiten sollte unmöglich werden – ein egoistisches Ziel. Ein Aufgeben von Teilen der Gruppe würde unsere komplette weitere Mission vereiteln und dies galt es zu verhindern. Längere Pausen erlaubte ich nicht, auch wenn die Kleineren der Gruppe und die zickige Mona hin und wieder maulten. Kurz nach Mitternacht hörte es endlich auf zu regnen.

Die Sonne stand seit zwei Stunden am Himmel Unsere Gruppe näherte sich langsam einer Ansiedlung von Häusern. Bis hierhin wichen wir Ortschaften stets aus. Stattdessen suchten wir unseren Weg in Wäldern und auf Feldern. Doch allmählich wurde es Zeit für eine ausgiebige Pause. Die konnte man, so malte ich es mir aus, gut und sicher in einem der Gebäude verbringen. Dabei handelte es sich nicht um den einzigen Grund, die Ansiedlung aufsuchen zu wollen. Die Neugierde trieb mich an, endlich Kontakt zu der längst untergegangenen Zivilisation meiner Vorfahren zu finden. Fremde Häuser, das stellte ich mir spannend vor.

»Langsam. Lasst uns nicht einfach so da hereinspazieren. Wir wissen nicht, was da auf uns lauert«, warnte Karim.

»Was soll da schon sein?«, flötete Emma und marschierte gleich los.

Karim bekam sie noch so eben am Ärmel zu fassen und zerrte sie zurück in die Deckung.

»Ich glaube, ich spinne. Habt ihr mir nie richtig zugehört«, schüttelte er Emma hin und her, »es ist lange her und ich war noch klein, aber ich kann mich noch gut daran erinnern, wie wir uns damals in so Situationen bewegt haben. Wir würden alle nicht mehr leben, wenn wir so blind losgerannt wären. Stimmt's Marvin?«

Marvin sagte nichts, nickte nur und Emma weinte.

»Was steht denn da auf dem Schild?«, versuchte Andrea die Stimmung in eine andere Richtung zu lenken.

»Wilsdruff. So heißt wohl der Ort. Komischer Name.«

Lennard faltete eine alte Landkarte auseinander und suchte aufgeregt nach dem Namen. Ich kontrollierte meinen Kompass. So wie geplant, näherten wir uns dem Ort von Osten. Unsere Marschrichtung wies zwar nach Nordwesten, aber so wichen wir einer Überquerung der Elbe zunächst aus.

»Da, da ist es. Das sind mindestens... eine ganze Menge Kilometer von Zuhause weg. Mensch, was für ein Weg. Dresden haben wir schon hinter uns.«

»Ja, und mir tun die Füße weh. So schaffe ich es nie bis zum sechzigsten Breitengrad. Können wir nicht besser eines der Autos nehmen?«, quengelte Mona.

Ich kniff die Augen genervt zusammen. Was Lennard an der nur fand, dachte ich. Eine beachtliche Strecke legten wir in der ersten Nacht zurück. Nichts hinderte uns daran, unseren Weg auf dieselbe Art und Weise wie bisher fortzusetzen. Von den vielgefürchteten Schlurfen fehlte weit und breit jede Spur. Und wilde Hunde? Papperlapapp. Sommerspaziergang.

In der gesamten Auseinandersetzung bemerkte niemand Karim, der sich die Straße entlang zu den ersten Häusern schlich und nun wild gestikulierend mitten auf der Straße stand.

»Alles ok. Die Luft ist rein!«, rief Luisa, küsste ihr silbernes Kreuz und lief los.

Alle anderen folgten ihr bedenkenlos. Karim winkte uns zu einem zweistöckigen Gebäude.

»Riechst du das auch?«, fragte Andrea angewidert.

»Was meinst du?«, antwortete ich mit einer Gegenfrage und pfiff Oskar zu mir, der mit aufgestellten Nackenhaaren seine Schnauze in den Wind stellte.

»Das stinkt so ranzig, irgendwie süßlich.«

Paul und Irma, die beiden dreizehnjährigen Zwillinge, die neugierig um die nächste Hausecke lugten, bleiben wie angewurzelt stehen und rümpften ihre Nasen.

Um die Hausecke herum drangen jäh grunzende Geräusche an die Ohren der Ausreißer und Sekunden später schlichen drei kaum zu beschreibende Figuren um die Ecke. Nur noch wenige filzige Haare zierten ihre Köpfe. Die Körper, die von zerrissener Kleidung nur spärlich bedeckt wurden, wiesen zahlreiche Wunden auf. Doch nur wenig Blut sickerte aus den offenen Verletzungen. Sie wirkten uralt und verschorft. Einer der Kreaturen fehlte ein Arm, einer anderen das halbe Gesicht. Das schien sie nicht daran zu hindern, sich hungrig stöhnend der kleinen Gruppe zu nähern. Ob es sich um Frauen oder Männer handelte, konnte nicht mehr zweifelsfrei ausgemacht werden.

Paul und Irma standen den sich behäbig bewegenden Figuren am nahesten, deren Gestank immer penetranter wurde. Mir wurde es schlagartig bewusst, aus welchem Grunde mein Vater diese Geschöpfe Schlurfer nannte.

Jetzt legte der erste Untote der wie erstarrt dastehenden Irma seine knochige Hand auf die Schulter, öffnete seinen mit tadellosen Zähnen bestückten Mund und wollte zubeißen. Speichel lief dabei aus seinen Mundwinkeln und ein Geräusch verließ seine Kehle, welches uns Umstehenden an niederprasselnden Regen erinnerte.

Ich zerrte hektisch und aufgeregt an meinem Tapezierigel – vergeblich, der steckte in meinem Gürtel fest. Die mit dem Umgang mit Untoten erfahrenen Karim und Marvin zogen zeitgleich ihre Messer und liefen ohne ein Wort los, befanden sich von Irma dennoch viel zu weit entfernt. Lennard brüllte etwas, was ich nicht verstand und schwang sein kleines Fleischerbeil hoch über dem Kopf. Dabei stampfte er aufgeregt und mit beiden Beinen abwechselnd heftig auf, als wollte er die Angreifer damit vertreiben. Luisa schrie und hielt tränenüberströmt ihr silbernes Kreuz den Schlurfern entgegen. Emma und Mona warfen mit herumliegenden Steinen nach den Kreaturen, trafen mit ihrer unnachahmlichen Wurftechnik jedoch nur Marvin an der Schulter und Lennard im Rücken. Beide äußerten heftig ihren Unmut.

Der erste Schlurfer wollte seine Zähne in Irmas Nacken treiben und eine der anderen Kreaturen versuchte den ebenfalls regungslos dastehenden Paul zu packen. Da schoss ganz unvermittelt eine schwarze Gestalt an mir vorbei. In meiner Panik spürte ich nur

deren Luftzug und öffnete meinerseits den Mund lautlos und riss meine Augen weit auf.

(7)

Aufgeregtes Gemurmel erfüllte den großen Saal. Die Einen diskutierten heftig, die Anderen gerieten in Streit.

»Ruhe Leute«, rief Marc und stellte sich auf die kleine Bühne am Ende des Saals, »seit mehr als fünfzehn Jahren ziehen wir gemeinsam an einem Strang. Jetzt haben wir Probleme und nun müssen wir das wieder tun. Wenn wir nicht zusammenhalten, wird das nichts. Da draußen vor den Toren der Festung läuft unsere komplette Zukunft rum.«

»Dat Dilemma is, dat die Kleenen nich am wissen sind, wat da so abgeht.«, meldete sich Willi bedeutungsvoll zu Wort.

»Was wissen wir den eigentlich? Was ist denn überhaupt passiert?«, wollte Fiona dringend wissen.

»Jan hat mir offensichtlich den Schlüssel zum großen Eingangstor geklaut. Mit ihm sind Lennard, Karim, Marvin und Paul und die Mädchen Mona, Andrea, Luisa, Emma und Irma weg. Auf der Festung befinden sie sich nicht mehr. In den Lagern fehlen Lebensmittel, sonst nichts. Gut ausgerüstet sind die Kinder nicht losgezogen. Was sie vorhaben und wohin sie wollen, wissen wir nicht.«

»Vielleicht wissen wir es doch«, meldete sich von ganz hinten Serife, die Mutter vom Karim, zögerlich zu Wort, »ich fürchte, ich weiß was da los ist. Ihr kanntet alle Gülsen. In den letzten Wochen vor ihrem Tod redete sie so manches Mal wirres Zeug. Die Kinder müssten es endlich erfahren. Bestimmt gäbe es Rettung. So ein Zeug eben. All das, woran wir vor Jahren auch noch geglaubt haben. Und Karim hörte ihr immer aufmerksam und mit wachsender Begeisterung zu. Ich denke, die suchen nach neuen Welten.«

Marc fiel es wie Schuppen von den Augen. Gülsen, sie kannte den alten Funkspruch und bewahrte den Zettel auf. Er räusperte sich und ihm wurde kurzzeitig schwarz vor Augen. Es galt nun wohl etwas zuzugeben, was nur wenige unter den Anwesenden wussten und bis heute für sich behielten. Jetzt musste es komme was wolle erzählt werden. Marc sah herüber zu Fiona. Ihre fahle Gesichtsfarbe offenbarte es ihm. Ihr ging es ebenso.

»Also gut«, rief Marc so laut er konnte und alle hörten zu, »Bernhard und Nils haben damals in ihrem Flugzeug einen Funkspruch aufgefangen, den sie nicht komplett verstehen und nicht entschlüsseln konnten. Die Wort-Fragmente haben sie auf einen Zettel geschrieben und später Fiona und mir präsentiert. Auch wir konnten damit nichts anfangen. Nach unserer Rückkehr nach Königstein habe ich den Zettel Gülsen gezeigt und sie hat mich ausgelacht. Sie konnte sofort lesen, worum es ging.«

»Das ist ja eine schöne Scheiße. Was stand den drauf?«, baute sich der Hüne Fritz vor mir bedrohlich auf.

Marc erzählte den Anwesenden vom Inhalt des Funkspruches.

»Warum hast du uns das verschwiegen?«, wollte Bernd wissen.

Marc konnte das Maß seiner Enttäuschung aus seinen Worten heraushören. In seinen traurigen Augen stand das Unverständnis über die Verschwiegenheit derjenigen geschrieben, die den Funkspruch kannten. Marc plagte das schlechte Gewissen.

»Wir kamen gerade aus Leipzig. Eugen starb und ich musste den dann untoten Eugen sogar erschlagen. Es dauerte länger wieder zurückzukommen, als wir vorher dachten. Nur mit Mühe und Not schafften wir es, uns in Sicherheit zu bringen. Ihr erinnert euch alle noch an die Schlacht mit den Schlurfern vor unseren Toren. Neue Leute und Kinder befanden sich unter uns. Der ganze Ausflug nach Leipzig brachte zudem nicht den Erfolg, den wir uns erhofften. Ich hielt es einst für besser, keine neuen Versuche zu starten oder Begehrlichkeiten zu wecken. Und wisst ihr, wie weit der sechzigste Breitengrad entfernt ist. Da ist Leipzig nur ein Katzensprung. Später habe ich den Funkspruch einfach vergessen.«

»Nach die Norde! Das habe ich doch immer gesagte.« rief Eddi, den erhobenem Zeigefinger ausgestreckt, dazwischen.

»Schon gut«, kam Bärbel als Erste versöhnlich auf Marc zu, »ich finde das zwar einen großen Dreck. Du hättest es uns erzählt müssen. Aber ich kann deine Beweggründe, es nicht zu tun, nachvollziehen. Und jetzt glaubst du, die Kinder haben den Zettel gefunden und sind auf dem Weg zu diesem Breitengrad?«

»Nach dem was uns Serife erzählt hat? Ja, das glaube ich. Karim ist mit dabei. Das liegt auf der Hand.«

»Wo ist denn dieser Breitengrad überhaupt?«, fragte Isa dazwischen.

»Hab das schon auf den Landkarten studiert«, beantwortete Fritz Isas Frage, »der liegt so auf Höhe Stockholm, Helsinki, Sankt Petersburg – ganz schön weit weg.«

»Na tolle, danne müsse wir die Kinderlein suche«, sprang tatenhungrig Eddi auf.

»Das werden wir«, versprach Marc, »Vergesst jedoch nicht, wir sind keine Zwanzig mehr. Gute Ausrüstung ist da alles. Wir brechen in einer Stunde auf. Ich gehe und Fritz, Eddi, Willi, Ebenezer Arissi und Bernhard kommen mit, falls sie wollen.«

»Was ist mit mir?«

»Nils, dein Asthma würde uns nur aufhalten. Genauso wie Mahmut und Bernd brauche ich dich hier, auch wenn eure Kinder bei denen sind, die draußen unterwegs sind sind. Hier muss es auch irgendwie weitergehen. Es ist seit Jahren niemand Fremdes mehr hier aufgetaucht, doch ganz unbewacht möchte ich die Festung nicht lassen. Und ihr Drei habt die nötige Erfahrung.«

»Wir gehen dafür mit. Unsere Pfeile können euch helfen und wir sind die Einzigen mit zwei Kindern in der Wildnis.«

Marc fand kein geeignetes Argument Torben zu widersprechen.

»Also gut, Torben und Paula gehen ebenfalls mit. In einer Stunde!«

(8)

Bei der schwarzen Gestalt, die an mir vorbei-
schoss, handelte es sich um meinen Hund Oskar.
Noch ehe der Schlurfer seine Zähne in Irmas Fleisch
vergraben konnte, sprang ihn der Hund an und stieß
ihn von den Beinen. Das Tier beachtete den fallenden
Untoten nicht weiter, drehte ab und erwischte die nach
Paul greifende Bestie am rechten Bein. Das hinderte
auch diese Kreatur daran ihr hungriges Werk zu voll-
enden.

Die erste gelungene Abwehr des Angriffs der Untoten brachte uns die notwendigen Sekunden ein, die
uns ausreichten, unsere Schockstarre zu lösen. Karim
und Marvin erreichten zur selben Sekunde den Schlurfer, der vor Irma auf dem Boden liegend nach ihren
Beinen schnappte.

»In den Kopf, in den Kopf«, schrie ich den Beiden
zu, die in den Jahren auf der Festung ihre wenigen
Erfahrungen mit den Bestien nicht in allen Einzelheiten bewahren konnten und den Bestien ihre Messer
wahllos in die Körper stießen.

Ich erinnerte mich an die Erzählungen meines
Großvaters und befreite meinen Tapezierigel endlich
aus meinem Gürtel.

Schon sprang ich herbei und donnerte meine
Waffe dem Angreifer bei Paul auf den Schädel. Ein
ekeliges Geräusch erfüllte die Luft – gerade so, als ob
man ein Hühnerei aufschlagen würde, nur lauter.

Lennard erreichte nun den dritten Schlurfer. Der
lief, ohne durch den endgültigen Tod seiner Kumpane
beeindruckt zu sein, weiter auf uns zu, um seinen

Hunger zu stillen. Das kleine Fleischerbeil spaltete ihm den Schädel.

»Schnell ins Haus«, rief Mona und wedelte aufgeregt mit den Armen, »da kommen schon die nächsten.«

Und dieses Mal verharrte niemand regungslos an seinem Platz. Die erst Begegnung mit den Bestien und die damit verbundene Auseinandersetzung konnten wir für uns entscheiden. Mit Mühe und Not, doch immerhin.

Jetzt standen wir mit offenen Mündern in einem großen Raum mit Schreibtischen, Bildschirmen, Pinnwänden und Aktenschränken. Die Zwillinge zogen sich in eine der Toilettenräume zurück und übergaben sich hemmungslos. Lennart und mir ging es ebenfalls nicht gut. Brechreiz quälte uns. Wir überspielten unsere Unpässlichkeit gleichwohl so gut es ging. Mona zitterte am ganzen Köper und Luisa weinte wie ein Schlosshund. Schließlich handelte es sich um unsere erste Schlacht mit den Bestien. Bisher mussten wir noch nie ein Lebewesen töten, auch keine untoten Kreaturen.

»Wow, so was habe ich ja noch nie gesehen«, entfuhr es Andrea und sie blickte sich neugierig im Büro um.

Ich versuchte trotz der Übelkeit und der interessanten neuen Einblicke den Überblick zu bewahren.

»Los, lasst und was vor die Türe schieben und passt auf. Die Dinger sollten euch besser nicht durch die Fenster sehen können.«

»Wir sollten den Raum zuerst mal komplett kontrollieren. Es könnten sich noch welche hier aufhalten«, wandte Marvin ein.

Das laute Kratzen zweier Aktenschränke auf dem Steinboden, die vor die Eingangstür geschoben wurden, konnte jeden versteckten Toten im Hause aufwecken. Und so geschah es auch.

Marvin und Karim schauten gerade unter jeden Schreibtisch und hinter jeden Schrank, da drängten zwei Untote die Treppe aus einer weiteren Büroetage hinab. Diesmal reagierten die Mädchen am schnellsten. Kein Gekreische, kein Gejammer. Emma, durch ihre mit asiatischen Wurzeln versehene Mutter Isa dem Kampfsport verbunden, beförderte den ersten Schlurfer mit einem gekonnten Tritt gegen den Kopf ins endgültige Jenseits. Wie hoch das kleine, kaum einhundertfünfundfünfzig Zentimeter große Mädchen springen konnte. Mona schleuderte eine Tastatur, die sie vom nächsten Schreibtisch zog, in Richtung des zweiten Untoten, traf diesen jedoch nur an der Schulter. Das beeindruckte die Bestie nicht im Geringsten. Doch Andrea zog ihn an den Resten seiner Krawatte nach unten und hielt ihm gleichzeitig einen spitzen Brieföffner hin. Dadurch fand auch dieser Angriff sein für den Schlurfer unglückliches Ende.

Entgeistert schaute ich auf die Szene, die sich da vor meinen Augen abspielte. Ganz schön taff die Mädels, dachte ich.

Noch voller Adrenalin saßen meine Freunde und ich später im Kreis, den wir mit den Bürostühlen bildeten. Aufgeregt schilderte einer nach dem anderen zum wiederholten Male die eigene Sicht auf das Erlebte.

»Die Viecher gibt es leider doch noch. Ich hatte gedacht, die wären mittlerweile komplett verrottet.«

»Ja Leute, jetzt habt ihr die einmal erlebt. Und das waren nur drei. Da kommen wir noch gegen an. Doch wenn das mehr werden...«

»Wir brauchen Waffen, alle brauchen Waffen.«

Die bisher Unbewaffneten folgten dieser Erkenntnis nur zu gerne. Die Einen legten sich nieder, um auszuruhen und in den Schlaf zu finden. Die Anderen suchten derweil den großen Raum nach brauchbaren Utensilien ab. Ich nutzte die Gelegenheit und bestaunte die Gerätschaften, die ich nicht kannte – Telefone, Tastaturen, Bildschirme, Computer.

Darüber hinaus machte ich mir Gedanken über die nur noch geringen Lebensmittel, die uns zur Verfügung standen. Wir mussten, wollten wir nicht hungern, einen Weg finden etwas zu Essen aufzutreiben.

»Kannst du mir bitte dein Messer leihen?«, sagte Andrea und beendete meine Gedankengänge.

Sie zeigte stolz zwei hölzerne Besenstiele, die sie in einer Kammer fand und dessen eine Hälfte sie anspitzen wollte. Sicherlich gute Waffen.

Ich erwischte mich bei dem Gedanken, Andrea lieber in Sicherheit auf der Festung wissen zu wollen. Dazu war es allerdings zu spät. Jetzt gab es für uns nur noch eine Richtung.

»Wir machen Pause, bis morgen früh die Sonne aufgeht! Dann geht's weiter in Richtung Norden.«

Und alle noch nicht schlafenden Gefährten nickten.

(9)

Wie vor Stunden die Kinder, standen nun Fritz, Eddi, Willi, Ebenezer Arissi, Bernhard sowie Torben und Paula am großen Ausgangstor und warteten auf Marc. Seine Verspätung konnte er rasch erklären. Wie vor fünfzehn Jahren wollte ihn Fiona nicht alleine ziehen lassen und bevor sie der Gruppe wieder heimlich hinterherschleichen musste, nahm Marc sie nach heftiger und für ihn fruchtloser Diskussion lieber gleich mit.

Zehn Erwachsene verfolgten nun ihre zehn verschwundenen Kinder. Marc spürte immer noch diese Wut in sich. Zwanzig Menschen setzten sich völlig unnötig lebensbedrohlichen Gefahren aus. Das machte allerdings nur einen Teil seiner Gefühlswelt aus. Die nackte Angst um seinen Sohn und die anderen drängte den in ihm wütenden Groll mehr und mehr in den Hintergrund. Zudem fand sich da auch noch ein kleines Quäntchen Neugierde oder Abenteuerlust sowie ein Stückchen Ehrfurcht vor den Jugendlichen, die es wagten, sich in dieses Abenteuer zu stürzen. Was wäre, wenn da tatsächlich im Norden Menschen eine lebenswerte Existenz aufgebaut hätten?

Gut ausgerüstet machten sich die kampferprobten, in die Jahre gekommenen Eltern an die Verfolgung ihrer Sprösslinge. Gutes Schuhwerk fand sich zum Glück in ihren Vorratsräumen ebenso, wie ein Rucksack für jeden von ihnen - das Ergebnis eines früheren ausgeplündertes Schuh- und Taschengeschäfts im Ort. Die Rucksäcke füllten sie mit Lebensmitteln, Ersatzkleidung sowie mit Feuerzeugen, Werkzeugen und Landkarten. Jeder trug mindestens zwei Waffen mit sich. Marc sah antike Lanzen und andere Schlagwerkzeuge aus alten Zeiten, die zu Hauf im alten Waffenarsenal der Festung herumlagen. Fritz trug wieder seine Streitaxt und Torben, Paula und Eddi nahmen ihre Bögen und so viele Pfeile wie sie tragen konnten mit. Bernhard trug tatsächlich sein altes Gewehr. Vierzig Schuss zeigte er uns stolz. Hoffentlich funktionierte die Munition noch. Die gut gepflegte Schusswaffe wurde jahrelang nicht mehr benutzt. Bernhard mit einem funktionierenden Gewehr, das vergrößerte ihre Kampfkraft gehörig. Marc vermisste seinen Tapezierigel, den sein Sohn bei sich trug. Hoffentlich wusste der Junge damit umzugehen, dachte er.

Eine besondere Last bürdete sich der baumlange Fritz auf. Auf einem Tragegestell für große Rucksäcke gefestigte er eine Art Kiste, deren Funktion die anderen Mitreisenden nicht kannten.

»Eine Autobatterie, frisch geladen. Funktionierenden Treibstoff werden wir locker finden können. Aber eine intakte Elektrik? Das kann ich mir kaum vorstellen. Da nimm ich lieber das Ding hier mit.«

»Das wiegt doch Tonnen.«

»Na ja, so schlimm ist es nicht. Achtzehn Kilo, das schaff ich.«

Wenn sich jemand in der Lage befand, dieses zusätzliche Gewicht dauerhaft zu tragen, dann war es Fritz. Seiner Argumentation, nur so Fahrzeuge in Gang setzen zu können, konnte nichts entgegengesetzt werden.

»Woher wissen wir, wohin die Kinder sind?«, fragte Paula.

»Weiß ich auch nicht sicher. Viel haben wir nicht. Sie wollen in Richtung Norden und Jan hat seinen

Kompass dabei. Das ist alles. Ich hoffe, sie hinterlassen genug Spuren.«

»Hier... hier sind sie rein.«

Der Ruf stammte von Fritz, der nun am Ende des alten Zufahrtweges auf der anderen Seite der Landstraße stand. Die Kinder hinterließen auf dem Weg, den sie sich bahnten, deutlich erkennbare Abdrücke. Sollte sich daran nichts ändern, würde die Verfolgung keine Probleme bereiten.

Die gute Bewaffnung stellte nur Ballast dar – so dachten Marc und die Mehrzahl der Eltern – Schlurfer, wilde Hunde, so etwas würde es vermutlich nicht mehr geben.

Keine einhundert Meter weiter änderte Marc seine diesbezügliche Meinung. Der vorwegschreitende Fritz hob plötzlich den rechten Arm.

»Ruhig, da bewegt sich was.«

Jetzt hörte Marc es auch. Ein immer lauter werdendes Rascheln bewegte sich auf die Gruppe zu. Dann standen sie schlagartig vor ihnen. Drei oder vier, nein fünf wilde Hunde stoben aus dem Gebüsch. Solche Tiere fielen ihnen so nahe der Festung in den vergangenen Jahren nie auf.

Surrende Pfeile, der Hieb mit der Streitaxt, ein Hunde, der Willi ansprang und seine Zähne in dessen Arm wuchtete. Willis Aufschrei, Metall, welches auf Schädelknochen traf, ein knackendes Geräusch, ein klackender Ton aus Bernhards Gewehr und zwanzig Sekunden später lagen fünf tote Hunde vor ihnen auf dem Waldboden. Die alten Kämpfer verstanden das Handwerk noch.

»Son Schitt, dat tut ganz schön am bluten«, stöhnte Willi, der als einziger von ihnen in Mitleidenschaft gezogen wurde, »aba nich datter denken tut, ich geh zurück. Kommt nich inne Tüte.«

»Schon gut, Willi. So schlimm sieht es nicht aus«, beruhigte Fiona, die sich daran machte, Willis Arm zu verbinden.

Kurze Zeit später machten sie sich wieder an die Verfolgung ihrer Kinder. Die machten sich offenbar keinerlei Mühe keine Spuren zu erzeugen. Die Kombination von Trittspuren auf Feldwegen, umgeknickten Halmen und Zweigen auf ehemaligen Feldern und durchdrungenem Dickicht in Wäldern erlaubten es Marc und seinen Begleitern, schnellen Schrittes ihren Weg fortzusetzen. Eine Zeit lang und lange Kilometer ging das gut, bis...

»So ein Mist, hier sind sie auf den asphaltierten Weg abgebogen«, rief Fritz, der mit Bernhard voranging.

»Sindse linserum oder resserum?«, fragte Willi, der es über all die Jahre nicht vermochte, sich seinen Slang abzugewöhnen.

»Ganz sicher links herum«, mischte Marc sich ein, »links geht's nach Norden. Ich kann mir Süden nicht vorstellen. Dahin haben sie sich bestimmt nicht gewendet. Jan hat meinen Kompass dabei und er kann damit umgehen.«

»Schaut doch einmale, ob vielleichte da vorne wieder Halme abgebrochen sinde«, gab auch Eddi seinen Senf dazu.

Bernhard ging ein paar Schritte den Weg nach Norden, bückte sich, schnüffelte herum, tastete den Boden ab, hielt seine Nase hoch in den Wind und...

»Ich glaube sie sind hier lang. Das ist dennoch gerade nicht unser Problem. Es stinkt gewaltig. Schlurfer befinden sich ganz in der Nähe!«

(10)

Die Sonne schien durch die Fenster des Büros geradewegs auf die noch schlafenden Jugendlichen. Ich, vor allen anderen wach, stand an einem dieser Fenster, genoss die Wärme der Sonne, und beobachtete die nähere Umgebung. Rechte Hand lungerten fünf dieser Gestalten herum, standen einfach nur so da. An denen mussten wir vorbei, wollten wir unseren Weg geradewegs Richtung Norden fortsetzen. Und links, zwischen den Häusern auf einem Rasenstück, tummelten sich zwei größere und zwei kleinere Tiere, die, wenn ich mich nicht irrte, Wildschweine sein mussten. Die Untoten witterten diese noch nicht. Für meine Freunde und mich stellten sie die Lösung unserer Lebensmittelprobleme dar.

So geräuschlos wie möglich, weckte ich die anderen und zeigt ihnen an, leise zu sein.

»Wir müssen alle gemeinsam angreifen«, flüsterte ich in die Runde, »die einen springen da rechts aus dem Fenster und geben Deckung in Richtung der Untoten und die anderen gehen links raus und jagen die Schweine.«

»Hast du eine Vorstellung davon, wie schnell Wildschweine sind?«, fragte Mona, die meine Ideen lächerlich fand.

»Wir müssen es versuchen, oder hast du eine bessere Idee?«, verteidigte Andrea mich.

Insgeheim hoffte sie, ich könnte mich trotz der widrigen Umstände um uns herum endlich wagen, ihr näher zu treten. Das begriff ich da jedoch noch nicht. Stattdessen versicherte ich unseren Wildschweinjägern, ihnen meinen Hund Oskar zur Unterstützung mitzugeben.

Eine schnelle, von Lennard anberaumte Abstimmung über meinen Vorschlag brachte mir eine knappe Mehrheit ein.

Mona und Andrea mit ihren Besenstielen und Marvin mit seinem Messer, sollten versuchen, mit Oskars Unterstützung eines der Wildschweine zu fangen. Lennard, Karim und ich würden derweil die Schlurfer in Schach halten. Die Dreizehnjährigen - Emma, Paul und Irma – würden so lange von Luisa beaufsichtigt und die Utensilien der anderen im Büroraum bewachen.

Auf Kommando öffneten Andrea und ich die Fenster. Die Köpfe der Schlurfer schwenkten herum und ein freudiges Gestöhne entwich ihren Kehlen. Die Wildschweine ließen sich bei ihrer Nahrungssuche zum Glück nicht stören.

Mit erhobenen Waffen stürmten die einen den untoten Kreaturen entgegen. Die Anderen versuchten sich daran, sich möglichst geräuschlos voranzupirschen. Mona und Andrea wollten ihre angespitzten Besenstiele als Wurfgeschosse einsetzen. Marvin wollte sich mit seinem Messer auf das Schwein stürzen, welches ihm an nahesten stand.

Paul, seine Schwester Irma und die anderen im Büro zurückgebliebenen schauten den Freunden angstvoll hinterher. Luisa umklammerte fest ihr silbernes Kreuz und betete flüsternd.

Lennard, Karim und ich sahen uns Sekunden später von den fünf hungrigen Gestalten umgeben. Als wir losrannten, konnten wir vom Bürofenster aus die weitere zwanzig oder dreißig Schlurfer nicht sehen, die sich aus dem nahegelegenen Wald in Bewegung setzten, um sich ihren Anteil an der plötzlich neu daherkommenden menschlichen Nahrung zu sichern.

Ich traf den ersten Schlurfer direkt an der Schläfe. Lennard ließ ebenso erfolgreich sein kleines Fleischerbeil kreisen und Karims Baseballschläger traf ebenfalls sein Ziel. Siegesgewiss sahen wir uns an. Drei von fünf Kreaturen lagen erschlagen im Dreck der Straße. Doch der zunehmende Gestank und das Gestöhne der Bestien ließ uns herumfahren. In letzter Sekunde schaffte ich es, die Hand eines Schlurfers von meiner Schulter zu wischen, da bewegten sich unzählige Zahnreihen gierig grunzend auf uns zu.

Ich trieb meinen Tapezierigel dem ersten Angreifen zwischen die Zähne, was dessen Unterkiefer vollends versagen ließ. Lennard hieb sein kleines Beil dem nächsten Schlurfer laut brüllend mitten auf den Schädel und auch Karim pfefferte seinen Baseballschläger gegen die Schläfe eines Untoten und beendete dessen Dasein. Doch mehr Widerstand konnten wir einfach nicht leisten. Unzählige Hände griffen da nach uns.

»Weg hier. Lasst uns abhauen. Darüber, in den Schuppen«, rief ich meinen Gefährten zu.

Entgegengesetzt der Richtung, in der das Bürogebäude lag, befand sich ein kleiner hölzerner Schuppen, der früher der Aufbewahrung von Gartengeräten diente. Die wackelige Holztür ließ sich ohne Schwierigkeiten öffnen und wir liefen hinein. Ich warf die Tür hinter uns zu und Sekunden später hämmerten die hungrigen Gesellen mit ihren Händen und Fäusten gegen das Holz. Der Schuppen wackelte bedenklich. Zu unserem Glück hielt er dem Ansturm stand.

Währenddessen meine Kumpane und ich uns um die Schlurfer kümmerten, gelang es Andrea nahe an eines der Schweine heranzukommen. Lebende Menschen waren den Wildschweinen fremd geworden und das trübte ihren Fluchtinstinkt. Den sich langsam bewegenden Untoten, die sie ebenfalls ab und an versuchten zu fangen, entwischten sie leicht.

Andrea schleuderte ihren Besenstiel in Richtung des Wildschweins und es gelang ihr tatsächlich, dieses am Hinterteil zu treffen. Das Gequieke des so getroffenen Tiers schlug die anderen Wildschweine in die Flucht. Mona, die ebenfalls ihren angespitzten Besenstiel schleuderte, verfehlte ihr Ziel. Oskar stellte das angeschlagene Wildschwein und Marvin spurtete herbei und tötete das von Andrea getroffene Tier mit einem schnellen Schnitt. Triumphal strahlend drehten sich die erfolgreichen Jäger zu ihren anderen Gefährten im Bürohaus und bei den Schlurfern um und erstarrten. Zwischen ihnen und dem sicheren Bürogebäude hielt sich eine Traube von Untoten auf und steuerte jetzt auf sie zu. Auch ihnen blieb nur die Flucht.

Marvin schwang sich das tote Schwein über die Schulter – keinesfalls wollte er es aufgeben – und rannte los. Andrea und Mona griffen nach ihren Besenstielen und folgten ihm.

»Wohin?«, schrie Mona.

Panisch vor Angst zeigte Andrea auf eine Anhöhe und eine kleine, früher einmal weiß getünchte Kapelle.

»Da hinauf! Komm Oskar.«

Die im Bürogebäude zurückgebliebenen Kinder erkannten das nahende Unheil lange vor den anderen, sahen jedoch keine Möglichkeit, ihre Freunde zu warnen oder ihnen gar zu helfen. Luisa, die Älteste im Büro, schloss rasch die beiden offenen Fenster und hinderte die sie entdeckenden Schlurfer daran, ins Büro einzudringen. Emma, Paul und Irma versteckten sich unter den nächsten Schreibtischen.

Die Eingangstür zum Büro wurde mit einem lauten Knall aus den Angeln gerissen. Alle drei Kleinen weinten vor Angst und schrien hysterisch.

(11)

Fünfzehn ins Land gezogene Jahre änderten nichts. Immer noch beherrschten die Schlurfer unsere Welt. Optische Veränderungen an ihnen fielen kaum ins Gewicht. Einer größeren Erwartungshaltung zum Trotze sahen die Untoten immer noch so aus, wie früher. So zumindest Marcs erste Gedanken, als die Horde Bestien aus dem hoch gewachsenen Maisfeld neben der Straße hervorstob und sich blutgierig auf sie stürzte.

»Sie stinken mehr als früher«, rief Fiona und rannte an Marc vorbei auf die Angreifern zu.

»Aber sie sehen noch so aus wie immer, vielleicht etwas gammeliger«, hörte ich Ebenezer Arissi rufen.

Und sie sind immer noch so gefährlich wenn zu viele von ihnen auftauchen, dachte Marc und schlug wild um sich.

Die angreifenden Kreaturen trieben einen Keil in die Reihen der Gruppe und ehe sie sich versahen, trennten Fiona, Bernhard, Fritz, Ebenezer Arissi und Marc auf der einen und Eddi, Willi, Torben und Paula auf der anderen Seite eine lebende Mauer untoter Gestalten.

»Scheiße sind das viele«, stöhnte Bernhard.

»Spar deine Munition, Bernhard«, rief Fritz, »wir müssen abhauen. Die schaffen wir nicht.«

Fritz erkannte die Situation richtig. Es blieb ihnen nichts anderes übrig. Sie mussten die Straße hochlaufen und sich von der Bande abzusetzen. Die Schlurfer gaben bald die Verfolgung auf. Anhand ihrer Reaktion – sie verharrten einfach an der Stelle, an der sie gerade standen – erkannte Marc die Lage. Auch zwischen den Schlurfern und den anderen Gruppenmitgliedern fanden keine Kampfhandlungen mehr statt. Ob die Freunde auch flüchteten, oder ob sie den Untoten zum Opfer fielen, konnte man nicht sehen.

Marc schwitzte stark und erinnerte sich an früher. Und doch verspürte er neben all dem Ärger und den Sorgen dieses Quäntchen Abenteuerlust.

»Wo sind die anderen? Was machen wir jetzt?«, unterbrach Fiona seine Gedanken.

Er drehte sich zu seiner Frau um und sah ihre Tränen.

»Das alles kann unser Junge doch gar nicht bewältigen.«

»Dem ist bestimmt nichts passiert«, fiel Marc nichts Beruhigenderes in dieser Situation ein.

»Natürlich nicht! Ich bin seine Mutter. So etwas spüre ich«, schwenkte Fiona um und ließ die passende Antwort folgen, »ich kann mir gut vorstellen, wie sich die zurückgelassenen Eltern auf Königstein jetzt fühlen. Die haben gar keine Information und wissen nicht, wie es ihren Kindern geht.«

Marc konnte Fiona gut verstehen. Schließlich ließen sie verängstigte Eltern und zudem alte Weggefährten zurück, deren Wunsch nach größerer Freiheit auch von Tag zu Tag wuchs.

Marc starrte verzweifelt auf die Masse von Schlurfern, die sie von ihren Freunden trennte. Diese Freunde wählten dieselbe Option. Sie flüchteten. Nur verlief ihre Flucht nicht so geordnet, wie es Marcs Gruppe hinbekam.

Paula lief geradewegs in das struppige Feld neben der Straße und Torben folgte ihr auf dem Fuß. Willi und Eddi sahen sich ratlos an. Jede andere Richtung wäre eine bessere Wahl gewesen. Da ein weiteres

Auseinanderreißen der Gruppe niemandem helfen würde, rannten die Beiden ihren Freunden kurzentschlossen hinterher.

Fünfzehn Jahre lang kümmerte sich kein Landwirt um dieses Feld. In dem offensichtlich ehemaligen Maisfeld standen hohe, verdorrte Stängel der ehemaligen Frucht ebenso, wie undefinierbares Gestrüpp. Sich zwischen den Gewächsen zu bewegen, bereitete keine Probleme, die Sicht allerdings schränkte das extrem ein.

Nach einigen Metern stoppte Paula und ging auf die Knie. Torben erreichte sie Sekunden später und spannte seinen Bogen. Das laute Rascheln der Sträucher um ihn herum versetzte ihn in Alarmbereitschaft.

Dann griffen sie an. Unzählige Schlurfer brachen durchs Grün und warfen sich auf die beiden Bogenschützen, mit denen Eddi von Anbeginn der Katastrophe durch Land gezogen war und die nicht nur Marc mit ihren Pfeilen das Leben retteten. Torben gelang es, einen einzigen Pfeil abzuschießen. Paula konnte ihren Bogen nur als Schlaggerät nutzen.

Drei Untote warfen sich mit ihrem kompletten Körpergewicht auf Paula und drücken sie auf den Boden. Ihre gierigen Zähne schnappten nach ihren Körperteilen. Torben versuchte derweil verzweifelt mit seinem Messer die Bestien von seiner Frau zu trennen. Mit wild strampelnden Beinen hielt er die Meute noch davon zurück, sich ebenfalls auf ihn zu werfen.

Immer mehr Kreaturen rückten nach, drückten blutgierig die Sträucher herunter und fingerten nach ihrer Beute.

Willi und Eddi erreichten schließlich die grausliche Szenerie. Sie mussten mit ansehen, wie einer der auf Paula liegenden Schlurfer seine Zähne in ihre rechte Schulter trieb und wie ein Raubtier seinen Kopf hin und her schüttelte. Das brach Paulas Gegenwehr endgültig.

Auch Torben besaß nicht den Hauch einer Chance. Mehrere Untote bissen ihn gleichzeitig in beide Waden. Er spürte den brennenden Schmerz Und das seine alte Hose durchtränkende Blut. Er wusste, was das bedeutete.

Willi und Eddi konnten nichts für ihre Freunde tun. Auch sie mussten es sich eingestehen. Nichts mehr konnte Paula und Torben retten. Beide schlugen auf die ihnen am nahesten befindlichen Gestalten ein, drehten sich um und flüchteten in die Richtung, aus der sie kamen.

»Dahinten! Da im Feld, da ist was los«

Fritz machte die anderen auf die ungewöhnlichen Bewegungen des Bewuchses aufmerksam.

»Sind die ins Feld gerannt? Das sieht Eddi und Willi gar nicht ähnlich.«

»Los, schlagen wir einen Bogen über die Anhöhe da. Dann kommen wir dahin.«

So schnell, wie sie es vermochten, bahnten sie sich ihren Weg. Das blieb bei den hinter ihnen gelassenen Schlurfern jedoch nicht ohne Aufmerksamkeit. Ein Teil der Horde bewegte sich jetzt in ihre Richtung, ein anderer Teil strebte dem Getümmel mit ihren Freunden im nahegelegenen Feld entgegen.

(12)

Fünf Untote stoben so hastig, wie es die körperlichen Fähigkeiten dieser Kreaturen möglich machten, in den Büroraum. Ihren Weg in Richtung Beute fanden sie leicht. Die Kinder jammerten und schrien um die Wette. Luisa griff nach ihrem silbernen Kreuz und stellte sich mutig den Angreifern in den Weg. Laut betend hielt sie ihnen ihr Kruzifix hin.

Die grässlich aussehenden Gestalten ließen sich davon nicht beeindrucken, geschweige denn aufhalten. Ehrfurcht vor dem Glauben verloren sie spätestens mit dem Ausbruch der Katastrophe. Einzig und allein der unbändige Hunger nach frischem Fleisch trieb sie unaufhörlich an.

Luisa wich zurück und Emma, die ganz in der Nähe unter einen Schreibtisch hockte, kroch jetzt hervor und versteckte sich weinend hinter Luisa. Paul und Irma verharrten unter den Büromöbeln.

»Ihr müsst hierüber kommen«, schrie Luisa, »schnell.«

Angstvolle Augenpaare blickten zu ihr herüber. Paul fasste sich ein Herz und begann damit, auf allen Vieren zu Luisa herüber zu kriechen. Da packte der erste Schlurfer seine Zwillingsschwester Irma am linken Bein und zog das schreiende und zappelnde Mädchen unter dem Schreibtisch hervor. Noch bevor die Bestie zubeißen konnte, tat dies einer seiner Gefährten. Ein entsetzlicher Schrei erfüllte den Raum. Irmas Hüfte blutete heftig. Paul richtete sich auf und starrte mit großen, ungläubigen Augen auf seine wimmernde und sich windende Schwester. Etliche

Kreaturen wälzten sich hungrig über das Mädchen und stillten ihre Gier.

Da griff Paul einen auf dem Schreibtisch neben ihm liegenden Brieföffner und stürmte todesmutig auf die Untoten zu.

»Nein, komm hierhin«, versuchte Luisa das Schlimmste zu verhindern.

Doch zu spät. Paul trieb den Brieföffner mit aller ihm zur Verfügung stehenden Wucht dem ersten vor ihm auftauchenden Schlurfer in den Bauch. Nur dies beeindruckte diesen nicht im Geringsten. Er griff den Jungen an beiden Schultern, hob ihn zu sich heran und biss ihm mitten ins Gesicht.

Weitere Untote drangen in den Raum ein. Irma rührte sich da nicht mehr.

Der sich heftig wehrende Paul riss sich los und taumelte mit blutverschmiertem Gesicht und ohne Orientierung durch den Raum. Es dauerte nicht lange, da erwischten ihn die Bestien. Paul taumelte gegen einen Schlurfer und dieser biss ihm ohne zu zögern in die Schulter. Es gelang Paul noch, dem Untoten seinen Brieföffner, den er immer noch in seiner kleinen Hand hielt, in die Schläfe zu rammen, dann starb er.

Luisa und die hinter ihr kauernde Emma standen wie zu Stein erstarrt da und blickten auf die unheilvolle Szene vor ihnen. Die drei Schlurfer, die sich ihnen mit weit geöffneten Mäulern näherten, bemerkten sie zunächst nicht.

Die Schreie der Kinder im Büro ließen auch Lennard, Karim und mich, die wir uns im hölzernen Schuppen verschanzten, erschaudern. Eine Möglichkeit den Schuppen zu verlassen, ergab sich nicht. Immer noch rüttelten Bestien an der Eingangstür und versuchten diese einzudrücken.

»Was ist denn da los? Was sollen wir jetzt machen?«, fragte Lennard den Tränen nahe vor Wut.

»Wir können nichts tun. Wir müssen hier bleiben«, versuchte ich die Lage zu beruhigen, kaute jedoch selbst vor lauter Aufregung und Sorgen um Andrea und die anderen wild an meinen Fingernägeln herum.

Jetzt, in dieser Sekunde, bereute ich es zutiefst, jemals losgezogen zu sein und die besonders jungen Mitglieder meiner Gruppe überhaupt mitgenommen zu haben.

Karim schaute sich verzweifelt im Schuppen um. Eine Lösung fand allerdings auch er an den braunen Wänden um ihn herum nicht.

Die Gruppe um Andrea erreichte derweil die kleine Kapelle auf der Anhöhe. Sie schafften es, einen kleinen Vorsprung zu den sie verfolgenden Kreaturen aufzubauen. Zu ihrem Glück stand die Tür zur weiß getünchten Kapelle offen. Sie betraten den kleinen, nach Weihrauch riechenden Raum. Jetzt hörten auch sie die markerschütternden Schreie ihrer Freunde aus dem Bürohaus. Doch auch ihnen blieb keine andere Wahl. Sie mussten die Tür zur Kapelle hinter sich rasch schließen, wollten sie nicht selbst Opfer der hungrigen Gestalten werden. Nur kurze Zeit später hämmerten ihre Verfolger mit ihren Fäusten gegen die Tür. Wenn nur Jan nichts passiert ist, dachte Andrea. Meine Gedanken drehten sich da ebenfalls um sie und ihr Befinden, doch das ahnte sie nicht.

Mona schob den schweren Riegel vor die hölzerne Tür, da erschütterte ein lauter Knall die Luft.

»Ein Schuss?«, fragte Marvin verwundert.

Karim und er konnten ein solches Geräusch gut einordnen. Sie kannten es von ihren früheren Erlebnissen.

»Ein Schuss? Wer soll den hier schießen? Von uns hat niemand ein Gewehr oder eine Pistole.«

Andrea schaute zu Oskar hinab. Dem Hund standen sämtliche Nacken- und Rückenhaare zu Berge und er knurrte bedrohlich in Richtung Tür.

(13)

»Willi?, Eddi?«

Mit letzter Mühe konnte Marc seine Freunde davor zurückhalten, so wie Willi, Eddi, Paula und Torben zuvor, in das dichte Gestrüpp des ehemaligen Maisfeldes zu rennen.

»Torben? Paula?«

Nun riefen sie so laut sie konnten die Namen der Vermissten und hofften auf Antwort.

Die Meute von Schlurfern, die einen Keil zwischen sie trieb, befand sich nun links von ihnen. Auch von hinten näherten sich weitere Kreaturen. Dabei handelte es sich um diejenigen, die ihnen auf ihrem Weg auf Schritt und Tritt folgten.

Zweimal schoss Bernhard gezielt in die Menge der Angreifer. Klack, klack, machte sein Gewehr.

»Viel Zeit bleibt uns nicht«, bemerkte er trocken.

»Ich kann den Gestank nicht mehr aushalten. Wo sind die denn?«, befand sich Fiona am Rande einer Panikattacke.

In den dichten Bewuchs des Feldes kam Bewegung. Bernhard hob sein Gewehr und die anderen hoben ihre Waffen und machten sich ebenfalls bereit.

»Wir müssen weg hier«, bemerkte Fritz, »jetzt kommen sie von drei Seiten.«

Da öffnete sich das Dickicht vor ihnen und Willi und Eddi rannten auf sie zu. In ihren Gesichtsausdrücken sah Marc es sofort. Etwas Fürchterliches musste geschehen sein.

»Paula und Torben?«, stellte Fiona die Frage, die sie alle tief bewegte.

Das gleichzeitige Kopfschütteln der gerade Befragten brachte den vor dem Feld Wartenden die entsetzliche Gewissheit.

Die Zwillinge Paul und Irma verloren ihre Eltern und sie besaßen durchaus eine Mitschuld daran. Zu diesem Zeitpunkt kannten Marc und die anderen noch nicht das komplette Ausmaß der Katastrophe. Die gesamte Familie wurde ausgelöscht. Auch die Zwillinge lebten nicht mehr. Das schien der Preis der Freiheit zu sein. Ob die Ausreißer wirklich wussten was es bedeutete, diese Rechnung zu begleichen?

Marc nahm seine Beine in die Hand und suchte mit seinen Freunden das Weite. Nach drei, vier Kilometern Dauerlauf legten sie die erste Pause ein.

Fiona packte Eddi an den Schultern und schüttelte ihn und der so Angefasste erzählte unter Tränen von den Geschehnissen vor seinen Augen im dichten Gestrüpp des Feldes.

»So eine Scheiße«, brüskierte sich Fritz, »ich hab gedacht, die Viecher wären schon längst hin. Wenn ich den Lennard erwische...«

»Sei froh, wenn wir die Kinder lebend finden. Die kennen sich doch mit diesen Figuren überhaupt nicht aus«, versuchte Bernhard zu beruhigen und erreichte damit nichts anderes als das Gegenteil.

»Apropos Kinder. Jetzt haben wir ihre Fährte vollends verloren«, änderte Marc das Thema der Diskussion, »ich denke, wir können nicht einfach weiter so durch die Gegend rennen.«

»Du meinste wir brauchen eine Fahrzeuge?«

»Genau das meine ich Eddi. Ich weiß zwar nicht, ob die Dinger noch fahren. Aber einen Versuch ist es wert.«

»Und es ist sicher«, warf Fiona ein, »ich fühlte mich früher immer am sichersten, wenn ich in einem Auto saß.«

»Da is wat dran«, bestätigte Willi, drehte sich um, zeigte auf ein altes Schild auf dem Tropical Island zu lesen stand und folgte dem Richtungspfeil.

»Was willst du denn da?«

»Da is bestimmt nen großen Parkplatz un da finden wer wat zum rumfahren.«

»Da stehen fünfundvierzig Kilometer auf dem Schild. Hast du wohl nicht gelesen, was? Oder willst du schwimmen gehen?«

Verhaltenes Gelächter folgte der Antwort von Fritz. Der qualvolle Tod der jahrelangen Begleiter Torben und Paula steckte allen noch tief in den Knochen. Ihr Lachen verstarb alsbald und jeder Einzelne versank in seinen traurigen, angstvollen Gedanken.

»Pst, seid doch mal ruhig. Habt ihr das nicht gehört?«, fragte Bernhard plötzlich.

»Was denn?«

»Das hörte sich wie ein Schuss an. Na klar war das ein Schuss. Weit weg. Einige Kilometer, aber ein Schuss.«

»Komisch, ich dachte, ich höre die Glocken läuten.«

(14)

Der Schlurfer direkt neben Luisa sackte in sich zusammen. Luisa schaute sich verwirrt um und Emma weinte noch lauter als zuvor.

Eine dunkle Gestalt, die auf den ersten Blick wie ein großer brauner Bär wirkte, trat den anderen Untoten entgegen und richtete unter ihnen in Windeseile ein unvorstellbares Massaker an. Minuten später lagen die Eindringlinge, oder Teile davon, endgültig tot auf dem grünen Teppichboden des Büros.

Vor Luisa und Emma baute sich ein Mann auf, der – soweit man das durch den struppigen schwarzen Bart, der den gesamten oberen Teil der Brust verdeckte, überhaupt erkennen konnte – über beide Wangen grinste. Die Angst einflößende Gestalt trug eine selbstzusammengenähte Hose aus Leder- und Fellstücken. Seinen Oberkörper bedeckte ebenso ein dunkles tierisches Fell. Ein für den Kopf hineingeschnittenes Loch machte daraus einen Umhang. Dunkle Haare, zum Teil zu einem Zopf geflochten, reichten dem Unbekannten bis zur Hüfte.

»Hab lang keine Menschen mehr gesehen«, sagte die dunkle Gestalt langsam und bedächtig mit sonorer Stimme.

Die beiden Mädchen brachten keinen Ton heraus und starrten weiterhin ihren vor ihnen stehenden Lebensretter an. Der verzog derweil seinen Mund und presste die Lippen zu einer Schnute zusammen. Dann streckte er seine rechte Hand aus.

»Kommt.«

Jetzt schüttelte sich Luisa und fand endlich ihre Stimme wieder.

»Wir können hier nicht weg. Wir müssen auf die anderen warten. Wer sind sie überhaupt?«

Dabei fiel ihr Blick auf die sterblichen Überreste ihrer Freunde Paul und Irma. Luisa wurde es augenblicklich speiübel und sie übergab sich direkt neben einen der Felllappen, die der Fremde um seine Füße gewickelt trug.

»Nicht weg? Quatsch. Kommt jetzt!

Der Unbekannte griff Luisas Arm und zog das laut protestierende Mädchen hinter sich her. Emma, die alles wollte, aber auf gar keinen Fall alleine zurückbleiben, lief den Beiden wohl oder übel hinterher.

In Lennard, Karim und mir reifte inzwischen der Entschluss, im Schuppen nicht länger verharren zu können. Unsere Freunde befanden sich in Gefahr.

Langsam drückte ich die Türklinke herunter. Dann blickte ich meinen Mitstreitern in die Augen. Lennard nickte leicht und Karim beugte sich entschlossen vor.

Mit einem Ruck stieß ich die Tür auf. Mit vorgehaltenen Waffen liefen wir durch die Tür und schlugen auf alles ein, was sich in unserem Umfeld bewegte und nicht schon durch die auffliegende Tür umgestoßen wurde.

Karim verlor dabei seinen Baseballschläger. Einer der Schlurfer trieb herzhaft seine Zähne in das harte Holz des Schlägers und er ließ seine Keule erschreckt fallen.

»Mein Schläger«, schrie er und blieb augenblicklich stehen.

Auch Lennard und ich stoppten unseren Lauf und drehten uns zu Karim um. Eine Traube von Schlurfern umgab ihn.

Ich blickte kurz gen Himmel, griff fester als zuvor meinen Tapezierigel und schlug dem mir am nahesten stehenden Geschöpf diesen auf den Schädel. Überraschend viel Blut spritzte und die Figur sank zu Boden.

Lennards kleines Fleischerbeil verrichtete ebenso seinen Dienst, wie es meine Bewaffnung tat. Er wuchtete das Beil zwei Kreaturen wutentbrannt in den Hals und in die Schulter.

»In den Kopf, sie fallen nur um, wenn du ihren Kopf triffst«, rief ich ihm zu.

Lennard begriff und handelte.

Karim schaffte es, seinen Baseballschläger wieder freizubekommen. Die im harten Holz steckengebliebenen Zähne eines der Untoten bemerkte er nicht. Der Panik nahe ließ er den Schläger um sich kreisen.

Aus dem nahegelegenen Wald hinter dem Schuppen, in dem wir uns noch eben versteckt hielten, quollen unzählige weitere Bestien hervor.

»Kommt jetzt. Wir werden nicht mit allen fertig!«

Andrea, die mit Mona und Marvin in der Kapelle festsaß und nicht sehen konnte, wie ihre Freunde versuchten den Weg zwischen Holzschuppen und Bürogebäude lebend zu bewältigen, schoss in den Minuten eine Idee durchs Hirn.

»Leute, wenn wir die Glocken läuten und durch das Fenster hier an der Stelle klettern und verschwinden, dann kommen alle Schlurfer hierher und wir können mit den anderen abhauen.«

»Wie stellst du dir das denn vor? Wenn die Figuren hierhin kommen, kommen wir doch hier nicht weg«, zweifelte Mona.

»Doch, schau mal hier raus. Hier auf dieser Seite ist kein einziger Schlurfer. Und über die Steine kommen die nicht so einfach.«

Dabei wies Andrea auf den durch das Fenster zu sehenden Abhang. Die steil abfallende und von Geröll übersäte Böschung glich einem Abgrund, der auch für die Jugendlichen eine nicht zu unterschätzende Gefahr darstellte.

»Andrea hat recht. Wir müssen was tun. Wenn wir nicht wieder bald alle zusammenkommen, haben wir ein echtes Problem«, mischte sich Marvin ein.

Er brauste die Treppe hinauf. Die kleine, unscheinbare Kapelle verfügte über ein elektrisch getriebenes System, mit dem die Glocke in ihrem Turm in Bewegung versetzt werden konnte. Natürlich funktionierte dieses System nicht mehr und Marvin musste die Glocke per Hand bewegen.

Die beiden Mädchen harrten derweil mit dem Hund am Fenster zum Abgrund aus, bereit es zu öffnen und hinauszuklettern.

(15)

»Hier entlang. Der Schuss muss von da vorne gekommen sein.«

Bernhard, der mit der Wahrnehmung des Schusses die Führung übernahm, zeigte auf ein Bürogebäude, welches noch gute drei oder vier Kilometer entfernt, den Anfang eines Ortes markierte.

»Wir könnten uns durch den Wald dahinten anschleichen. Der Holzschuppen da dient uns als Schutz«, unterbreitete Fritz seinen Plan.

»Und wenn wir ganz herum gehen und uns von der Anhöhe, da wo die Kapelle steht, einen Überblick verschaffen?«, erwiderte Bernhard.

»Ich bin der Meinung, wir sollten geradewegs auf das Gebäude zugehen. Wir haben keine Zeit zu verlieren. Wir haben schon drei Stunden verballert, um überhaupt bis hierhin zu kommen«, gab Marc seine Gedanken zum besten.

»Unde wir wissen nichte, wie viele Schlurfer hinter unse here sinde.«

»Wir wissen auch nicht, was da auf uns lauert. Unsere Kinder besitzen zumindest keine Schusswaffe, wenn sie nicht eine gefunden haben. Das halte ich aber für unwahrscheinlich. Eine Waffe mit Munition? Nach all den Jahren? Es muss ein Fremder sein, der da geschossen hat«, warf Fritz skeptisch ein.

»Los jetzt! Hadern hilft auch nicht«, beendete Marc die Diskussion und marschierte in Richtung der Häuser.

Seine Freunde und Fiona verteilten sich hinter ihm. Möglichst breit aufgestellt und mit zwei Metern Abstand zwischen den einzelnen Personen bewegten sie sich vorwärts. Da zeigte sie sich wieder, die alte Kampferfahrung von früher.

Etwa fünfhundert Meter trennten sie noch von dem Bürogebäude, da erschien Bernhard direkt neben Marc. Sie gingen gemeinsam in die Knie und Bernhard beobachtete die Umgebung aufmerksam durch sein Zielfernrohr an seinem Gewehr.

»Da ist nichts zu sehen, keine Menschenseele. Es liegen etliche tote Körper zwischen dem Holzschuppen und dem Haus.«

Marc erschrak und Bernhard begriff sofort, was er da soeben zum Ausdruck brachte. Ein spitzer Schrei von Fiona bewies es ihnen. Sie befand sich nahe genug, um Bernhards Worte zu verstehen.

»Nein, nein, das sind nicht die Kinder. Sieht aus wie tote Schlurfer«, korrigierte er sich.

»Bernhard!«, ermahnte in Fiona mit Tränen in den Augen, »hast du sie noch alle? Ihr könnt mich mal gerne haben. Ich gehe jetzt dahin.«

Gesagt, getan – Fiona zögerte nicht mehr eine Sekunde und lief, ohne weitere Vorsichtsmaßnahmen zu ergreifen, mitten zwischen die Gebäude. Die anderen folgten ihr notgedrungen.

Tatsächlich befanden sich auf der Straße nur endgültig tote, erbärmlich aussehende Gestalten.

Marc nahm sich seine Frau zur Seite.

»Jetzt reiß dich zusammen, Fiona. Niemand hat etwas davon, wenn du kopflos durch die Gegend rennst.«

»Die hier sind alle erschlagen, nicht erschossen«, stellte Bernhard fest und ließ damit Fionas und Marcs Disput verebben.

»Dahinten am Schuppen und da oben an der Kapelle liegen auch welche rum«, stellte Fritz fest, »vielleicht sind die Kinder in der Kirche.«

Jetzt wird der Fritz auch nervös, dachte Marc und versuchte, seine Gedanken zu ordnen und den nächsten Schritt zu planen. Es musste mehr als eine Person gewesen sein, welche die hier liegenden Schlurfer erschlug. Ein Mensch alleine konnte das niemals schaffen. Von den Kindern fehlte jede Spur und sie selbst oder jemand in der Nähe der Kinder nutzte Schusswaffen.

»Oh je, wat is dat denn? Dat kann doch nich wahr sein«, schrie Willi mit alarmierend heller Stimme und winkte seine Freunde aufgeregt herbei.

Mit zittrigen Fingern deutete er durch ein offenes Fenster in ein Bürogebäude hinein.

»Da, da liegen se.«

Fiona brach augenblicklich in Tränen aus und sank auf die Knie. Fritz rempelte Eddi an. Der kam beinahe zu Fall. Und auch Marc hastete los, um das Fenster zu erreichen.

Keiner wusste später mehr zu sagen, wie lange das Chaos andauerte und wie viel Zeit verging, bis der Erste der Freunde seinen wirren Blick von dem blutigen Szenario im inneren des Gebäudes abwenden konnte. Eddi ergriff zuerst das Wort.

»Da sinde ein paar Untote und ich glaube, da sinde Paule und Irma. Das iste grässlich.«

Dabei starrte Eddi Marc mitten in die Augen und Marc verspürte den beißenden Brechreiz, der in seiner Magengegend tobte.

»Komme Willi, lasse uns das untersuche. Ihr andere bleibt draußen.«

Es dauerte eine Ewigkeit, in der die Eltern Fiona, Marc, Bernhard, Fritz und Ebenezer Arissi an den offenen Fenstern standen und von draußen Eddi und Willi beobachteten, die versuchten, Klarheit in das Massaker im Büro zu bringen.

Marc mochte es, Willi und Eddi bei ihren Gesprächen zuzuhören. Das abgeschliffene Ruhrpott-Deutsch und die an manchen Worten hinzugefügten Endungen des Italieners hörten sich für Gewöhnlich lustig an. Jetzt war es grauenhaft, ihren Gesprächen lauschen zu müssen – immer verbunden mit der Hoffnung, nicht den Namen des eigenen Kindes vernehmen zu müssen.

»Es sinde alleine Paule und Irma, sonste nure Schlurfer. Jetzte iste die ganze Familia ausgelöschte«, verkündete Eddi schließlich die grauenvolle wie gleichzeitig erleichternde Botschaft.

Marc schämte sich insgeheim. Alles wollte er hören, nur nicht den Namen seines Sohnes. Seinen Freunden um ihn herum erging es jedoch nicht anders.

Eddi, der kurz nach Beginn der Katastrophe die Eltern von Paul und Irma kennenlernte und der in Ermangelung weiterer Familie gewissermaßen zum Opa der beiden Kinder wurde, bestand darauf, ganz alleine die Beisetzung durchzuführen.

Die Anderen standen derweil zusammen und versuchten Spuren ihrer Kinder zu finden und zu deuten. Was geschah hier vor Stunden? In welche Richtung mussten sie jetzt suchen?

In der Sekunde erschütterte eine gewaltige Explosion die Luft.

(16)

Karim, Lennard und ich schafften es nach einem ebenso heftigen wir kurzen Gefecht mit den Untoten, uns einen Weg freizukämpfen. Die fußlahm wirkenden Schlurfer vermochten uns nicht sofort zu folgen.

»Zum Büro!«, rief Lennard als wir jäh durch das Geläut der Glocken gestoppt wurden.

Die uns verfolgenden Untoten wendeten sich ebenfalls der kleinen Kapelle zu.

»Zum Büro, immer noch!«, rief Lennard erneut und Karim und ich folgten seinem Vorschlag.

Kurze Zeit später standen wir zwischen Schreibtischen, erschossenen und erschlagenen Bestien und unseren ermordeten Begleitern Paul und Irma. Entsetzt blickten wir uns an.

»Dreizehn Jahre, alle beide. Wo sind bloß Luisa und Emma?«

Wir riefen nach den Vermissten, bekamen jedoch keine Antwort. Stattdessen reckte der eine oder andere Schlurfer draußen seinen Kopf ob des Lärms, den wir veranstalteten, in unsere Richtung.

»Warum haben wir die bloß mitgenommen. Wir sind daran schuld.«

»Darüber nachzudenken nutzt uns jetzt auch nichts mehr. Wir wussten alle, auf was wir uns eingelassen haben.«

Ich traf diese herzlose Aussage Wort für Wort mit voller Absicht. Ein Nachgeben und Zaudern würde das Ende von uns allen bedeuten. Dies wurde mir bei unseren heftigen Begegnungen mit der Realität hier draußen nur zu bewusst. Karim und Lennard mussten mir zustimmen.

In den nächsten Minuten schlich jeder von uns in einer anderen Ecke des Büros herum. Wir wollten uns ablenken, um wieder klare Gedanken fassen zu können.

»Hier sind sie raus.«

Karim stand an der Ausgangstür und hielt ein lilafarbenes Stück Stoff in der Hand, welches eindeutig zu Emmas Bluse gehörte. Aufmerksam geworden, schaute ich zu Karim herüber.

»Dahinten liegt noch eines. Ich glaube Emma hat uns eine Fährte gelegt. Schlau, schlau, die Kleine.«

»Da schaut mal. Neben der Kapelle. Was machen die denn da? Die spinnen wohl.«

Das kam nun von Lennard, der aus dem Fenster heraus die Kapelle in der Hoffnung beobachte, unsere auf Schweinejagt befindlichen Freunde würden dort Zuflucht gefunden haben.

Entsetzt und erleichtert zugleich beobachteten wir, wie Mona, Andrea und Marvin, gefolgt von meinem Hund Oskar aus dem Seitenfenster der Kapelle stiegen und kurze Zeit später aus unserem Sichtfeld wieder verschwanden.

»Da geht es wohl steil bergab.«

»Alles klar Freunde, wir machen es so: Erst stoßen wir zu den Mädels und Marvin. Dann suchen wir lila Stoffreste. Oder hat jemand eine bessere Idee?«

Da auf meinen Vorschlag kein Widerspruch erfolgte, griff ich zu meinen Waffen und schwang mich aus dem Fenster, welches dem Abgrund an der Kapelle am nahesten lag. Andrea schien es gut zu gehen. Und jetzt wollte ich bei ihr sein und sie nie mehr aus den Augen lassen.

Von den Untoten, die immer noch dem Glockenton folgten, zum Glück unbemerkt, erreichten wir rasch den Abgrund.

»Das ist ein Steinbruch«, bemerkte Lennard von den Steinformationen begeistert.

»Da sind sie«, zeigte Karim rechts den Berg hinab, »los, hinterher!«

Jetzt bemerkten uns auch unsere Freunde aus der Kapelle. Und das leider im doppelten Wortsinn. Mona und Andrea winkten uns freudig zu und die ersten Schlurfer gaben ihre grunzenden Laute von sich. Sie enterten die Kapelle und entdeckten das offene Fenster. Aus Selbigem stellten sie sich nun an, herauszuklettern.

»Hierüber, hierüber«, rief ich und bedeutete Marvin und den Mädchen in unsere Richtung zu klettern.

Die Kreaturen, die es vermochten, durch das Kirchenfenster zu schlüpfen, fanden ihre Meister in den hohen Felsen und den durch den Steinabbau entstandenen Klippen. Einer nach dem anderen fiel hinab in den Steinbruch. Doch der Fundus an frischen Bestien schien unerschöpflich. Immer neue Kreaturen drängten sich an das Fenster. Lange würde es nicht mehr dauern, bis es den Ersten gelang unsere Verfolgung aufnehmen zu können.

Auf einem kleinen Vorsprung trafen unsere Gruppen aufeinander. Aus den Augenwinkeln erkannte ich noch, wie Lennard seine Mona an den Händen fasste und ihr tief in die Augen sah, da klebte Andrea an meinen Lippen. Unser erster Kuss. Ich würde ihn niemals vergessen. Nur Oskar störte uns, der ebenfalls von mir eine freudige Begrüßung einforderte.

»Zum Knutschen ist jetzt keine Zeit!« unterbrach Karim unsere Techtelmechtel.

Er bedauerte den Verlust des zurückgelassenen Schweins in der Kirche. Das machte ihn unleidlich.

»Wir müssen weg hier und nach lila Stoffresten suchen.«

»Lila Stoffreste?«

Schnell erzählten wir Mona, Andrea und Marvin was unserer Ansicht nach im Büro geschah, bevor wir es erreichen konnten. Die gräulichsten Beschreibungen über den Anblick der toten Zwillinge behielten wir für uns. Die Tränen der beiden Mädchen ließen den hellen Glanz unseres ersten, liebevollen Kusses vollends verblassen. Wir mussten hier weg und es zählte jetzt nur noch, Luisa und Emma zu finden - lebend. Ich packte Andrea bei der Hand – das fiel mir jetzt, nach dem ersten Kuss, deutlich leichter – und zog sie hinter mir her.

Ein kurzes Stück hinter dem Steinbruch ging die offene Landschaft in dichtes Gestrüpp und losen Baumbestand über.

»Hier!« sagte Lennard plötzlich und zeigte triumphierend ein Stück lila Stoff.

Er hielt es Oskar vor die Schnauze. Das Tier reagierte sofort und rannte los. Wir folgten ihm so schnell wir es vermochten.

Fünf Stoffreste weiter und zwei Stunden später, wurde der Wald vor uns dichter. Zwei ehemals asphaltierte Wege, die früher von in gleichen Abständen zueinander stehenden Laternen beleuchtet wurden, führten von hier aus in den Wald.

Ich wollte mich gerade für den linken Weg entscheiden, da erschütterte eine gewaltige Explosion die Luft. Der Luftdruck riss uns beinahe von den Beinen.

»Das muss hier ganz in der Nähe gewesen sein.«

(17)

Der wie ein Bär aussehende Mann undefinierbaren Alters zog Luisa hinter sich her. Das Mädchen resignierte und gab auf, sich zu wehren. Die Ausweglosigkeit dieses Unterfangens wurde ihr direkt nach Verlassen des Bürogebäudes bewusst. Der Mann hob sie mit ausgestrecktem Arm einfach in die Höhe, lächelte und ließ sie zappeln.

Emma trottete immer noch grimmigen Blickes hinter dem ungleichen Gespann her. An ihrem festen Vorhaben, dieses Mal nicht zu weinen, hielt die Kleine nach wie vor fest. Bei einer sich bietenden Gelegenheit wollte sie stattdessen versuchen, den Fremden mit einem gezielten Kick gegen die Schläfe außer Gefecht zu setzen. Das gehörte zu den Spezialitäten ihrer Mutter Isa und jetzt würde sie es versuchen müssen. In Emmas Augen besaß der Fremde sowieso keine Chance und würde für seine Untaten bezahlen müssen. Kleine Stofffetzen ihrer lila Bluse ließ Emma in unregelmäßigen Abständen auf ihrem Weg fallen. Oskar würde die schon finden und damit den Fremden und dann...

Die Grenze zwischen Feldern und Wald ließen sie hinter sich.

»Wir müssen uns beeilen«, brummte der Bär, »ihr habt sie alle aufgeweckt. Seit vielen Tagen und Nächten hielten sie still, standen nur so rum. Jetzt nicht mehr. Gleich wimmelt es hier nur so von ihnen.«

Dem Weg über eine asphaltierte, einspurige Straße folgend, drangen die Drei immer tiefer in den Wald hinein. Links und rechts des Weges taten sich unter dichtem Gestrüpp kleine Hügel auf. Vor jedem dieser

Hügel befand sich eine dicke Wand aus Beton, in die ein schweres, früher einmal gelb angestrichenes Stahltor eingelassen worden war. Die Schriften und Zeichen auf diesen Toren vermochte Luisa nicht zu deuten. Sie konnte sich nicht erinnern, so etwas jemals gesehen zu haben. Die Bauten bereiteten ihr Angst. Sie passierten das vierte Tor auf der linken und das dritte Tor auf der rechten Flanke, da stoppte der Fremde.

»Da rein, da seid ihr sicher.«

Der Bär räumte mit einer Hand eine alte Europalette und total verrostete Bewehrungsgitter beiseite und schubte Luisa durch einen so freiwerdenden Spalt zwischen Betonwand und Stahltor. Dann griff er Emma am Kragen und warf sie hinterher. Die zeigte sich verblüfft über den plötzlichen Griff des Bären und versäumte die gute Gelegenheit, ihm den geplanten Tritt zu verpassen.

»Hier die Taschenlampe. Ich bin gleich zurück. Bewegt euch ja nicht weg, sonst seid ihr des Todes.«

Beide Mädchen dachten jetzt nicht mehr an Flucht. Sie wussten nicht wohin sie rennen sollten. Und die Worte des Fremden, die von aufwachenden Massen berichteten, reichten aus, um die Mädchen zu verschrecken.

Luisa griff die Taschenlampe und sah sich im Lichtkegel der Lampe im Raum um. Wie in einem Gewölbekeller erstreckte sich eine abgerundete Decke über den kompletten Raum, der wohl eine Länge von fünfzig Metern maß. Nichts außer Beton. Mitten im Raum und an den Wänden standen alte Möbel – Schränke, Tische, Stühle und Sessel. Weiter hinten stand ein Bett an der Wand. Auf der linken Hälfte stapelten sich Kästen mit Getränken, Konserven lagen herum und an der hinteren Wand hingen an in der Decke verankerten Haken tote, enthäutete Tiere. Ein Bild, auf denen Männer in gleichfarbigen Shirts und kurzen Hosen nebeneinander standen und vor denen ein Ball lag, zierte die Wand über dem Bett. Emma und Luisa entschieden sich für zwei Stühle rechts von ihnen und Luisa löschte das Licht der Taschenlampe. Flüsternd berieten die beiden Mädchen ihre Lage.

Während die Mädchen Fluchtpläne schmiedeten, kroch der Fremde auf allen Vieren durch den Wald, knotete da etwas zusammen und rüttelte dort an einer Schnur.

Nach getaner Arbeit nickte er zufriedenstellen, sah sich in alle Richtungen um und entfernte sich dann weiter von dem Bunker, in dem er die Mädchen zurückgelassen hatte. Nach einer Weile erreichte er das andere Ende des Waldes und Blickte in eine weite Ebene und auf ehemalige Felder.

Obwohl kein Wind wehte, bewegte sich das Gestrüpp auf den verwahrlosten Feldern hin und her und beim genaueren Hinsehen erkannte der Bär das, was er befürchtete. Unmengen von Untoten schlurften durch die Natur. Alle mit demselben Ziel. Der Kampflärm und erst recht der von ihm abgegebene Schuss lockte sämtliche Untoten der Umgebung an. Und davon gab es hier mehr als jedem Lebenden in der Gegend hätte Recht sein können.

In den Jahren nach der Katastrophe bildeten sich immer größere Horden an Schlurfern. Kommunikation untereinander kannten die Untoten nicht. Der Instinkt der Kreaturen sorgte jedoch für die Erkenntnis bei ihnen, dass die Chancen, den Hunger und die Blutgier zu stillen, größer wurden, je mehr Mitglieder die Meute zählte. Dieser einmal eingeleitete Prozess der Zusammenrottung fand auch dann kein Ende, als die Gruppen unüberschaubar groß wurden und die Chance, von erbeutetem Fleisch und Blut einen Anteil abzubekommen, wieder rapide schrumpfte. Das führte mancherorts zu vollkommen von Schlurfern befreiten Landstrichen, während sich in anderen Gegenden dagegen tausende Bestien aufhielten. Nach einer Weile wurde die zu fangende Beute seltener. Es lebten kaum noch Menschen und sämtliches Getier, welches sich langsam genug bewegte, um von Schlurfer erwischt werden zu können, war vernichtet. So kamen die umherstreifenden Meuten an Schlurfern zur Ruhe und standen oftmals, jeglichem Wetter ausgesetzt, einfach so in der Gegend herum. Dabei ergaben sie sich ihrem quälenden Hunger – eben solange, bis ihre Aufmerksamkeit wieder neu geweckt wurde.

Der Bär nickte zufrieden, stand auf und wedelte mit beiden Armen. Dann pfiff er auf zwei Fingern. Die Schlurfer in den Feldern schienen ein Stück schneller zu werden. Der Fremde dreht sich um und verschwand wieder im Wald.

Wenige Minuten später hockte er wieder an der Stelle, an der er schon vorhin herumgewerkelt hatte. Er ließ weitere zehn Minuten verstreichen, griff ein Feuerzeug und hielt dieses an eine Lunte, die vor ihm auf dem Waldboden lag. Die Lunte fing Feuer und der Fremde sprang auf, nahm seine Beine in die Hand und rannte davon.

In der Sekunde, als der Bär den Bunker erreichte, in dem Luisa und Emma immer noch brav auf ihren Stühlen saßen, erschütterte eine gewaltige Explosion die Luft.

(18)

»Um Gottes Willen, das kam von dahinten«, deutete Bernhard gen Norden.

In einiger Entfernung bildete sich ein Rauchpilz am Horizont aus.

»Die Schlurfer, die in der Umgebung hier noch nichts mitbekommen haben, wissen nun Bescheid. Jetzt setzt sich auch die letzte Kreatur in Bewegung. Da wo es geknallt hat, wimmelt es gleich von denen.«

»Es hilft nichts. Wir müssen trotzdem dahin. Wir müssen die Kinder finden und uns dann verbarrikadieren. Marc hat Recht. Bald wimmelt es hier so von Schlurfern. Scheinen ja doch noch welche von denen durch die Welt zu rennen«, stellte Fritz fest.

Eddi stellte seinen Spaten, den er in einer Abstellkammer gefunden hatte, beiseite. Der Verlust der Menschen, die für ihn seine Familie darstellten, traf ihn hart. Die Qual, die ihm das bereitete, stand dem Italiener ins Gesicht geschrieben.

»Lasset unse aufbreche. Ich wille nicht noch eine Kinde beerdigen.«

Die eine Frau und die sechs Männer packten wortlos ihre Sachen zusammen. Jeder aufmerksam die Umgebung beobachtend und trotzdem versunken in die eigenen Gedanken, machten sie sich auf den Weg. Die Sonne stand hoch am blauen Himmel, tauchte die Umgebung in ein gelbes Licht und es roch nach Lavendel. Den Mitgliedern der kleinen Gruppe, die seit Jahren auf der Festung Königstein auch ewig dieselbe Umgebung betrachten mussten, wäre beim Anblick der Landschaft bestimmt das Herz weit aufgegangen. Doch die schweren Erlebnisse der letzten Zeit und die kaum auszuhaltende Angst um die eigenen Kinder ließ angenehme Gefühle nicht aufkommen.

In der Ferne stand immer noch eine Rauchfahne über dem Gelände. Befanden sie sich hier noch auf Straßen und Feldwegen zwischen Feldern, konnte am Horizont ein ausgedehntes Waldgebiet ausgemacht werden.

Plötzlich ging der wie immer vorneweg gehende Bernhard mal wieder in die Knie und spähte durch sein Zielfernrohr am Gewehr.

»Was ist los Bernhard? Siehst du was?«

Diesmal handelte es sich um Fiona, die aufgeregt neben Bernhard stehen blieb.

»Nichts besonderes«, antwortete Bernhard, »dahinten links steht ein rotes, vergammeltes Auto auf dem Feldweg.«

»Dafür gehst du in die Knie?«

»Schau es dir selber an«, reichte Bernhard seine Waffe weiter.

»Na ja«, lachte Fiona, »da muss man zwar nicht gleich in die Hocke gehen, aber lustig ist es schon.«

»Wat denn? Wir wolln auch ma abgackern.«

»Lasst uns näher herangehen, dann seht ihr es schon selbst.«

Schritt um Schritt näherte sich die Gruppe einem Szenario, welches nur die Katastrophe heraufbeschwören konnte.

Bei dem roten Fahrzeug handelte es sich um ein Cabriolet. Vermutlich fünfzehn Jahre lang in Wind und Wetter, saßen in dem offenen Fahrzeug zwei Schlurfer, dessen Geschlecht man heute nicht mehr zweifelsfrei identifizieren konnte. Die angelegten Sicherheitsgurte sorgten dafür, dass die beiden Untoten an ihre Sitze gefesselt blieben. Bis dahin sicherlich eine Situation, in die zahlreiche Menschen bei Ausbruch der Katastrophe gerieten. Nur hier fühlte sich ein Entenpärchen dazu aufgerufen, auf der Motorhaube ein Nest zu bauen. Mit dem lebenden Futter vor Augen rüttelten die beiden Cabriolet-Fahrer ohne Unterlass an den Gurten. Eine Qualitätsaussage für Dreipunktgurte, die heute niemand mehr benötigte. Die Enten störte das herzlich wenig.

Die Gruppe um Fiona und Mark bestaunte noch das Szenario, da erfüllte lautes Hundegebell die Luft.

»Wilde Hunde«, rief Bernhard und ging abermals in die Hocke.

Fritz, Ebenezer Arissi und Mark zogen ihre Waffen und bildeten einen Kreis. Die Viecher haben mir gerade noch gefehlt, dachte Fiona und machte sich ebenfalls bereit. Wilde Hunde bewegten sich weit schneller als Schlurfer und stellten so eine nicht zu verachtende Gefahr dar.

Aus der Ferne raste eine schwarze Gestalt, laut bellend, heran. Nur ein einzelner Hund? Der musste hungrig sein, wollte er sich mehreren bewaffneten Menschen nähern.

»Das ist doch Oskar!«, rief Marc und rannte seinerseits auf den Hund zu.

»Ohne Grund weicht der doch nie von Jans Seite, Mist.«

Die überschwängliche Begrüßung des Tiers neigte sich dem Ende und Oskar bedeutete den Anwesenden, sie sollten ihm folgen. Rasch sammelte sich die Gruppe, um sich auf den Weg zu machen. Auf einen solchen Hinweis, der sie ihren Kindern näher bringen würde, hofften sie alle insgeheim, seitdem sie die Festung verließen.

»Geht schon mal vor«, meinte Marc und wendete sich den Cabriolet-Insassen zu.

Schließlich handelte es sich bei den beiden Kreaturen früher einmal um Menschen. Ja, sie boten heute ein belustigendes Bild, doch ein würdiges Ende verdienten sie schon.

(19)

»Wo ist denn Oskar?«, fragte mich Andrea.

»Der taucht schon wieder auf. Der bleibt nie lange weg.«

Zu der Zeit ahnte ich noch nicht, dass mein Hund meine Eltern und die anderen schon längst gewittert und daraufhin seine eigenen Entscheidungen gefällt hatte.

»Los Leute, wir nehmen den Weg rechte Hand.«

»Was ist das denn?« fragte Mona und deutete auf die links und rechts vor uns auftauchenden kleinen Hügel, die mit dicken Betonwänden und gelben Stahltüren verschlossen zu sein schienen.

»Sieht aus wie alte Bunker«, meinte Karim, »davon hab ich mal gelesen. Gehörten bestimmt der Bundeswehr.«

»Bundes...was?«

»Ach Kram von früher. Da wurden Waffen und Munition aufbewahrt. Ist bestimmt nichts mehr von da.«

»Still, da vorne steht einer der Bunker ein Stück weit auf. Da könnte sich jemand verstecken und vielleicht sind Luisa und Emma da.«

Langsam schlichen wir auf die Öffnung – nur einem schmalen Spalt – zu. Der beißende Geruch von verbranntem Holz stieg mir in die Nase. Das musste von der Explosion stammen.

Wir beschlossen uns aufzuteilen. Lennart, Mona und ich kamen von links. Karim, Marvin und Andrea schlugen einen Bogen und schlichen sich von rechts heran.

Vorsichtig versuchte ich durch den Spalt ins Innere des Bunkers zu spähen. Muffige, abgestandene Luft schlug mir entgegen. Erkennen konnte ich nichts. Zum Glück roch ich nicht die typischen bitteren Ausdünstungen der Schlurfer. Es schienen sich hier keine Untoten aufzuhalten.

Ich drehte mich zu meinen Freunden um und zuckte mit den Schultern. Da traf mich der Anblick wie ein Blitz aus heiterem Himmel. Durch den Wald und die Büsche um uns herum strömten Unmengen an Schlurfern aus allen Richtungen direkt auf uns zu.

Zum Teil befanden sie sich in einem erbärmlichen Zustand. Manche sahen überhaupt nicht mehr aus wie Menschen, andere wirkten schwarz – schwarz vom Feuer, verbrannt. An wieder anderen klebten die qualmenden Reste ihrer zerfetzten Kleidung. Das mussten die Figuren sein, die sich nahe an der Explosion aufhielten, die wir vorhin hörten, jedoch nicht davon vernichtet wurden.

Mona kreischte hysterisch. Und wich zurück. Dabei stolperte sie über eine Wurzel und Lennart konnte sie soeben auffangen. Unverkennbar blieb für ein Zurückweichen nur noch eine einzige Richtung übrig – hinein in den unbekannten Bunker.

»Los, los«, schrie ich, »hier hinein!«

»Wenn da auch welche sind?«, zweifelte Andrea an meiner Entscheidung.

»Wir haben keine andere Wahl, Andrea. Vertrau mir.«

Einer nach dem anderen sprangen wir in das Dunkel des Bunkers. Ein nahezu lustig aussehender, mit einem Piratenkostüm gekleideter Untoter schaffte es beinahe, mich an der Schulter zu packen, bevor ich zuletzt im Bunker untertauchen konnte. Andrea sah das und stach mit ihrem angespitzten Besenstiel auf die Kreatur ein. Dabei erwischte sie das Auge, welches nicht von einer Augenklappe verdeckt wurde. Dadurch blind, stolperte die Bestie im Eingangsbereich orientierungslos herum und hinderte die nachrückenden Figuren daran, ebenfalls in den Bunker einzudringen.

»Dahinten in die Ecke zu den anderen«, herrschte uns aus der Dunkelheit eine tiefe Stimme an, so herrisch und bestimmend, wie ich sie noch nie in meinem bisherigen Leben vernahm.

Plötzlich und wie aus dem Nichts, rannte ein Bär von einem Mann an uns vorbei. Am Eingang, dem Bunkerspalt, angekommen, hieb der in Fell gehüllte Mann mit einer riesigen Keule um sich und befreite den Eingangsbereich von den Untoten und meinem Piraten. Dann zog er ein Gitter vor den Eingang, schob eine Holzpalette davor und entspannte sich.

»Da! Da sind Emma und Luisa«, kam nun Andreas zierliche Stimme an mein Ohr.

Kurze Zeit später legte sich die Panik und das damit verbundene Chaos. Luisa berichtete uns im Lichtkegel einer Taschenlampe hastig, was im Büro und später geschehen war. Der große Mann stand derweil da und betrachtete uns eine Weile lautlos. Schließlich drehte er sich um, kramte in einer Kiste herum und entnahm dieser drei runde Stangen, an deren Ende eine Schnur hing.

»Sprengstoff«, stellte Marvin entgeistert fest.

Als wäre es das Natürlichste auf der Welt, schritt der Bär an den Bunkereingang, entzündete der Reihe nach die Lunten seiner Sprengstoffstangen und warf diese ziellos hinaus. Drei Explosionen, die an Heftigkeit nicht mit der von vorhin vergleichbar waren, erschütterten kurz hintereinander die Luft.

»Das habt ihr mir eingebrockt«, polterte der Bär.

Mutig stellte ich mich vor meine Freunde.

»Wir? Wir haben gar nichts getan. Sie haben unsere Freundinnen verschleppt.«

Der Bär kniff die Augen zusammen. Seine Miene verfinsterte sich.

»Am Ende hat er uns nur das Leben gerettet«, mischte sich Luisa ein und ergriff für den Fremden Partei.

Ich überlegte eine Zeit lang, dann reichte ich dem Fremden meine rechte Hand. Er schlug ein, klopfte mir herzhaft auf die Schulter und wendete sich wieder dem Ausgang des Bunkers zu.

»Ich glaub der ist ganz in Ordnung«, flüsterte Andrea.

»Ich denke, wir setzen uns erst einmal hin. Scheinbar sind wir hier sicher«, unterbreitete Mona ihren Vorschlag.

»Wir müssen rennen! Ich bleib hier keine Sekunde mehr. Hier halt ich's nicht aus.«

Marvin, der sich zunächst wie wir alle auf einen der Stühle gesetzt hatte, sprang auf und eilte auf den Ausgang zu. Mir fiel es wie Schuppen von den Augen. Marvins Angst in engen Räumen kam mir jetzt erst wieder in den Sinn. Ich versuchte ihn aufzuhalten, bekam ihn jedoch nicht zu fassen. Auch der Bär wollte nach Marvin greifen und ihn daran hindern den Bunker zu verlassen. Doch mit einer geschickten Drehung entwischte Marvin diesem Griff. Zwei flotte Handgriffe und die Palette und das Gitter flogen zur Seite. Ich schaffte es noch, Marvin bis zum Ausgang zu folgen, da hörte ich schon seinen markerschütternden Schrei.

Von dem Jungen, der bereits früher – so erzählte es mein Vater immer – sein Heil in der Flucht suchte und immer wusste, wann es an der Zeit war, lieber zu rennen und nicht zu verharren, sahen wir nichts mehr. Eine Traube von blutverschmierten Untoten ließ die schmerzhafteste aller Vermutung zu. Marvin fand in ihrer Mitte sein entsetzliches Ende.

Ein lautes Geschreie und Geheule hinter mir belegte es. Auch meinen Weggefährten blieb das soeben Geschehene nicht verborgen.

(20)

»Da kanse doch ma kucken. Dat wa direkt vor uns!«

»Da sind drei kleine Rauchsäulen.«

»Wase zum Teufele iste da lose?«

Oskar stellte die Nackenhaare auf.

Marc und die anderen schlichen langsam vorwärts. Irgendjemand hantierte hier mit Sprengstoff. Schlurfer konnten das nicht sein, soviel stand fest.

Links und Rechts tauchten Bunkeranlagen auf. Fritz konnte sich noch gut an die Zeit erinnern, als er eine solche Anlage während seines Wehrdienstes bewachen durfte. Schon damals fühlte er sich zwischen den einzelnen Bunkern nicht wohl. Und seinen Freunden erging es heute nicht anders.

»Da, zusammengeprügelte Schlurfer vor uns«, erkannte Bernhard zuerst die vor den Freunden nun auftauchende Szenerie.

»Siehst du unsere Kinder?«, wollte Fiona mit hysterisch klingender Stimme wissen.

»Nein, da sind wieder nur Untote.«

Schnell registrierte Marc die nur noch wenigen Untoten vor ihnen, die sich in einem für sie gefährlichen Zustand befanden. Gleichzeit machte er den kleinen, offen stehenden Spalt aus, der einen der Bunker vor ihnen für sie erreichbar machte. Oskar schnupperte in diese Richtung und bestätigte damit Marcs Annahme. In dem Bunker mussten sich die Kinder aufhalten.

»Los Leute, jetzt machen wir sie fertig und dann ab in den Bunker da.«

»Und wenn da auch welche sind?«

»Glaube ich nicht, nur von dort können die Explosionen ausgelöst worden sein.«

Ohne eine weitere Gegenrede abzuwarten stieß Marc vorwärts. Fiona, die Erste, die ihm folgte, zeigte den Anderen die Richtung und bald taten es ihnen alle Mitgereisten gleich.

Auf bedeutenden Wiederstand stießen sie nicht und nach wenigen Momenten standen sie vor dem Bunkereingang.

Oskar huschte sofort hinein und Fiona steckte vorsichtig ihren Kopf durch den Spalt, brach umgehend in Tränen aus, schob Gegenstände beiseite und verschwand ebenso wie der Hund im Bunkerinneren. Marc fuhr zunächst der Schrecken in die Glieder. Er riskierte auch einen Blick hinein und die Spannung löste sich.

Dann lagen sie sich in den Armen. Marc und Fiona umringten ihren Sohn, Fritz klopfte seinem Lennard heftig auf die Schultern, Ebenezer Arissi drückte Andrea an sein Herz und Bernhard hob Emma in die Lüfte. Nur Karim, Mona und Luisa standen verlegen schauend daneben. Ihre Eltern befanden sich nach wie vor auf der Festung Königstein.

»Komma bei den Willi bei«

Willi erkannte die Situation und drückte nun, gemeinsam mit Eddi die drei Elternlosen.

Unsere ganze Reise über hegte ich eine Hoffnung. Bei der unausweichlich eines Tages auf uns zukommenden Wiedersehensorgie mit unseren Eltern würde alles erledigt sein. Unsere Eltern wären froh, uns wiederzuhaben und es würde nicht zu weiteren Unannehmlichkeiten für uns Ausreißer kommen. Doch so kam es leider nicht. Der Freude des Wiedersehens folgte eine Standpauke, die sich gewaschen hatte. Und es kam etwas Unverzeihliches hinzu. Wir wurden des Todes von Torben und Paula gewahr. Neben der Verantwortung für den Tod von Marvin, Paul und Irma trugen wir nun auch die für ihren Tod.

Unbemerkt von unseren Eltern stand bisher der Fremde abseits des Geschehens an einer der Bunkerwände und betrachtete das, was ihm da geboten wurde. Die Gesellschaft von Menschen war ihm noch nie besonders genehm gewesen. In den Jahren nach der Katastrophe arrangierte er sich so weit es ging und richtete sich ein. Er wanderte umher, bekämpfte die ihn angreifenden Kreaturen ebenso wie lebende Menschen, die ihm nach Leben, Hab und Gut trachteten und versuchte da und dort sesshaft zu werden. Hier im Bunker gelang es ihm vor Jahren endlich und nun standen diese Menschen in seinem Heim und er wusste nicht so recht, was er damit anfangen sollte.

Nachdem jedes Erlebnis und Ereignis berichtet, jede Träne geflossen und jede Standpauke mehrfach gehalten worden war, wendete sich Marc schließlich dem Fremden zu, dem er zwischendurch zunickte, mit dem er bis jetzt gleichwohl noch nicht sprechen konnte.

Dabei fiel Marcs Blick jäh auf das große Tattoo, welches die komplette rechte Flanke des Halses des Fremden zierte. „Nur der RWE" stand da zu seiner Überraschung zu lesen, direkt neben dem bekannten, runden Logo des längst verschwundenen Vereins Rot-Weiss Essen. Wie im Traum erinnerte sich Marc an frühere Tage im Stadion Essen, an denen er gemeinsam mit seinem verstorbenen Vater Rudolf diesem Fußballverein Woche für Woche zujubelte. Er schaute dem Unbekannten verwundert in die Augen. Und da zeigte es sich, dieses Blitzen, wenn Menschen sich erkennen.

»Wer im Zweikampf ausweicht, mit dem holt man keinen Titel. Dein Sohn weicht nicht aus. Vergiss das nie«, sagte der Fremde bedeutungsvoll und reichte Marc die Hand.

»Ich komme wieder, wenn ihr fort seid.«

Mit den Worten drehte der Bär sich um und verschwand durch den Bunkereingang und schließlich zwischen den Bäumen.

Marc wusste, sie würden ihn nie wiedersehen. Doch Marcs Sympathie würde ihn auf seinem Weg begleiten.

(21)

»Wir übernachten hier und morgen geht es heim.«

»Nein, ich gehe nicht zurück.«

»Was? Du gehst nicht zurück? Hast du nicht genug Blödsinn angestellt. Das erklär mal deiner Mutter!«

»Ja, na klar. Wir haben den größten Blödsinn verzapft. Mehr Dummheiten kann man nicht machen. Die Kleinen mitnehmen und nicht richtig ausgerüstet und ohne das Wissen unserer Eltern abzuhauen. Wie blöd. Das stimmt alles. Aber nach dem Leben suchen, das kann nicht falsch gewesen sein.«

Mein Vater sah mich eine Weile lang eindringlich an bevor er weitersprechen wollte.

»Du meinst...«

»Ja genau«, unterbrach ich ihn, »ich kann mir nicht mehr vorstellen noch vierzig Jahre oder länger auf der Festung zu leben. Schon gar nicht dann, wenn es im Norden andere Möglichkeiten geben könnte. Doch selbst wenn das nicht so ist. Ich bin mir sicher, es gibt bestimmt noch andere Menschen - irgendwo. So wie diesen fremden Bären hier im Bunker. Solche will ich suchen. Ich will was Neues aufbauen. Ich will die Welt zurückerobern. Ich will...«

»Schon gut, ich hab verstanden.«

Ich wusste, was mein Vater jetzt dachte. Vor Jahren sah er die Welt nicht anders als ich es heute tat. Ich fürchtete, er würde mich noch für zu naiv und zu unerfahren halten, um die Reise fortzusetzen. Dessen ungeachtet konnte ich seine eigene Abenteuerlust bestimmt wieder wecken und ihn damit auf meine Seite ziehen.

»Du und Mama, ihr seid beide hier. Lasst uns doch gemeinsam gehen. Erzähl mir nicht, du hättest es nicht früher auch versucht – in deiner Jugend.«

Das saß. Mein Vater zeigte sich nachdenklich.

»Mir scheint, du hast gar nicht so unrecht. Ich spreche mal mit deiner Mutter«, meinte er.

Rasch überzeugt, dachte ich. So konnte ich das nicht erhoffen. Marc kraule Oskar gedankenverloren den Nacken, stand schließlich auf und sah sich im Bunker um. An verschiedenen Stellen machten sich seine Freunde breit. Die Sicherheit, die der Bunker bot, nahm ihnen die Anspannung. Es fühlte sich so an wie auf der Festung Königstein.

Anstelle zu meiner Mutter herüberzugehen, die an der gegenüberliegenden Bunkerwand in ihrem Rucksack kramte, stellte sich Marc mitten in den Raum. Er schien einen Entschluss gefasst zu haben. Niemals zuvor sah ich ihn mit so einem entschlossenen Gesichtsausdruck.

»Hört mal alle zu!«, rief er mit lauter Stimme in die Runde und alle Anwesenden schenkten ihm umgehend ihre Aufmerksamkeit.

»Ich hab gerade mit Jan geredet. Wir wollen es beide unbedingt wissen. Ist da was im Norden oder nicht. Jan, Fiona und ich werden nicht mit nach Königstein zurückkehren. Zumindest jetzt noch nicht. Erst müssen wir herausfinden, ob es nördlich des sechzigsten Breitengrads einen Lebensraum gibt, für den es sich lohnt, die Festung aufzugeben.«

»Was? Mich fragst du wohl gar nicht.«

Fiona sprang erbost auf.

»Entschuldige Schatz, ich kann jetzt nicht anders.«

»Schon gut, wenn ich ehrlich bin, habe ich mir das nicht anders erhofft. Ich komme nämlich gerne mit und ich kenne dich ja auch schon ein paar Jahre«, antwortete meine Mutter und lachte.

»Wer kommt noch mit und wer geht zurück?«, wendete sich mein Vater wieder grinsend an die Anderen.

»Ich gehe mit«, rief Andrea begeistert, »da wo Jan hingeht, da gehe ich auch hin«.

Mit einem verwunderten Gesichtsausdruck schaute Ebenezer Arissi auf seine Tochter. Hatte er da etwas in der Entwicklung seiner Tochter nicht mitbekommen?

»Und deine Mutter?«, warf er entsetzt ein, »hast du deine Mutter total vergessen?«

»Wir gehen ja nicht für immer«, wehrte Andrea sich und ließ keinen Zweifel an ihrem Entschluss zu.

»Es gibt ja nur zwei Möglichkeiten«, mischte ich mich ein, da ich ja auch Andrea bei mir wissen wollte, »entweder wir finden was oder wir finden nichts. In beiden Fällen kommen wir nach Königstein zurück. Entweder um dann bei euch zu bleiben oder um euch zu holen. Das verspreche ich.«

Jetzt blickte Ebenezer Arisse mich an, senke sodann den Kopf und schüttelte ihn schließlich leicht.

»Ich kann mein Kind nicht alleine gehen lassen. Aber ich will auch zurück zu Andreas Mutter.«

»Ebenezer, hier mein Vorschlag: Du gehst zurück und passt daheim auf meine Bärbel auf. Die wird bestimmt stocksauer sein. Dafür achte ich unterwegs auf deine Tochter als wäre sie meine eigene. Lennard und ich gehen nämlich mit. Ich will's auch wissen und lasse meinen Freund Marc niemals allein. Außerdem ist der Weg weit. Das schafft man nicht ohne Fahrzeug. Meine Batterie und ich müssen also mit.«

Lennard sprang auf vor Freude und küsste seinen Vater Fritz auf die Wange. Ebenezer Arisi kniff beide Augen zusammen und nickte schließlich zustimmend.

»Und ich gehe auch mit. Grüßt meine Eltern.«, sagte Mona lässig und griff Lennards Hand.

Alle Anwesenden entschieden sich für den einen oder anderen Weg. Meine Eltern Marc und Fiona, Fritz und sein Sohn Lennard sowie die beiden Mädchen Mona und Andrea und natürlich mein Hund Oskar würden mich begleiten und nach Norden ziehen. Eddi und Willi – beide schweren Herzens und sich der Vernunft beugend und nicht ihren Herzen folgend - Ebenezer Arissi sowie Bernhard und seine Tochter Emma brachten die Ausreißer Luisa und Karim zurück zur Festung Königstein. Letztere protestierten heftig, zeigten sich dann doch rasch überzeugt. Im Grunde ihres Herzens reichte es ihnen mit dem Abenteuer. Sie freuten sich, wieder nach Hause zu kommen.

Die Heimkehrer würden bis an die Zähne bewaffnet ihren Weg antreten können. Noch bevor er verschwand, legte der Bär Munition für Bernhards Gewehr, Schlagwerkzeuge und Messer bereit.

(22)

Abschiede wiegen schwer, vor allem dann, wenn man nicht weiß, ob man die anderen jemals wiedersieht. Würden Eddi, Willi und die anderen Königstein sicher und unversehrt erreichen? Und würden wir ebenso gesund und vollzählig den Weg bis zum sechzigsten Breitengrad bewerkstelligen können? Und falls ja, wären wir dann in der Lage, unsere Freunde auf Königstein zu erreichen und nachzuholen? Fragen über Fragen, die mich noch lange am Morgen unseres Aufbruchs bewegten.

Hin und wieder schaute ich mich um und versuchte am Horizont oder am Waldrand etwas Interessantes zu erspähen. Den Fremden aus dem Bunker – so wie ich es erhoffte - entdeckte ich nicht. Gerne hätte ich mich von ihm verabschiedet und ihn nach seinem Tattoo und seinen Erlebnissen gefragt. Mein Großvater sprach doch so häufig bei unseren Abendspaziergängen von diesem Verein und seinem Stadion, welches mein Opa sein Wohnzimmer nannte.

»Achtung, da vorne!«, zog mich die Warnung meiner Mutter aus meinen trüben Gedanken zurück in die Wirklichkeit.

Von links, geradewegs über ein Feld, schlurfte eine beachtlich große Gruppe Untoter in unsere Richtung. Noch witterten sie uns nicht.

»Wir verziehen uns nach rechts. Dahinten am Waldrand entlang und dann zu den drei Häuser«, flüsterte mein Vater.

Aber da machte er die Rechnung ohne die Schlurfer. Auch vom besagten Waldrand her ertönte nun das wohl bekannte und gefürchtete Gestöhne der blutrünstigen Bestien.

»Dann geht es nur mittendurch. Schnell, sonst schaffen wir das nicht«, meinte Fritz, »kommt schon Andrea, Lennard. Auf geht's«.

Wir alle setzten uns in Bewegung und trabten den Weg entlang. Der auffällige, muffige Gestank der Untoten quälte unsere Bronchien und nahm uns den Atem. Die Kreaturen wurden eine nach der anderen auf uns aufmerksam. Ihre Geschwindigkeit erhöhte sich merklich.

»Schneller!«

Das kam von Marc, der die Gefahr durch die uns bald den Weg abschneidenden Schlurfer erkannte.

»Mist, da ist ein Fluss«, hörte ich Fritz, der die Gruppe anführte, rufen, »da kommen wir nicht weiter. Können die Viecher schwimmen?«

Die Jugendlichen von der Festung können es zumindest nicht, dachte ich sorgenvoll.

»Da hinten ist eine Brücke«, meldete Lennard seine Entdeckung.

»Das schaffen wir nicht.«

»Das wird verdammt eng.«

Niemand mehr, der nur trabte. Wir rannten was das Zeug hielt. Jetzt ging es um Leben und Tod.

»Wie früher.«

Dabei handelte es sich um die Worte meines Vaters, die er aufgewühlt und mit nicht zu verhehlender Freude in seiner Stimme meiner Mutter hinüberrief. Der schien das auch noch zu gefallen.

Sekunden später gelang den Schlurfern beider Gruppen der Schulterschluss. Jetzt setzte sich mein Vater an die Spitze unserer Gruppe, zog seinen Tapezierigel, den er schon im Bunker von mir zurückforderte, aus dem Gürtel und drosch schon auf die ersten Untoten ein. Ich verstand sofort, warum er das Gerät für eine gute Waffe hielt.

Auch alle anderen zückten ihre Waffen und gemeinsam schlugen und kämpften wir uns einen Weg durch die Untoten.

Da tauchte die Brücke vor uns auf.

»Vorwärts, vorwärts, vorwärts...«, rief Fritz.

Bei seinem letzten Wort geschah das unfassbare Unglück. Ich erschrak zutiefst. Bereits am ersten Morgen unserer Expedition gemeinsam mit meinen Eltern würde diese scheitern und wir beklagten die nächsten Toten. Das konnte doch nicht wahr sein.

Mona, die weit hinten lief, stolperte über irgendein Hindernis und fiel der Länge nach hin. Jetzt hielt sie sich die Handgelenke, mit denen sie versuchte den Sturz zu lindern, vor Schmerzen. Lennard stoppte seinen Lauf sofort. Er kehrte um, um seiner Freundin aufzuhelfen. Das reichte den Untoten aus, eine Traube hungriger Mäuler um die beiden zu bilden. Nie im Leben holen wir die da wieder raus, dachte ich.

»Andrea, Fiona. Ihr rennt weiter über die Brücke. Du Jan beschützt die Frauen.«

Mein Vater zeigte wieder seine altbewährten Führungsqualitäten und erteilte Befehle. Fiona schaute angesäuert und ich wusste weshalb. Sie würde keinen Schutz von ihrem Sohn benötigen.

»Los Fritz, wir hauen sie raus«, ertönte erneut die Stimme meines Vaters.

Den Tapezierigel hoch über den Kopf schwingend stürmte er voraus und Fritz mit seiner Streitaxt direkt hinterher. Auf diese Art und Weise bereiteten sie schon so manchem Schlurfer das Ende. Nur ob es diesmal reichen würde? Mona schrie hysterisch. Ein

Schlurfer aus der Traube um die beiden Umzingelten fiel wie vom Blitz getroffen einfach um. Marc und Fritz erreichten das Geschehen und gerieten umgehend ins Kampfgetümmel. Erneut fiel eine der Kreaturen aus der Traube einfach um. Dann noch einer. Oskar zerrte einen Untoten zu Boden und bereitete ihm das Ende. Doch neue Bestien erreichten das Geschehen und versuchten ihrerseits, einen Teil der Beute für sich zu gewinnen. Monas hysterisches Geschrei ebbte ab und wurde zu einem hilflosen Gejammer. Der Gestank der Untoten wurde unerträglich. Wieder fielen zwei der Figuren einfach um. Gerade schien es so, als ob es gelingen würde eine Schneise zu schlagen, durch welche die Eingeschlossenen entweichen könnten. Doch dann schloss sich der Ring um Lennard und Mona erneut.

Das Kampfgetümmel setzte sich noch eine Weile fort, dann plötzlich war alles vorbei und es herrschte Stille.

(23)

Zum wiederholten Male fielen zwei Schlurfer einfach um, ohne dass jemand sie niederschlug. Gleichzeitig besorgten Marc und Fritz zwei weiteren Kreaturen ihr Ende, Oskar schaffte seine mittlerweile dritte Kreatur und ganz plötzlich war der Weg frei. Lennard, immer noch wild um sich schlagend und Mona, laut weinend, sprangen durch den Durchlass, der sich nach ihnen sofort wieder schloss.

Andrea, meine Mutter und ich harrten derweil aus, aufgeregt das Geschehen beobachtend, am Anfang der Brücke über den uns unbekannten Fluss.

Warum fielen manche Schlurfer einfach um? Ich konnte mir das nicht erklären. Verfügten diese Kreaturen doch nur über eine begrenzte Zeit und gerade jetzt kam ihr Ende? Ein schöner Gedanke, doch er erschien mir unlogisch.

Dann entdeckte ich es. Im einer Entfernung von gut und gerne geschätzten dreihundert Metern – kniete ein Mann auf dem Boden und zielte mit einem Gewehr in Richtung der Schlurfer-Traube. Neben ihm stand ein dünnes, blondes Mädchen. Bernhard und Emma. Was machten die beiden denn hier? Wo befanden sich die anderen? Was war ihnen zugestoßen?

Panik stieg mehr und mehr in mir auf. Ich verspürte einen heißen Druck, der vom Magen ausgehend, sich über meinen gesamten Oberkörper ausbreitete.

Jetzt überschlugen sich die Ereignisse. Die Schlurfer machten sich umgehend an die Verfolgung von Lennard und Mona. Tatsächlich schaffte es eine der Kreaturen Mona an die Schulter zu fassen. Das

Mädchen geriet erneut ins Straucheln. Ein Schuss aus Bernhard Gewehr befreite Mona von den Klauen der Bestie, doch bei dem Versuch sich loszureißen, knickte sie mit dem rechten Fuß um und konnte fortan nur noch humpeln. Das ließ sie noch langsamer werden. Selbst die sie verfolgenden Schlurfer erreichten eine höhere Geschwindigkeit. Andere Bestien kamen nun ebenfalls bis auf Armlänge heran und streckten sich nach den Flüchtenden.

»Los, los. Über die Brücke.«

Ich griff Andreas Hand und rannte los. Meine Mutter folgte uns und schließlich erreichen auch die Anderen mit der humpelnden und von Lennard gestützten Mona die Brücke. Eine riesige Traube von Untoten folgte uns.

»Ich kann nicht mehr«, stöhnte Mona.

»Nur noch ein paar Meter«, motovierte sie Lennard.

Das Gestöhne und Gegröle der Bestien nahm zu. Sie witterten ihre Chance. Ich blickte mich um. Bernhard und Emma konnte ich nicht mehr erblicken. Der Weg über die Brücke würde ihnen versperrt bleiben.

Plötzlich mischten sich unbekannte Geräusche zwischen die Laute der Untoten. Ein Ächzen und Krächzen, gerade so wie es klingt, wenn Metall an Metall reibt. Dann ein lautes Knacken. Der Boden unter unseren Füßen geriet ins Schwanken.

»Schneller, schneller«, rief mein Vater.

Dann endlich erreichten wir die andere Uferseite und kurze Zeit später folgten auch die anderen. Fritz warf Mona über die Schulter und vergrößerte den Vorsprung vor den Bestien wieder.

Rasend schnell und bei der Geschwindigkeit der Schlurfer unerwartet, füllte sich die Brücke mit weiteren Untoten. Es musste sich um Hunderte handeln.

Urplötzlich erfüllte ein lautes Krachen die Luft. Wie der Schuss eines Gewehres, nur lauter. Die eben noch passierte Brücke begann heftig zu wanken – immer heftiger. Am Ende brach das gesamte Bauwerk mit einem weiteren lauten Knall in sich zusammen. Massen von Untoten glitten mit den Trümmern in den Fluss. Die den Witterungsverhältnissen ausgesetzte und seit langen Jahren nicht mehr überprüfte und gewartete Brücke hielt dem Gewicht der unzähligen Schlurfer und ihrem Gestampfe nicht mehr stand und brach, wie andere Bauwerke der Menschen in den letzten Jahren vor ihr, in sich zusammen. Der Weg für unsere blutrünstigen Verfolger wurde damit versperrte. Leider konnten Bernhard und Emma uns nun auch nicht mehr folgen.

Wie ließen uns an der Uferböschung nieder und Fiona kümmerte sich um Monas Knöchel und Handgelenke.

»Mit Ruhe für die Hände und einem Stock zur Unterstützung wird es gehen und in ein paar Tagen ist das vergessen.«

Ich beriet mich mit meinem Vater und erzählte ihm von meiner Beobachtung zu Bernhard und Emma. Besorgt schaute er in die Ferne auf der anderen Flussseite.

Plötzlich erfüllte ein Geräusch die Luft, wie ich es vorher noch nie vernahm. Andrea, dessen Hand ich hielt, zuckte merklich zusammen.

»Was ist das schon wieder?«, sprang ich auf und wunderte mich zugleich.

Keiner der Erwachsenen teilte unsere Aufgeregt-
heit. Sie kannten das Geräusch. Auf der Straße oberhalb der Uferböschung erschien kurze Zeit später ein
Ungetüm von einem Doppeldeckerbus – im leuchtenden Grün. Die Untoten auf der anderen Uferseite gerieten ob des Lärms und des Anblicks in Wallung.
Gottlob konnten sie uns nicht erreichen.

»Schaut mal, das alte Dingen fährt noch. Der
Treibstoff zündet und an das Betanken mit Schlauch
könnt ihr euch ja wohl noch erinnern«, erklärte Fritz
mit einem breiten Grinsen aus dem heruntergekurbel-
ten Fenster des Busses heraus, »musste nur an der
Elektrik rummachen, aber hat geklappt. Gut, dass wir
die Batterie dabeihaben. Ohne die wäre nichts gegangen.«

Oskar sprang hin und her und allen anderen konnte man die Freude über das Fahrzeug anmerken.
Schnell rauften wir unsere Sachen zusammen und
bestiegen den Bus.

»Das Schärfste ist das hier«, rief Fritz und hielt
einen Pappkarton mit kleinen Blechdosen in die Höhe.

Noch nie waren mir solche Stücke vor die Augen
gekommen und ich wusste nicht, um was es sich handelte. Andrea neben mir verstand auch nichts von der
Funktion der Dosen und drehte sie ratlos in den Händen.

»Cola!«, rief meine Mutter triumphierend, »so
was habe ich seit hundert Jahren nicht mehr getrun-
ken. Ich gebe einen Teufel aufs Haltbarkeitsdatum.«

Rasch zeigten die Älteren den Jüngeren wie die
Dosen geöffnet werden konnten. Alle labten sich an
dem seltenen wie köstlichen Getränk.

»Dann lasst uns mal aufbrechen«, verkündete
Fritz und startete das Fahrzeug erneut.

(24)

»Wir können doch nicht ohne Bernhard und Emma los.«

»Wir können auch nicht über den Fluss zurück und sie suchen.«

»Wir können aber von oben alle zusammen Ausschau halten und vielleicht haben wir dabei Glück. Auf eine halbe Stunde soll es doch wohl nicht ankommen, oder?«

Wie ich es erhoffte, gaben die Umstehenden ihre Widerstände rasch auf. Nun spähten wir über den Fluss und suchten voller Sorge den Horizont nach unseren Freunden ab. Irgendein Lebenszeichen musste doch auszumachen sein. Die Spekulationen darüber, warum sich Bernhard und Emma alleine und in unserer Nähe, also nicht auf dem Weg zur Festung Königstein befanden, sprießten in sämtliche Richtungen. Die allgemeine Stimmung hob das nicht. Immer wieder gelangten wir zu denselben Überzeugungen. Willi, Eddi und den anderen musste Schlimmes zugestoßen sein.

Nach einer ergebnislosen Stunde ergriff meine Mutter das Wort.

»Wir müssen über den Fluss zurück und sie suchen.«

»Da drüben wimmelt es nur so von Schlurfern. Das wäre Selbstmord.«

»Und wenn sie irgendwo feststecken und unsere Hilfe brauchen? Immerhin haben es Lennard und Mona nur über den Fluss geschafft, weil Bernhard uns geholfen hat.«

»Ja, das weiß ich auch. Was sollen wir denn auf der anderen Flussseite machen? Wo willst du sie denn suchen? Und hier rumstehen können wir auch nicht ewig.«

Ratlosigkeit machte sich breit. Niemand hätte auch nur eine Sekunde gezögert, Bernhard und Emma zur Hilfe zu eilen. Doch dazu musste man wissen, wo sie sich aufhielten. Und das taten wir nicht.

»Da hinten, den Fluss rauf«, kreischte Mona ohne Vorwarnung und mit einer Lautstärke, die in den Ohren schmerzte.

»Was denn?«

»Ja da! Da bewegt sich doch was.«

Und tatsächlich. Zwei Personen – es musste sich um Bernhard und Emma handeln – liefen Hand in Hand den Fluss entlang. Eine Horde von Untoten folgte ihnen im gebührenden Abstand.

»Die sind zu langsam, die holen die nicht ein.«

»Solange von der anderen Flanke keine Schlurfer kommen.«

Lennard und ich sahen uns bestürzt an. Ja, dann würde es eng werden. Am Horizont ging langsam aber sicher die Sonne unter. Länger als zwei Stunden würde ihnen kein Tageslicht mehr den Weg weisen. In der Finsternis den herumstehenden Schlurfern ausweichen, konnte zu einem Ding der Unmöglichkeit werden.

Der Bus setzte sich in Bewegung. Fritz steuerte das Fahrzeug so nahe es ging am Flussufer entlang, um jederzeit Bernhard und Emma aufnehmen zu können, falls ihnen die Überquerung des Flusses gelingen würde. Der Fluss maß an der Stelle, an der wir uns befanden, eine Tiefe, die man nicht durchwarten konnte. Und er verfügte über Strömungen, die auch den stärksten Mann mitreißen konnten. Nur eine weitere Brücke oder ein Boot konnte die beiden Flüchtenden retten.

Schon vor Einsetzen der Dämmerung wurde der Lauf von Bernhard und Emma langsamer. Allmählich schwanden ihnen die Kräfte. Der Vorsprung zu den Schlurfern, die sie seit dem Brückeneinsturz verfolgten, wuchs auf eine beachtliche Größe an, reichte dennoch nicht aus, um den Untoten die Lust an der Verfolgung zu nehmen. Problematischer als diese Meute erschien eine kleinere Bande von Bestien zu sein, die sich von der Flanke näherte und versuchte, den Beiden den Weg abzuschneiden. Immer wieder tauchten solche Gesindel auf und kamen den Beiden bedächtig nahe.

Unvermittelt stoppte Fritz den Bus mit einer Vollbremsung. Fiona und Andrea fielen dadurch in den Gang, verletzten sich zum Glück dabei nicht.

Fritz deutete hektisch auf ein Ruderboot, welches am Ufer lag – an unserer Uferböschung.

Die Erwachsenen debattierten, wie man am schnellsten mit dem Boot das andere Ufer erreichen und die Freunde retten konnte. Ich dagegen verlor keine Sekunde Zeit. Ich öffnete die Bustür, schnellte heraus, eilte ans Ufer, sprang in das Bötchen, griff die Ruder und ruderte mit aller Kraft los. Bernhard und Emma wollte ich nicht auch noch auf meinem Gewissen haben. Die starke Strömung zog mich mit, trotzdem schaffte ich es, mich mit kräftigen Bewegungen Bernhards und Emmas Ufer zu nähern.

Bernhard erkannte seinerseits die Situation und versuchte abzuschätzen, an welcher Stelle ich landen würde.

Dem Anschein nach überschätzte ich meine Stärke, allenfalls auch die Strömung. Langsam verließ mich meine Energie.

Ich befand mich auf der Hälfte des Flusses, da rief Emma irgendetwas zu mir herüber. Wild gestikulierend zeigte sie den Fluss hinauf. Da begriff ich, was das Mädchen mir signalisieren wollte. Vier zappelnde Schlurfer trieben den Fluss hinab. Wie sie in diesen gerieten, konnte ich nicht sagen. Ein geplantes Vorgehen der Kreaturen konnte ich mir nicht vorstellen. Sie mussten versehentlich ins Wasser gefallen sein. Nun trieben sie auf mich zu. Die ersten Beiden streckten ihre knochigen Hände nach dem Boot aus. Selbst jetzt konnten sie ihr markerschütterndes Gestöhne nicht unterlassen und obwohl sie größtenteils im Wasser steckten, roch ich die Nähe ihrer widerlichen, verwesenden Körper.

Da klammerte sich auch schon einer der Schlurfer am Boot fest und versuchte in selbiges zu klettern. Das konnte ihm zwar ob seiner ihm verbliebenen körperlichen Fähigkeiten nicht gelingen, dem Boot allerdings gab er damit eine Richtungsänderung mit, die mich von Bernhards und Emmas Ufer wieder entfernte. Mit einem der Ruder hieb ich auf die Hände des Untoten ein. Seine Handknochen zerbrachen in tausend Teile, was mir ein unschön knackendes Geräusch offenbarte. Das hinderte ihn nicht daran, sich weiterhin am Boot festzuklammern. Einer seiner Kollegen erreichte nun ebenfalls mein Boot. Statt mit seinen Händen nach der Reling zu greifen, biss er herzhaft hinein und versuchte, eines seiner Beine über den Bootsrand zu hieven. Seine Kniescheibe brach ich mit meinem Ruder.

Bernhard erkannte meine Probleme und legte mit seinem Gewehr auf die Untoten an. Dabei vernachlässigte er die Meute von Schurfern, die sich ihm und seiner Tochter von hinten näherte.

Ein dumpfer Knall – Bernhards Schalldämpfer stellte seine Funktion immer noch nicht komplett ein. Mein Freund schoss. Und tatsächlich fehlte danach einer der beiden Schlurfer an meinem Boot.

»Bernhard hinter dir«, rief ich, so laut ich konnte.

Bernhard verstand mich und wendete sich seinen Angreifern zu.

Währenddessen hielt es meinen Vater nicht mehr an seinem Platz. Mit einem Messer zwischen den Zähnen warf er sich in den Fluss, um mein Boot schwimmend zu erreichen. Der nach wie vor an meinem Boot hängende Schlurfer stöhnte lauter.

Endlich gelang es mir, mein Boot mit Ruderschlägen von der letzten Bestie zu befreien. In meinen Bemühungen den Schlurfer loszuwerden, verlor ich meinen Vater aus den Augen. Jetzt hielt ich verzweifelt nach ihm Ausschau. Er rangelte eng umschlungen mit einem weiteren Schlurfer im Wasser. Ich konnte nicht erkennen, wer bei diesem Kampf die Überhand gewinnen würde. Meine Mutter schrie hysterisch und konnte von Fritz nur mit Mühe und Not daran gehindert werden, ebenfalls ins Wasser zu springen.

Der letzte der vier auf mich zutreibenden Schlurfer hangelte nun am Boot. Ihn erledigte ich mit einem gezielten Tritt über die Reling mitten auf den Kopf. Mit eingetretenem Schädel trieb er leblos den Fluss hinab.

Von meinem Vater und dem mit ihm kämpfenden Schlurfer fehlte hernach jede Spur. Dafür machte jetzt Bernhard wieder auf sich aufmerksam.

»Beeil dich Junge, ich kann sie nicht mehr lange aufhalten.«

Die kleine Emma stand da und zitterte am ganzen Körper. Die Bestien näherten sich unaufhaltsam. Es drängten einfach zu viele auf sie ein. Bernhards Gewehr vermochte sie nicht alle zu stoppen.

Ich ruderte was das Zeug hielt und schließlich schaffte ich es, total ausgepumpt das Ufer zu erreichen. Nach Emma sprang Bernhard in das Boot. Ein letzter Schuss aus Bernhard Gewehr, ein lebloser Körper, der auf den Rand des Bootes schlug und wir befanden uns wieder in der Mitte des Flusses. Die Enttäuschung der Kreaturen am gerade verlassenen Ufer stand ihnen förmlich in ihre zerfurchten Gesichter geschrieben.

Mit Bernhards tatkräftiger Unterstützung erreichten wir schließlich das rettende Ufer. Emma wurde von den Frauen direkt in den Bus geführt. Das Mädchen beruhigte sich rasch wieder. Wir anderen hielten vergebens Ausschau nach meinem Vater.

Fritz schlug vor, solange die Straße direkt am Fluss entlangführen würde, diesem flussabwärts zu folgen.

»Wenn du kurz die Tür öffnest«, bat ich Fritz, »dann schick ich Oskar, ihn zu suchen.«

(25)

Marc dachte keine Sekunde nach und sprang, bewaffnet mit einem Messer, in den Fluss. Nach ein paar Schwimmzügen bekam er den ersten Schlurfer zu fassen. Marc versuchte ihm das Messer in die Schläfe zu rammen. Der Untote griff seinerseits mit seinen knorpeligen Händen nach Marcs Gesicht. Eng umschlungen trieben beide den Fluss hinab – jeder darum bemüht, dem anderen sein Ende zu bereiten und selbst keine offene Flanke zu bieten.

Dem Schlurfer bereitete es keinerlei Mühe, längere Zeit mit dem Kopf unter Wasser zu bleiben und nicht atmen zu können. Das machte ihm einfach nichts aus. Untote ertranken nicht. Marc dagegen kämpfe damit, seine Lungen mit Sauerstoff füllen zu können. Mehr und mehr versank seine Energie in den Tiefen des Flusses.

Dann endlich gelang es Marc eine Hand freizubekommen. Mit der anderen Hand drückte er den Kopf der Bestie nach hinten. Dieser erhielt so keine Chance ihn zu beißen. Mit einem Stoß des Messers in den Schädel bereitete Marc der Kreatur ihr Ende.

Das Ganze führte allerdings zu einer neuerlichen Misere. Marc wurde Kilometerweit abgetrieben. Er erreichte schließlich erschöpft das Ufer und wusste zunächst nicht mehr, ob er sich am Ufer des Busses oder am anderen Ufer befand. Der Kampf und die Tatsache, einmal über und einmal unter Wasser zu sein, raubte ihm die Orientierung. Mitgenommen hielt er Ausschau nach den Lichtern des Busses.

Entnervt dachte er an das soeben Geschehene zurück. Fehlten ihm solche Erlebnisse wirklich? Ja, er freute sich insgeheim von Anbeginn seiner Reise über das Abenteuer, welches ihm sein Sohn mit seinem Ausbruch aus Königstein aufbürdete. Doch nun, angesichts des Elends und der Gefahren außerhalb der Festung, zweifelte er daran, dieses Abenteuer jemals gebraucht zu haben.

Schlurfer befanden sich nicht in seiner Nähe. Er befand sich auf der richtigen Seite. Der Verlauf der Strömung des Flusses beseitigte seinen letzten Zweifel. So schnell es ihm seine müden Muskeln erlaubten, trabte er flussaufwärts. Völlig unbewaffnet – sein Messer steckte wohl immer noch im Schädel des mittlerweile abgetriebenen Untoten – hoffte er darauf, keinen weiteren Bestien zu begegnen.

Auf der rechten Flanke tauchten drei Gebäude auf. Das Hintere der drei Mehrfamilienhäuser, völlig ausgebrannt und verrußt, fiel einst offensichtlich einem Brand zum Opfer, den das abgestürzte Passagierflugzeug verursachte, dessen Überreste direkt neben dem Gebäude aus der Erde ragten. Das mittlere Gebäude musste der Zeit ohne menschliche Fürsorge seinen Tribut zollen. Ein eingestürztes Dach und zusammengebrochene Wände vermittelten den Eindruck, dieses Haus besser nicht zu betreten.

Das dritte der Gebäude schien unbeschädigt. Einen Versuch sollte es wert sein, dachte Marc. Dieses Mal – Marc erinnerte sich an seine letzte Begegnung mit alleinstehenden Häusern und an die Schlurfer im Biergarten und Fahrradgeschäft – wollte er sich nicht überraschen lassen. Langsam bewegte er sich die schmale Straße entlang. Das Rascheln im Gestrüpp links neben ihn, alarmierte ihn.

Was aus dem Dickicht auf ihn zu rannte, würde für jeden Untoten das sichere Ende bedeuten. Für Marc sollte es zur Lebensversicherung werden.

Überglücklich beugte sich Marc hinab und da sprang ihn Oskar auch schon freudig zur Begrüßung an. Marc begriff. Sein Sohn wusste sehr wohl um seine Wehrlosigkeit. Daher schickte er ihm seinen Hund.

Jetzt schlichen sie gemeinsam auf das ins Auge gefasste Haus zu. Die Haustür stand sperrangelweit offen. In allen drei Etagen fand sich kein einziges beschädigtes Fenster. Gardinen verhinderten die Sicht von außen in die Räume.

Marc bemerkte zuerst die frische Luft, die ihnen im Hausflur entgegenschlug. Kein Atem nehmender Gestank, so wie ihn die Schlurfer üblicherweise verströmten.

»Lass uns oben anfangen«, murmelte Marc und griff dem Hund in den Nacken.

In der obersten Etage befanden sich zwei Wohnungstüren, die beide ohne größere Anstrengungen geöffnet werden konnten. Marc entschied sich dazu, zunächst in der links von ihm gelegenen Wohnung zu stöbern.

Abgesehen von einer dicken Schicht Staub auf den Möbeln wirkte die Wohnung auf ihn so, als ob sie kürzlich erst verlassen wurde. Dieser Eindruck änderte sich bald. Er öffnete den Kühlschrank. Eine Wolke verdorbenen Gestanks stieg ihm in die Nase. Das eine oder andere Getier, welches sich in den Jahren eine Bleibe auf den vergammelten Lebensmitteln schuf, zappelte herum. Nach so langer Zeit noch Genießbares finden zu wollen, stellte sich letztendlich als ein chancenloses Unterfangen heraus.

Im Badezimmer fand Marc zwei alte Deo-Roller, dessen Kugeln er gut für seine Zwille verwenden konnte. Die letzten seiner Kugeln verschoss er bei seinem Ausflug zum Leipziger Flughafen. Einen wehmütigen Blick richtete Marc auf die rosafarbene Badewanne, die schon lange kein Wasser gesehen und keinen Badenden mehr beherbergte. Auch jetzt würde sich das nicht ändern.

Nach dem Fund einer schwarzen Mütze, einer grünen Reisetasche und eines Wollschals im Schlafzimmer, wendete sich Marc dem Wohnzimmer zu

Auf einem Schrank standen die Bilder einer fröhlich wirkenden Familie. Drei sehr junge Kinder, deren vermutliche Großeltern und diverse andere Erwachsene erblickte Marc auf verschiedenen Fotos. Eine Zeit lang wanderten seine Gedanken zurück zu seiner eigenen Familie und seinen Freunden von früher. Nur selten erlaubte er sich, an alte Tage zu denken. Jetzt übermannten ihn die Erinnerungen und Tränen der Wehmut füllten seine Augenwinkel.

Zwei Flaschen mit hochprozentigem Schnaps, ein Paar Lederhandschuhe sowie eine Sonnenbrille zählten hier zu seinen Fundstücken.

Guter Laune öffnete Marc die Tür zu der anderen Wohnung auf dieser Etage. Sollte seine Ausbeute hier ähnlich ausfallen, würde das doch noch einen gelungen Tag bedeuten.

Die Luft in dieser Wohnung schien abgestanden. Jedenfalls stank sie nicht. Ein guter Hinweis für Abwesenheit von Schlurfern in diesem Teil des Hauses. Oskar bahnte sich direkt an Marc vorbei einen Weg in die Wohnung und verschwand in einem der Zimmer.

Ein Brotmesser mit einer fünfundzwanzig Zentimeter langen Klinge erbeutete Marc in der Küche. Ein

Paket Salz fand ebenso sein Interesse, wie ein noch unberührtes Päckchen mit nicht gemahlenem Kaffee. Sollte man aus diesen Bohnen tatsächlich noch ein Tässchen Kaffee zaubern können?

Ein lautes Poltern in einer der unteren Etagen schreckte ihn auf und beendete jäh seine Wunschträume. Oskar stellt die Ohren auf und wartete auf Marcs Befehle.

Ein Mensch, ein Tier oder ein Schlurfer, vielleicht auch nur der Wind.

Das eben erbeutete Brotmesser vor sich haltend näherte sich Marc vorsichtig der Tür zum Treppenhaus. Ein weiteres Geräusch alarmierte ihn erneut. Ein Klirren wie ein herunterfallendes und zerbrechendes Glas drang an sein Ohr. Das kam aus der ersten Etage, dachte er, nicht aus der zweiten.

»Auf geht`s«, murmelte er dem Hund entschlossen zu.

Die Türen zu den Wohnungen rechts und links auf der zweiten Etage ließen sich nicht ohne Gewalt öffnen. Die Geräusche mussten tatsächlich aus der ersten Etage stammen.

Marc und Oskar, der seltsam unaufgeregt und trotzdem aufmerksam wirkte, schlichen vorsichtig weiter. Bei Schlurfern im Haus hätte er bestimmt schon längst angeschlagen.

Marc rümpfte seine Nase. Das Haus roch leicht moderig – kein Wunder nach all den Jahren. Den typischen Gestank der Schlurfer bemerkte Marc auch hier nicht.

Eine Tür auf der ersten Etage stand offen. Marc drängte sich so lautlos wie möglich in die Diele der Wohnung. Der Hund folgte ihm.

Ein Zimmer rechts, zwei Zimmer links und geradeaus ein weiterer Raum. Ok, der Reihe nach, dachte Marc und stieß mit seinem Küchenmesser die Tür zum Raum rechts vorsichtig auf.

»Was ist das denn?«, sagte er ebenso laut wie entgeistert.

Mit offenem Mund stand er da und starrte in das ehemalige Kinderzimmer.

(26)

Von meinem Vater fehlte weit und breit jede Spur. Langsam rollte der Bus die schmale Straße entlang. Fritz versuchte den tiefen Schlaglöchern so gut es ging auszuweichen. Das Wetter der letzten fünfzehn Jahre setzte dem Asphalt ordentlich zu.

Ohne Unterlass hielt ich Ausschau nach meinem Vater. Bernhard erzählte derweil den Anderen seine kurze Geschichte.

Mit jedem Meter, den er und seine Tochter zusammen mit Willi und Eddi und den anderen Kindern zurücklegte, stieg Bernhards Unzufriedenheit. Er gab einst Zypern auf, um in Deutschland ein normales Leben führen zu können. Ja, dieser Versuch blieb erfolglos. Doch letztendlich lernte er Isa kennen und konnte mit ihr auf der Festung Königstein ein beschauliches Leben führen. Doch jetzt, wo sich die Gelegenheit bot, auf den früheren Kurs wieder einzuschwenken, da sollte er den Schwanz einkneifen und nachhause gehen?

Emma beobachtete ihren Vater bei jedem Schritt. In ihm nagte etwas und bei der ersten kleinen Rast fragte sie ihn.

»Papa, du bist sauer, oder?«

»Ach was Emma. Ich bin nicht sauer. Ich frag mich nur, ob wir das Richtige tun.«

»Du meinst nachhause zu gehen, zu Mama?«

»Nein, natürlich ist es richtig zu Mama zu gehen. Aber ich glaube, es ist nicht richtig, andere nach einer neuen Heimat suchen zu lassen? Es ist auch nicht richtig, auf Königstein rumzulungern während Marc, Fritz und die anderen Freunde die Freiheit suchen?«

»Willst du meine Meinung hören, Papa?«

»Ja, na klar!«

»Du hast Recht, es ist falsch.«

Da brauchte Bernhard keine weitere Sekunde mehr. Er sprang auf, griff nach seinen Sachen und vor allem nach seinem Gewehr, ging zu Willi und Eddi herüber und wechselte ein paar Worte mit ihnen, die Emma nicht verstand. Plötzlich drehten sich die Männer zu ihr um, kamen herüber und nahmen sie in den Arm.

»Mach et jut, Emma. Grüß mich die Andern, wir sehn uns bald wieda«.

»Passe gute auf deine liebe Vater auf, Bella.«

Schon zog Bernhard seine Emma hinter sich her. Kurze Zeit später verschwanden Willi und Eddi aus ihrem Blickfeld.

Die grobe Richtung, die Bernhard und Emma einschlagen mussten, um uns wiederzufinden, lag auf der Hand. Irgendwie nach Norden. Das stellte für den ehemaligen Soldaten keine besondere Hürde dar und nicht all zu lange nach ihrem Weggang fanden sie das, wonach sie suchten. Nur befanden sich die gesuchten Freunde in Gefahr und Bernhard sah keine andere Möglichkeit. Es musste mit seinem Gewehr hilfreich eingreifen. Dies auch auf die Gefahr hin, selbst in Schwierigkeiten zu geraten.

Nun gut, das gehörte der Vergangenheit an. Doch wir konnten immer noch nicht unseren Weg fortsetzen. Fehlte doch jetzt mein Vater.

»Da vorne biegt die Straße ab. Dann geht's nicht mehr am Fluss lang.«

»Was machen wir jetzt?«, richtete ich mich an Fritz.

»Dahinten, siehst du die drei Häuser. Da führt die Straße hin. Den Fluss können wir von da auch noch sehen. Dort halten wir erst mal und wenn wir Glück haben gibt es auch noch was in den Häusern zu holen.«

In langsamer Fahrt näherte sich der Bus den drei Häusern, in denen sich auch mein Vater aufhielt. Nur wussten wir zu dem Zeitpunkt nichts davon.

Andrea tauchte hinter mir auf, legte eine Hand auf meine Schulter und beugte sich zu mir hinab. Einer ihrer Finger berührte dabei meinen Nacken.

»Du willst doch da nicht in so ein Haus, oder?«

Ich drehte mich zu ihr um und sah ihr direkt in die Augen. Wahnsinn, dachte ich und wünschte mir, mit ihr alleine sein zu können. Ich war so froh sie bei mir zu wissen. Meine Mutter, die im Hintergrund die kleine Szene beobachtete, lächelte wissend vor sich hin.

Machte sie sich gar keine Sorgen um meinen Vater? Na ja, sie kannte ihn besser als ich und wusste, wann es für ihn gefährlich werden würde und wann nicht. Unzählige Abenteuer erlebte sie mit ihm und konnte Marcs Fähigkeiten, Problemen aus dem Weg zu gehen, gut einschätzen. Das Wichtigste jedoch, Oskar befand sich hoffentlich bei ihm.

Drei Buslängen vor den Häusern brachte Fritz das Fahrzeug zum Stehen.

Nun saßen wir an den Fenstern des Busses, starrten auf die drei Gebäude sowie auf den Fluss und wussten nicht so recht, was wir als Nächstes unternehmen sollten.

»Vielleicht sollte ich da mal hineingehen. Bestimmt gibt es was zu erbeuten.«

»Du bleibst wo du bist, Bernhard. Niemand verlässt den Bus«, polterte Fritz.

»Wieso...?«

In diesem Augenblick wurde die Haustür des mittleren Hauses mit einem lauten Knall aufgestoßen. Zwei Gestalten schlüpften hindurch, sahen sich gehetzt um und verschwanden in einem rasenden Tempo um die nächste Häuserecke.

Die Businsassen saßen mit offenen Mündern da und beobachteten entgeistert die unerwartete Szenerie.

(27)

Zwei seltsam anmutende Gestalten hockten auf allen Vieren in dem Zimmer und wühlten gierig in verschiedenen Kleidungsstücken, die auf dem Fußboden zerstreut lagen. Ab und an roch eines der Wesen an der Kleidung und steckte ein Teil davon in den Mund. Es handelte sich dabei keineswegs um Schlurfer. Nein, Untote bewegten sich anders und interessierten sich für nichts Anderes als Blut und frisches Fleisch. Marc stand vor völlig verdreckten, nackten Menschen, die nie in ihrem Leben ihre Haare schnitten oder sich reinigten. Marc erkannte zwei Jugendliche – bestenfalls vierzehn oder fünfzehn Jahre alt, ein Junge und ein Mädchen.

Jetzt bemerkten die Gestallten Marc und den Hund und reagierten panisch. Sie sprangen beide gleichzeitig auf. Das Mädchen schleuderte das Kleidungsstück, welches sie gerade in der Hand hielt, in Richtung Marc. Der Junge reckte seinen Nacken nach hinten und kreischte in einer Tonart, die irgendwo zwischen Greifvogel und Bär lag.

Marc fühlte sich nicht in der Lage irgendetwas entgegenzuhalten. Lebende Menschen, die in ihren Gebärden und ihrem Verhalten keine Menschen mehr waren, sondern Tieren glichen. Damit konnte er nicht rechnen.

Der Junge und das Mädchen wechselten undefinierbare Laute, die Marc keiner ihm bekannten Sprache zuordnen konnte und die sich nicht wie Worte anhörten. Dann liefen sie los, direkt auf Marc zu.

»Oskar sitz!«, befahl Marc noch schnell dem Hund, bevor dieser die tierähnlichen Wesen stellen konnte.

Dann befanden sich die schmutzigen, mit wehenden, verfilzten Haaren daherkommenden Figuren schon auf Marcs Höhe. Der Junge sprang ihn mit allen vier Gliedmaßen voraus an. Eine Hand traf Marc mitten ins Gesicht, die andere an der Schulter. Ein Fuß traf ihn in der Hüfte, der andere am rechten Oberschenkel. Marc taumelte gegen die Zimmerwand hinter sich. Oskar knurrte und wollte zum Sprung ansetzen, doch Marc hielt ihn auf.

»Bleib hier.«

Die beiden Jugendlichen polterten auf ihren nackten Füßen die Treppe im Treppenhaus hinunter. Marc rappelte sich auf und versuchte den beiden Flüchtenden zu folgen.

Am Ende der Treppe stieß er die Haustür auf. Sein Blick fiel auf den grünen Bus und auf seine darin sitzenden Gefährten. Selten blickten sie so verdutzt drein, wie jetzt.

Marc und Oskar rasten, wie die Jugendlichen zuvor, um die Hausecke und nahmen die Verfolgung auf.

»Jetzt gehe ich raus!«, schrie Bernhard und auch ich wollte wissen, was da vor sich ging.

Bernhard und ich erreichten die Hausecke. Die beiden Jugendlichen sahen wir nicht mehr. Mein Vater und mein Hund liefen derweil auf ein Waldstück zu, welches sich hinter einer Grasfläche zwischen dem Fluss und einem Hügel am Horizont erstreckte.

Plötzlich stoppe Marc seinen Lauf und der Hund hielt ebenfalls inne. Sekunden später kamen Bernhard und ich neben ihnen zum Stehen.

Ein ohrenbetäubendes Geschrei - ebenso, wie es der Jugendliche in der Wohnung ausstieß – erfüllte die Luft. Dabei handelte es sich nicht um den Ruf eines Menschen wie wir ihn kannten. Nein, eine Vielzahl von Kehlen stimmte dieses Geschrei an. Dazu flogen ziellos Steine und Äste in unsere Richtung. Das Szenario erinnerte an eine Begegnung zivilisierter Menschen mit einer Horde Affen.

Handelte es sich hier wirklich um unsere Nachkommen? Fanden sich zurückgelassene Kinder zu Horden zusammen und lebten fortan ohne Zivilisation und Bildung wie Tiere im Wald? Standen wir vor der einzigen Bande oder existierten noch mehr solcher oder ähnlicher Gruppen?

Ein Rascheln zwischen den Bäumen ließ mich meine Gedanken zurückdrängen. Büsche wackelten und schon stand eine zehnköpfige Meute von unbekleideten Jugendlichen vor uns. Ihr Geschrei ließ uns ebenso verwundert dastehen, wie die seltsam anmutenden Tänze, die sie vorführten. Sie sprangen von einem Beins aufs andere und drehten sich im Kreis. Immer wieder schleuderten die Äste und Steine in unsere Richtung. Einen ernsthaften Versuch, uns damit zu treffen, konnte ich nicht erkennen.

»Los, zurück zum Bus«, meinte mein Vater, »wir wissen nicht, wie die Kinder reagieren, wenn wir uns ihnen weiter nähern. Greifen sie uns an oder nicht? «

Das Geschrei der Jugendlichen verstummte.

»Es ist besser, wenn wir den Menschen unsere Verbundenheit zeigen. Wir stehen auf ihrer Seite«, teile ich die Meinung meines Vaters nicht.

Ich zog seinen Tapezierigel aus meinem Gürtel, legte ihn auf den Boden und ging langsam auf die Jugendlichen zu. Bernhard verstand, was ich plante und legte sein Gewehr ebenfalls ab. Jetzt taten es die anderen mir nach und stellten sich genauso auf Kommunikation mit den Jugendlichen ein.

Sechs, sieben Schritte, mein sich zurückhaltender Hund und unbewaffnete Freunde hinter mir und die Jugendlichen wichen so schnell zurück wie sie aufgetaucht waren.

Gespannt blickten wir auf den Wald. Meine Hoffnung, die Menschen fassten Vertrauen und zeigen sich erneut, erfüllte sich nicht. Keine Bewegung zeugte von ihrer Anwesenheit und kein menschlicher Laut drang zu uns herüber.

»Es wird dunkel. Lasst uns zum Bus gehen. Wir übernachten hier und schauen morgen nochmal.«

Mein Vater drehte sich um, legte einen Arm um Bernhard und gemeinsam gingen sie, laut schwadronierend, zurück zum Bus.

Mein Hund und ich folgten ihnen.

(28)

Als am nächsten Morgen die Sonne aufging, suchte ich vergebens die Umgebung des Busses mit meinen Augen ab. Nichts wies auf strubbelige, nackte Jugendlichen hin.

»Was interessiert dich an denen so?«, fragte Andrea, die sich auf dem Sitz neben mich setzte.

»Weiß ich auch nicht. Denen muss man doch helfen, oder?«

»Womit willst du denen denn helfen? Sollen die sich auch irgendwo einsperren, wie wir auf Königstein?«

»Na ja, komm. So schlimm war es da auch nicht.«

»Ja, stimmt. Aber hast du dir mal diese Häuser angesehen und die Orte unterwegs. Die ganzen Gebäude, die Geschäfte, die Autos, den Bus hier und das alles? Das muss früher eine fantastische Welt gewesen sein.«

»Ob das alles so toll war, weiß ich nicht sicher. Wenn davon noch was übrig ist, dann finden wir das. Ich will das auch wissen.«

»Kommt jemand mit?«, unterbrach mein Vater unsere Zweisamkeit, »ich will nochmal ins Haus.«

Zwei Stunden später verstauten wir unsere Beute aus dem Haus im hinteren Teil des Busses. Kleidung, Messer, Geschirr, zwei Paar Schuhe, eine Wäschewanne und, zu unser aller Freude, ein großes Glas Rübenkraut gelangten in unseren Besitz. Ein Luftgewehr und reichlich Munition dazu ließen wir zurück. Bernhard meinte, damit wäre nichts anzufangen.

Andrea und ich unterhielten uns noch eine Zeit lang aufgeregt über die für uns unbekannten Dinge, die wir in den Wohnungen bestaunen durften. Meine Mutter Fiona, die uns begleitete, erklärte uns das eine oder andere Objekt, von dem wir nicht wussten, wofür man es früher gebrauchte. Lennard und Mona freuten sich derweil schon sehnsüchtig auf die Verteilung des Rübenkrauts.

Der Bus startete und rollte langsam an. Affenmenschen konnte ich immer noch nicht entdecken. Innerlich stark bewegt, dachte ich über mein Leben und das meiner Mitreisenden nach, dachte an meinen Opa, der, ebenso wie meine Eltern die sogenannte Zivilisation noch erleben durfte, dachte an das Leben auf der Festung Königstein, aus dem Menschen wie ich – nämlich mit einem kleineren Erfahrungsschatz - hervorgingen und dachte an diese Affenmenschen. Vermutlich wurden sie in einer Umgebung groß, die noch nicht einmal im Ansatz der auf der Festung entsprach. Plötzlich kam mir der Funkspruch wieder in den Sinn. Wegen der Information daraus befanden wir uns jetzt hier. Wir alle hofften darauf, im Norden eine Wirklichkeit zu finden, die dem Lebensumständen meines Opas entsprach. Verrückte Welt.

Irgendwie bugsierte Fritz den Bus auf eine Straße, die zwei Fahrspuren in jede Richtung aufwies und die durch Büsche getrennt wurden. Musste wohl eine Autobahn sein. Tief in meinen Gedanken versunken, bekam ich unseren Weg bis zu dieser Straße gar nicht mit.

Der wie ein Schweizer Käse mit Schlaglöchern durchlöcherte Straßenbelag zwang Fritz dazu das Fahrzeug kreuz und quer zu steuern. Verrottete Fahrzeuge standen auf der Straße herum und mussten ebenfalls umkurvt werden. Trotz alledem ging es flott voran. Nur selten kamen Schlurfer in unser Blickfeld, die entlang der Straße herumstanden oder sich langsam fortbewegten. Sie stellten keine Gefahr für uns dar.

Die Affenmenschen gerieten bald in Vergessenheit. Die Insassen des Busses unterhielten sich über alles Mögliche. Die Jüngeren –so auch ich - bestaunten die Umgebung und machten sich gegenseitig auf ihre Entdeckungen aufmerksam. Die Älteren redeten vornehmlich über alte Zeiten. Emma, die Tochter von Bernhard, gesellte sich zu Andrea und mir. Seitdem sich ihr Vater bei ihr befand, blühte sie sichtlich auf.

»Was meint ihr, ist es noch weit bis dahin? Ich bin so aufgeregt.«

»Bleib mal ruhig Emma. Ich fürchte, das sind noch einige Kilometer und Stunden, bis wir da sind.«

Bei diesen Worten fiel mir meine Unwissenheit auf. Ich wusste gar nicht, wo Fritz und mein Vater auskommen wollten. Würden wir die Ostsee irgendwo erreichen oder wollten sie Dänemark ansteuern? Also ging ich nach vorne zum Fahrersitz und fragte Fritz.

»Junge, das weiß ich auch nicht. Wir nutzen diese Straße hier, solange sie nach Norden führt und solange uns nichts daran hindert. Mehr nicht.«

Nur eine Sekunde später sprach Fritz erneut.

»Mist, guck mal der Reisebus da, steht quer auf der Fahrbahn. Da kommen wir nicht durch.«

»Den kriegst du nur weg, wenn du ihn hinten wegstößt.«

Langsam fuhr Fritz an den anderen Bus heran und berührte ihn behutsam. Das Fahrzeug wackelte leicht und sorgte dadurch für eine unschöne Überraschung. Eine Horde von Untoten klebte plötzlich an den Scheiben des angestoßenen Busses. Bis zur Unkenntlichkeit verrottete Figuren, die seit mehr als fünfzehn

Jahren in dem Fahrzeug ausharren mussten, stierten hungrig zu uns herüber und hämmerten mit ihren knochigen Händen und Armen gegen die Scheiben.

»Da vorne!«, kreischte Mona und zeigt auf eines der Fenster im vorderen Bereich des Busses.

Schon wenige Schläge genügten, um das komplette Fenster aus den Fenstergummis zu drücken. Jetzt rutschten die ersten Kreaturen durch die Öffnung auf die Fahrbahn, rappelten sich wieder auf und schlurften auf unseren Bus zu.

»Ruhig Blut, die kommen hier nie rein«, beruhigte Fiona.

In der Sekunde starb der Motor unseres Fahrzeugs ab.

»Was ist los, Fritz?«

»Weiß ich auch nicht. Das Ding ist einfach ausgegangen.«

Die Mehrzahl der Untoten fand mittlerweile die Öffnung in ihrem Bus. Nur noch wenige Bestien hämmerten gegen ihre Scheiben.

(29)

Zwei Stunden später stand unser Bus immer noch an derselben Stelle. Die Sonne brannte. Das Dach des Fahrzeuges glühte und wir bekamen eine Idee davon, welchen Einflüssen die Untoten im anderen Bus in den letzten fünfzehn Jahren ausgesetzt gewesen sein mussten.

Sämtliche Schlurfer konnten ihren Bus mittlerweile verlassen und bearbeiteten mit ihren Fäusten und Füßen nun unser Fahrzeug.

»Ich bekomme den nicht flott«, resignierte Fritz, »wir müssen raus hier und ich muss die Batterie ausbauen.«

»Verdammt noch mal, so ein Mist«, fluchte mein Vater, »willst du die Batterie wieder mitschleppen?«

»Sicher das. Ohne die gehe ich hier nicht weg.«

Emma kämpfte mit den Tränen und Andrea drückte meine Hand mehr als üblich.

»Ok, alles nach hinten in den Bus«, befahlt Marc.

Nun drängten sich alle, so bepackt mit unseren Utensilien wie eben möglich, an der hinteren Tür. Fritz blieb vorne am Fahrerstand. Sein Plan bestand darin, die Tür vorne zu öffnen und die Schlurfer an diese Tür und schließlich in den Bus zu locken. Bernhard gab mit seinem Gewehr die erforderliche Deckung.

Fritz öffnete die vordere Tür und machte sich durch lautes Geschrei bei den Untoten bemerkbar. Und tatsächlich strömten diese in Richtung der vermuteten Mahlzeit.

Ein Schlurfer in Lederhose und Lederjacke – eine Kleidung, welche die Zeit überdauerte und sich in einem besseren Zustand befand als ihr Träger - tat sich im Gegenteil zu seinen Freunden damit hervor, unmittelbar vor der hinteren Tür des Busses stehen zu bleiben. Er ließ sich nicht ablenken und blickte aus leeren Augen auf Lennard und mich. Wir standen an der hinteren Tür in der ersten Reihe, um den anderen im Fall der Fälle Deckung geben zu können.

»Der geht nicht weg!«, rief ich nach vorne.

»Dann musst du ihn weghauen«, rief mein Vater zurück.

Da der erste Schlurfer seinen Kopf durch die vordere Öffnung steckte, öffneten wir nun die hintere Tür. Fritz machte sich derweil selbst auf den Weg nach hinten.

Bernhard versuchte mit seinem Gewehr auf den ersten Untoten zu zielen, der den Buseingang erklomm. Doch das gelang ihm nicht, da der große Fritz ihm die Sicht nahm. Nun, Fritz maß mehr als zwei Meter. Menschen dieser Größe bewegen sich selten wie Garzellen durch enge Gänge. So kam es, wie es kommen musste. Fritz geriet ins Stolpern, blieb mit seiner Hüfte an einer der Haltestanden neben einem der Sitze hängen und schlug der Länge nach in den Gang. Das Gegröle des hinter ihm auftauchenden Schlurfers wurde zu einem Gejauchze. Sabber lief ihm an den Mundwinkeln herab. Vermutlich blieb er seit fünfzehn Jahren ohne Nahrung und die Nähe von frischem Fleisch regte seinen Speichelfluss über Gebühr an.

Bernhard wollte einen gezielten Schuss setzen. Das Projektil sollte dem Untoten auch die letzte Mahlzeit verwehren. Doch gerade jetzt verklemmte sich die Patrone im Lauf.

Lennard und ich sprangen durch die geöffnete hintere Tür aus dem Bus. Dem in Leder gekleideten Schlurfer bereiteten wir nahezu gleichzeitig sein Ende. Tapezierigel und Fleischerbeil verrichteten ihre grausige Arbeit. Oskar, der den Untoten anspringen wollte, kam nicht mehr rechtzeitig.

Dadurch wurde der Weg frei. Die Insassen des Busses drängelten sich zwischen Mittelleitplanke und dem Bus der Schlurfer vorbei. Den entsetzlichen Fehler, den wir damit begangen, bemerkten wir zu spät.

Nur noch Fritz und Bernhard befanden sich in unserem Bus. Fritz lag auf dem Boden und spürte, wie der auf ihm liegende Schlurfer ihm in seiner Gier in den Kragen seines Hemdes biss und seinen Nacken nur um Haaresbreite verfehlte. Bernhard nestelte aufgeregt am Schloss seiner Waffe herum. Schließlich wurde es Beiden, dem Untoten ebenso wie Bernhard, zu dumm. Der Untote unternahm einen zweiten Versuch sich an Hals und Blut von Fritz zu laben. Bernhard drehte sein Gewehr und rammte in der Sekunde den Gewehrkolben mit voller Wucht gegen den Kopf der Bestie.

Fritz rappelte sich hoch und nacheinander sprangen Bernhard und Fritz auf die Straße. Schnell von außen verschlossene Türen und die überwiegende Mehrheit der Schlurfer saß nun in unserem Bus gefangen.

Alle anderen standen, für Fritz und Bernhard von ihrer Position aus nicht sichtbar, hinter dem Bus der Untoten und sahen sich einer riesigen Meute von Schlurfern gegenüber. Ein Ende der Horde auf der vor uns liegenden Straße konnte nicht ausgemacht werden. Es mussten Tausende sein, die sich hinter dem die Straße blockierenden Bus und zwischen den Leitplanken festgerannt hatten.

Der Radau der letzten Minute ließ auch diese Scheusale auf die Lebenden aufmerksam werden. Augenblicklich drückten sie uns gegen den Bus. Der zu enge Durchlass zwischen Mittelleitplanke und dem Bus hinderte uns daran jeweils mehr als eine Person hindurchschlüpfen zu lassen. Wir verloren dadurch zu viel Zeit und konnten einer Kampfhandlung nicht ausweichen.

In erster Linie befanden sich zu dem Zeitpunkt Lennard, Marc, Fiona und ich. Mit allen Waffen, die wir besaßen, schlugen wir wild in und auf die Figuren vor uns ein. Oskar unterstützte uns dabei, griff die Untoten an und verschwand schließlich aus meinem Blickfeld.

Mona und Andrea gelang es zuerst, wieder auf die andere Seite des Busses zu gelangen. Etwas konnte nicht stimmen. Das erfassten Fritz und Bernhard augenblicklich auch. Fritz sprang herbei und zog die Mädchen aus der Gefahrenzone. Bernhard kümmerte sich um die auf seiner Hälfte in Freiheit gebliebenen Kreaturen, damit sie nicht hinterrücks ihre Opfer finden konnten.

Jetzt folgten der Reihe nach – und zum Glück unverletzt – Fiona, Lennard, ich und schließlich mein Vater. Mit blutverschmierter Schnauze folge ihm Oskar.

»Wo ist Emma?«, fragte Bernhard mit brüchiger Stimme.

Das nackte Entsetzten stand in seinen Augen.

(30)

Fritz blockierte mit seiner kreisenden Streitaxt den Durchlass für die Schlurfer. Wir anderen suchten verzweifelt nach einer Spur von Emma.

Ich konnte mich überhaupt nicht daran erinnern, sie nach dem Ausstieg aus dem Bus gesehen zu haben. Doch nach kurzer Zeit stand das Unfassbare fest. Sie befand sich nicht mehr in unserem Bus und auch nicht auf unserer Seite des Busses der Untoten.

»Das kann nur eines bedeuten«, sagte mein Vater, »sie muss drüben sein.«

»Das darf nicht wahr sein«, klagte Bernhard und Fiona nahm ihn in den Arm.

»Ihr geht es mit Sicherheit noch gut, sonst hätten wir das doch gesehen«, versuchte ich die Situation zu beruhigen, erreichte jedoch nur das Gegenteil.

Abgesehen von der Angst, schon wieder jemanden an die Schlurfer zu verlieren, machte ich mir Vorwürfe. Ich trug nicht nur die Verantwortung für die Anwesenheit dieser Menschen hier in der Wildnis. Auch stand ich in der ersten Reihe an der hinteren Tür des Busses und hätte Emma im Auge behalten müssen.

Diese Gedanken und diese Schuld trieben mich zu meiner nächsten Tat. Ich musste herausfinden, ob sich Emma auf der anderen Seite befand.

Die Anderen diskutierten weiterhin heftig die Lage. Fritz verteidigte noch immer erfolgreich den Durchlass. Da zog ich den Tapezierigel aus dem Gürtel, griff nach meinem Messer und rannte auf den die Straße blockierenden Bus der Schlurfer zu. Unmittelbar vor dem Fahrzeug ließ ich mich auf den Boden nieder und rollte unter den Bus.

Nun sah ich auf die unzähligen Füße und Beine der Bestien und konnte beobachten, wie sie in Richtung Durchlass stampften. Ich überlegte noch, wie ich meine Suche nach Emma fortsetzen sollte, da entdeckte ich sie. Eine kleine Lücke zwischen den Beinen reichte aus, um den blonden Schopf des Mädchens zu entdecken. Ich konnte mir nicht vorstellen, wie Emma es schaffen konnte, dort hin zu gelangen. Jetzt lag sie, ebenso wie ich, unter einem Fahrzeug. In rund zwanzig Metern stand ein grüner Transporter. Unter ihm lag Emma, hielt sich eine Hand vor den Mund und stierte mit weit aufgerissenen Augen in meine Richtung.

Ich legte den Zeigefinger vor meine Lippen, hoffte, sie sähe das und überlegte. Emma lernte einst von ihrer Mutter sämtliche Kniffe und Tricks der Selbstverteidigung. Trotz ihrer jungen Jahre stellte sie sich darin nicht schlecht, sondern äußerst geschickt an. Zwei, drei Schlurfer könnte sie schaffen. Aber dann...

Da landeten plötzlich Bernhard auf der einen und mein Hund auf der anderen Flanke neben mir und ich schilderte Emmas Vater die Situation.

»Du musst auf den Bus, Bernhard. Von da oben kannst du sie abschießen. Und nimm meinen Vater mit seiner Zwille mit. Alles was sie ablenkt, wäre auch gut.«

Voller Tatendrang und unbändiger Angst um die Tochter verschwand Bernhard wieder aus meinem Sichtfeld. Große Hoffnungen auf ein Gelingen unserer Aktion machte ich mir nicht. Trotzdem würde ich aufspringen und mir eine Gasse zu Emma schlagen.

»Sie sind auf dem Dach«, hörte ich von hinten die Stimme meiner Mutter, »Fritz steht immer noch am Durchlass an der Leitplanke hinter einem Turm von Leichen. Wir sind bereit und sei vorsichtig.«

Ich wusste, meiner Mutter passte nicht was ich plante. Sie wusste, dass ich das wusste und es trotzdem tun würde.

Mona, Andrea und Fiona warfen alles, was sie finden und werfen konnten, über den Bus in die Menge der Untoten. Sie verfolgten das Ziel, die Schlurfer vom eigentlichen Geschehen abzulenken. Ob das gelang, konnte ich von meiner Position unter dem Bus nicht sehen.

Klack, klack. Das typische Geräusch von Bernhards Waffe gab mir den Startschuss. Ich spannte sämtliche Muskeln an, da tauchte, für mich unverhofft, plötzlich mein Vater neben mir auf.

»Glaubst du, ich lasse dich alleine gehen, Junge? Los jetzt, wir zeigen es ihnen.«

Ich hätte mir niemals vorstellen können Seite an Seite mit meinem Vater in einer Horde von vergammelten und stinkenden Bestien zu stehen und ihnen auf die Köpfe zu schlagen.

Doch nun befanden wir uns mittendrin in der Misere und wir taten unser Bestes – immer darauf bedacht, den hungrigen Mäulern der Kreaturen nicht zu nahe zu kommen. Oskar unterstützte uns dabei nach Leibeskräften.

Dem Schlurfer links von mir landete soeben ein gläserner Bierkrug auf dem Schädel. Eine der Frauen musste ihn geworfen haben. Das hielt den Untoten nicht auf, ließ ihn aber eine Sekunde innehalten und das genügte mir, ihm und einem seiner Gefährten den Schädel einzuschlagen. Hoffentlich trifft der nächste

Krug nicht mich, dachte ich und bemerkte meinen Vater, der mit je einem Messer in jeder Hand um sich herum wirbelte, als ob er das Metzgerhandwerk erlernt hätte und es nun um die deutsche Meisterschaft im Zerlegen ginge.

Drei, vier, fünf Schlurfer brachen zusammen. Ein weiteres halbes Dutzend fiel den Schüssen von Bernhard zum Opfer und immer wieder landeten irgendwelche Gegenstände, von den Frauen geworfen, zwischen uns.

Jetzt kroch Emma unter ihrem Transporter hervor. Mich wunderte jedes Mal, wenn ich ihre Sprungkraft sah. Wie aus dem Nichts sprang sie hoch. Es kostete sie keine große Mühe zwei der Schlurfer mit einem Fußtritt gegen den Kopf zu beseitigen.

»Hierüber«, rief ich ihr zu.

Doch wir machten die Rechnung ohne die Masse der Untoten.

Jede Lücke, die wir schlugen, wurde von nachrückenden Schlurfern wieder gefüllt.

Nach einigen Minuten mussten wir unsere Bemühungen einstellen. Mein Vater und Oskar verschwanden wieder unter dem Bus. Ich schaffte es immerhin bis zu Emma, allerdings nicht zurück. So kletterten wir beide auf das Dach des Transporters. Die Schlurfer versuchten nun alles, um an uns heranzukommen. Das Fahrzeug schwankte bedenklich, doch vorerst hielt es stand. Die Kreaturen, die sich als die Geschicktesten erwiesen und sich anstellten, das Fahrzeug zu besteigen, wurden von Bernhard mit gezielten Schüssen wieder zu Boden geschickt.

»Kommst Du in die Karre rein?«, rief Fritz, der die ganze Szenerie beobachtete und den mittlerweile von Leichen verstopften Durchlass zwischen Leitplanke und Bus bewachte.

»Ich kann es versuchen. Und dann?«

»Dann ziehst du vorne unter dem Lenkrad die Kabel raus und wenn du ein rotes, ein blaues und ein schwarzes gefunden hast, dann bist du richtig.«

»Ein rotes und ein schwarzes was?«

»Kabel, Strippe – erkennst du schon.«

»Und was mache ich dann? Ich hab doch deine Batterie nicht hier«, fragte ich ratlos.

Noch nie saß ich hinter einem Lenkrad.

»Dann nimmst du das rote Kabel in die eine und das blaue und das schwarze Kabel in die andere Hand und hältst die Spitzen aneinander. Dann startet das Auto. Die Kisten hatten früher eine ziemlich starke Elektrik. Versuch es. Eine andere Chance hast du nicht.«

Was sollte das werden?

Drei Schüsse von Bernhard und zwei Schläge mit dem Tapezierigel. Ich stand wieder neben dem Auto auf der Straße und zerrte an der Fahrertür. Die Hand eines Schlurfers spürte ich an meiner linken Hüfte. Ich bekam eine Gänsehaut und urplötzlich bemerkte ich den Gestank, den die Untoten verströmten. Würgend und nach Luft ringend zog ich mich hinter das Lenkrad. Der Schlurfer griff nach meiner Wade. Seine gelben Zähne näherten sich dieser bedenklich. Doch ein Geschoss aus Bernhard Gewehr zertrümmerte ihm den Schädel. Endgültig tot sackte die Kreatur zu Boden und ich konnte die Autotür zuschlagen.

Die anderen Untoten um uns herum schien das wütender zu machen und ihre Schläge auf das Fahrzeug erschienen mir heftiger als zuvor.

Ich beugte mich hinab und griff unter das Lenkrad. Ich bekam ein Bündel von Strippen zu fasen und zog es heraus – was mir erst beim zweiten Mal mit einem Ruck gelang. Kabel aller möglichen Farben hielt ich in der Hand.

Rot, schwarz und blau sagte Fritz. Also hielt ich die drei Kabel aneinander, doch nichts rührte sich. Einfach drei Kabel aneinander halten? Das konnte doch nicht richtig sein. Ich schaute mir die Strippen an. Endlich kam mir die Erleuchtung. Nach Entfernen der Ummantelung der Kabel funktionierte es endlich.

Die Zeit, die ich benötigte, zwang Emma zweimal dazu, mit einem gezielten Fußtritt einen das Auto erklimmenden Schlurfer wieder zu entfernen.

»Halt dich fest!«, rief ich ihr durch das einen Spalt geöffnete Fenster zu.

Tatsächlich gelang es, der Stromversorgung des Fahrzeuges Leben einzuhauchen. Das Auto ruckelte, gab gurgelnde Töne von sich uns schließlich – mit einem lauten Knall und reichlich Abgasen aus dem Auspuff – sprang es an.

Dies bedeutete noch lange nicht die Lösung unserer Probleme. Bisher in meinem Leben bewegte ich noch kein einziges Fahrzeug. Ich kannte die Theorie, doch die Praxis...

Und wohin sollte ich das Fahrzeug lenken? Emma klammerte sich so gut es ging am Dach des Transporters fest und ich versuchte mein Glück mit der Kupplung.

Mehrere Versuche, die das Fahrzeug erbeben ließen, missglückten. Für Emmas Halt wurde das gefährlich. Schließlich gelang es mir, das Fahrzeug halbwegs rüttelfrei zu bewegen. So gut es die unzähligen Leiber der Untoten zuließen und so weit ich es fertigbrachte, steuerte ich das Fahrzeug an den Durchlass zwischen Leitplanke und Bus.

Mit einem beherzten Sprung sprang Emma Fritz in die Arme. Die Scheibe in der Beifahrertür zerbarst und Schlurfer stecken ihre gierigen Hände nach mir aus. Ich schaute einer Figur in die trüben Augen, deren letzten Haare am aschfahlen Kopf klebten und der Sabber die Mundwinkel herablief.

Nach anfänglichem Ekel stieg Panik in mir hoch. Wie sollte ich jetzt hier wegkommen? Einem ersten Impuls folgend, legte ich den ersten Gang ein. Wenn ich jetzt Vollgas gäbe...

Jetzt zersprang auch die hintere Scheibe auf der Beifahrerseite. Ich atmete tief durch. Die vom Gestank der Schlurfer durchtränkte Luft legte sich wie ein schmieriger Film auf meine Zunge. Mein Fuß rutsche vom Gaspedal, das Fahrzeug machte einen Sprung nach vorne und der Motor erstarb.

In der Sekunde gab die Heckscheibe nach und zersprang in tausend Teile. In Windeseile griff ich nach den Kabeln und rieb die freigelegten Enden aneinander. Und tatsächlich startete das Auto erneut. Ein Schlurfer kletterte soeben durch die Heckscheibe. Ein zweiter versuchte sich durch den Durchlass hinten rechts zu zwängen. Ich sah keine andere Möglichkeit mehr und drückte das Gaspedal bis aufs Bodenblech durch. Der Transporter vollführte erneut einen Sprung, überrollte mehre Schlurfer, drückte andere beiseite und donnerte mit hohem Tempo gegen die Leitplanke. Ein lautes Geräusch, so wenn Metall auf Metall schlägt, weckte auch den letzten Schlurfer aus seiner Lethargie.

Mein Auto durchschlug die Leitplanke und donnerte über das angrenzende, struppig bewachsene

Feld. Nach ein paar Metern konnte ich den Wagen stoppen und sprang heraus.

Die Schlurfer, die bisher wie eingezäunt zwischen den Leitplanken und dem querstehenden Bus verharrten und Wind und Wetter trotzten, fanden nun einen Ausgang und quollen auf das Feld.

Ich rannte so schnell ich konnte in die entgegengesetzte Richtung. Rechts von mir sah ich meine Freunde, die ebenfalls ihr Heil in der Flucht suchten. Mein Hund sprang mit weiten Sätzen in meine Richtung und befand sich bald neben mir.

Mit einem lauten Krachen kippte der Bus der Schlurfer, der uns bis vor kurzem noch als Deckung diente, um. Er konnte dem Druck der Kreaturen nicht mehr standhalten. Das lenkte zu unserem Glück die uns verfolgenden Kreaturen ebenso ab, wie das Grollen eines Donners. In der Ferne zog ein Gewitter auf.

(31)

»Wo sind wir überhaupt?«

Dem zurückgelassenen Bus trauerten wir nach. Jeder von uns schleppte sich mit Teilen unseres Hab und Guts ab. Fritz trug wieder sein Gestell mit der Batterie, die er in Windeseile aus dem verlassenen Bus ausbaute. Nach einer Weile des Dauerlaufes durch hochgewachsenes Gestrüpp erreichten wir einen Feldweg, dem wir bis zu einer Landstraße folgten. Die Luft wurde langsam besser, doch immer noch hing der beißende Gestank der Schlurfer in der Luft. Blitze zucken am Horizont über den Himmel. Ein heftiges Gewitter zog auf.

»Wir müssen einen Unterschlupf finden!«

»Darüber Leute. Da können wir uns verschanzen. Aber vorsichtig. Vielleicht hängen da noch Schlurfer rum.«

Wir alle folgten meinem Vater, der nun direkt auf ein vierstöckiges Gebäude zuhielt, vor dem LKWs in Reih und Glied abgestellt parkten. Euro-Rastpark stand auf einem verrosteten Schild. Es begann zu regnen. Dicke Tropfen und ein heftiger Wind kündigten ein starkes Gewitter an.

Ohne zu zögern rannten wir durch eine große Glastür und befanden uns hernach im längst geplünderten Verkaufsraum eines Rasthofs. Kein einziger Schlurfer erwartete uns hier.

»Die sind alle nach draußen abgehauen«, meinte Lennard und zeigte auf die offenstehen Tür zur hinter dem Gebäude liegenden Tankstelle hinaus.

Mona eilte zur Tür und schloss sie leise.

»Bevor uns die Figuren zwischen den LKWs bemerken.«

Gemeinsam durchsuchten wir den Verkaufsraum der Tankstelle, fanden jedoch nichts Essbares mehr. Einzig eine kleine Flasche Limonade fand sich hinter einem Regal. Die Plünderer vor uns mussten sie übersehen haben.

Auch das zum Areal des Rasthofes gehörende und von hier direkt zu erreichende Hotel fanden wir verlassen vor. Jeder von uns kam in den Genuss sich sein eigenes Zimmer aussuchen zu können.

»Wir verbringen die Nacht hier«, bestimmte Marc.

Gemeinsam mit meiner Freundin Andrea sah ich nach einem Zimmer für uns.

»Jeder ein eigenes Zimmer«, hörte ich die mahnende Stimme meiner Mutter.

Nach Einbruch der Dunkelheit saßen wir im ehemaligen Frühstücksraum des Hotels zusammen. Nur Bernhard und Emma fehlten noch.

»Mit den Lebensmitteln wird es knapp«, meinte Fritz, »die meisten Sachen haben wir mit dem Bus verloren.«

»Vom Fenster oben in meinem Zimmer hat man einen ganz guten Blick. Nebenan stehen drei Einfamilienhäuser und einen Schnellimbiss gibt es auch. Nach all den Jahren ist die Wahrscheinlichkeit nicht hoch, noch was zu finden. Aber mal nachsehen kann nicht schaden.«

»Und auf dem Feld, über das wir gekommen sind, wuchsen früher Kartoffeln. Vielleicht findet sich da noch eine Knolle.«

Schnell wurden Pläne geschmiedet und festgelegt, wer am nächsten Tag welche Expedition durchführen sollte.

»Emma hat Fieber«, stand plötzlich Bernhard in der Tür.

»Mist«, flüsterte Fiona.

Sie wusste, was Fieber in der aktuellen Lage bedeuten konnte.

»Wir bleiben, so lange es nötig ist. Du kannst dich um sie kümmern, Bernhard. Wir haben noch zwei Kanister Wasser. Einen davon nimmst du mit hoch. Um was zu Essen kümmern wir uns morgen.«

Erschöpft von den Ereignissen des Tages zogen wir uns bald auf unsere Zimmer zurück. Mein Vater verbarrikadierte noch den Zugang zu unserer Etage, dann wurde es ruhig im Hotel.

Ich saß auf meinem Bett – eine Wohltat, nach Tagen in Autos und auf Fußböden – und dachte über meine Erlebnisse nach. Oskar machte es sich in einer Ecke des Raums gemütlich.

Mein Opa Rudolf sagte einst, es würde jedem nach einer Weile gleichgültig werden, Schlurfer zu erschlagen obwohl dies ja dennoch Menschen wären. Er lag mit dieser Aussage richtig. Diese Schwelle überschritt ich tatsächlich und fand mich schon längst auf der anderen Hälfte der Gleichgültigkeit wieder. Ich wusste nicht, ob ich mich damit wohl fühlte.

Wie insgeheim erhofft, öffnete sich leise meine Zimmertür und Andrea schlüpfte hinein.

»Ich kann nicht schlafen«, flüsterte sie und setzte sich neben mich.

(32)

Morgens verließen Andrea und ich mein Zimmer gemeinsam. Meine Mutter bemerkte uns dabei. Das flüchtige Grinsen auf meinem Gesicht wusste sie zu deuten. Das konnte ich ihr ansehen

Emma ging es besser. Vorsichthalber wurde ihr noch weitere Bettruhe verordnet.

Wir bildeten zwei Gruppen, um unsere Expeditionen in Richtung Kartoffelfeld und Wohnhäuser sowie Schnellimbiss zu starten. Von meinem Vater ließ ich mir zuvor erklären, worum es sich bei einem Schnellimbiss überhaupt handelte. So recht vorstellen konnte ich es mir nicht. Das Leuchten in seinen Augen bei Erwähnung des Wortes „Currywurst" nahm ich allerdings wahr.

Bernhard sollte zurückbleiben, um Emma sowie den Rest unserer Habseligkeiten zu bewachen. Außerdem konnte er uns mit seinem Gewehr aus der oberen Etage eine gute Deckung bieten.

Fritz, Lennard, Mona und Fiona zogen in Richtung Kartoffeln davon. Marc, Andrea, ich und mein Hund wollten es zuerst mit den Einfamilienhäusern versuchen. Alles sollte so leise wie eben möglich vonstatten gehen. Die Schlurfer von der Autobahn mussten sich vermutlich immer noch in unserer Nähe aufhalten.

Zum Ersten der Häuser fanden wir keinen Zugang. Sämtliche fest durch Rollladen verschlossene Fenster und auch die abgesperrten Türen vereitelten unser Eindringen. Die Gefahr, die Eigentümer des Hauses im Inneren als hungrige Schlurfer anzutreffen, erschien uns ebenso unattraktiv wie der Gedanke, zu viel Lärm beim Öffnen der Türen zu erzeugen.

Das zweite Einfamilienhaus machte auf uns einen besseren Eindruck. Der Untote, der hilflos in der letzten Pfütze im verdreckten Swimmingpool schwamm und vergebens versuchte, diesen zu verlassen, um sich an uns laben zu können, beeindruckte uns nicht. Oskar schnupperte in Richtung des badenden Schlurfers, fletschte seine Zähne und drehte desinteressiert ab. Die Terrassentür zum Wohnzimmer ließ sich mit einem kurzen Ruck leicht aufstoßen. Modrige, verbrauchte Luft zog in unsere Nasen.

»Bewegt euch ruhig und bedächtig und schaut in jede Ecke. Gut möglich, dass hier noch ein paar von den Figuren rumgeistern«, mahnte mein Vater.

Andrea und ich bestaunten die Einrichtung und mein Vater versuchte uns das eine oder andere Teil, welches wir nicht kannten, zu erklären. Computer, CDs, Fernbedienungen, Blumentöpfe und ein Blutdruckmessgerät ließen wir links liegen. Größere Anziehungskraft übte auf uns das Schweizer Taschenmesser, drei Pullover, eine Fließjacke, zwei Paar Sportschuhe, eine noch nicht das Haltbarkeitsdatum überschreitende Dose serbischen Bohneneintopfs, vier Taschenbücher, Besteck, ein Beutel Salz, eine Flasche Olivenöl und fünf Kaffeebecher aus. Wir verstauten alles in einer Reisetasche, die wir ebenfalls in einer Ecke des Hauses fanden.

»Was ist das denn?«, fragte mich Andrea und deutete auf einen Drahtkäfig, in dem neben einem runden, radähnlichem Gebilde ein kleines tierisches Skelet lag.

»Keine Ahnung. Sieht eklig aus.«

»Das ist ein Hamsterkäfig. Früher hielten sich die Leute kleine Haustiere«, mischte sich mein Vater ein.

Andrea und ich sahen uns entgeistert an, ich zuckte mit den Schultern und Andrea lachte leise. Diese lustige und interessante Expedition in die Welt von früher ließ uns die Angst und Sorgen, die uns ansonsten auf unserer Reise begleitete, für kurze Zeit vergessen.

Wir wollten uns soeben zurückziehen, da polterte etwas in der Etage über uns über den Boden.

»Still«, flüsterte Marc und horchte angestrengt nach oben.

»Das sind nicht mehr als einer oder zwei Schlurfer. Schade, oben sind die Schlafzimmer. Vielleicht hätten wir da noch mehr Winterkleidung finden können. Das wäre nicht schlecht gewesen.«

»Mit zwei Schlurfern werden wir doch fertig«, warf ich ein.

Marc sah mich an, nickte bedächtig und schlich zur Treppe, die nach oben führte. Sie befand sich direkt hinter dem Wohnzimmer im Flur des Hauses. Andrea und ich folgten ihm lautlos.

»Das ist eine Steintreppe. Da kommen wir leise rauf.«

Ich setzten meinen ersten Fuß auf die unterste Stufe, da fiel ein Schuss, den wir anhand des Geräusches Bernhards Waffe mit dem langsam versagenden Schalldämpfer zuordnen konnten.

»Das muss Bernhard gewesen sein.«

Befanden sich unsere Freunde auf dem Kartoffelfeld in Schwierigkeiten? Wir drei sahen uns an. Mein Vater reagierte wie immer zuerst. Seine Tonart akzeptierte keinen Widerspruch.

»Ihr Zwei verzieht euch ins Hotel und ich gucke nach, was auf dem Feld los ist.«

Mit den Worten lief er los und verschwand Sekunden später durch die Terrassentür. Oskar lief aufgeregt hin und her und schaute mich erwartungsfroh an. Andrea blickte mir in die Augen.

»Wollen wir wirklich abhauen? Oder schauen wir nach, was da oben ist«, zwinkerte sie mir auffordernd zu, »Winterkleidung. Weißt du noch, wie wir im letzten Winter heizen mussten, damit es einigermaßen warm wurde?«

(33)

Mein Vater erreichte das Kartoffelfeld. Ein weiterer Schuss fiel. Die Szenerie, die sich vor ihm auftat, hätte jeder vernünftige Mitteleuropäer nach Afrika verortet. Doch hier?

Nicht weit von Lennard und den anderen entfernt standen vier ausgemergelte Löwenweibchen Marcs Freunden gegenüber. Ein fünftes Tier, offensichtlich ein Männchen, lag bewegungslos zwischen den Vieren und beäugte aufmerksam die Umgebung. Möglicherweise stammten die Tiere aus dem Zoo im nahen Magdeburg. Nach dem plötzlichen Ende der Zivilisation fanden sie vermutlich einen Weg über die Absperrungen in die Freiheit und schafften es bis jetzt zu überleben.

Am Horizont machte sich eine Gruppe von Untoten auf den Weg, ihrerseits Nahrung aufnehmen zu wollen.

Sich möglichst vorsichtig bewegend, wichen Lennard, Fritz, Mona und Fiona Schritt für Schritt zurück. Mit jedem Meter verkürzten sie den zurückzulegenden Weg zum Hotel. Eines erschien sicher. Die ihnen ebenso langsam folgenden und lauernden Löwen würden irgendwann zuschlagen.

Der Gestank der über das Feld schlurfenden Untoten wurde stärker und damit ekelhafter, doch eine Gefahr bildeten sie zunächst weder für unsere Leute noch für die Löwen.

Marc griff nach seiner Zwille und fand zudem zwei Kugeln aus Deo-Rollern und vier Muttern in seinen Hosentaschen. Er machte sich schussbereit und wich ebenfalls langsam zurück. So wie jetzt Marc, wartete auch Bernhard auf seinen Einsatz.

Dann brauste das erste Raubtier, das Männchen, blitzartig los. Bernhard gelang es, das Tier mit zwei Schüssen zu erlegen. Jetzt bereiteten sich alle Menschen auf den erneuten Angriff der Löwen vor.

Doch die wilden Tiere ließen auf sich warten. Lebende Menschen kamen ihnen fremd vor. Jetzt wussten sie nicht recht, ob sich eine harmlose Beute oder ein erstzunehmender Gegner vor ihnen befand.

Die anrückenden Schlurfer störte das herzlich wenig. Wie sie in die Geschichte passten, ob es sich bei ihnen eher um Opfer oder Angreifer handelte, konnte Marc nicht mit Sicherheit sagen.

Wenige Augenblicke später überschlugen sich die Ereignisse.

Die Schlurfer näherten sich auf eine bedrohliche Distanz. Zwei von vier Löwenweibchen drehten sich zu den Untoten. Die anderen beiden Löwen erhöhten ihre Geschwindigkeit und trabten nun auf Fiona und die Anderen zu. Marc hob seine Zwille, schoss und traf eine Löwin mit einer Deo-Rollerkugel mitten auf die Nase. Das Tier stoppte seinen Lauf und wirbelte wütend herum. Marc drehte sich seinerseits um und versuchte im Eingang des kürzlich verlassenen Einfamilienhauses Schutz zu finden. Bernhard drückte ebenfalls ab. Sein tödlicher Schuss traf die andere Löwin zwischen die Augen. Das Tier brach zusammen.

»Rennt«, schrie Fritz mit kreischender Stimme und alle setzten sich in Bewegung und rannten in Richtung Hotel.

Die beiden Löwinnen, die sich den Untoten zuwendeten, wurden von den Kreaturen umzingelt. Eines der Tiere riss einen Untoten nach dem anderen zu Boden, doch dem anderen Tier gelang dies nicht. Es wurde seinerseits von unzähligen Schlurfern zu Boden gedrückt. Ihr triumphales Gestöhne erfüllte die Luft und wurde nur noch vom Gebrüll der Löwin übertönt, die zum Sprung auf Marcs Rücken ansetzte.

Derweil erreichten Fritz, sein Sohn dessen Freundin und meine Mutter das Hotel. Bis auf Fritz verschwanden alle in der Sicherheit des Gebäudes. Nur Fritz blieb vor der Tür, drehte sich seinem Freund Marc zu und rannte ihm zur Hilfe.

Marc erfasst den Griff der Terrassentür, um diese aufzuschieben. In dem Augenblick erlebte er das kratzende Gefühl, welches quer über seinen Rücken verlief. Den dazugehörigen Schmerz verspürte er aufgrund des Schubs von Adrenalin nicht, bemerkte aber die klebrige Flüssigkeit, sein Blut, das in Sturzbächen seinen Rücken hinab ran.

Mein Vater stürzte zu Boden und die Löwin fiel auf ihn, bereit ihre Zähne in sein Fleisch zu bohren.

»Zu spät«, schrie Fiona unter Schock.

Sie beobachtete die Szene von einem der Hotelfenster in der ersten Etage.

Fritz rannte trotzdem weiter und Bernhard legte wieder an.

Behutsam schlichen Andrea und ich die kleine Treppe hinauf in die obere Etage. Dieses Stockwerk des Einfamilienhauses bestand aus einem langen, weiß getünchten Flur, von dem nach links und rechts je drei Türen abzweigten. Keine dieser Türen fanden wir geschlossen vor. Sie alle standen ein Stück weit auf, erlaubten jedoch keinen Blick ins Innere der jeweiligen Räume.

Zuversichtlich stieß ich mit meinem Tapezierigel die erste Tür auf der linken Seite ganz auf. Abgestandene Luft strömte heraus. Der für Schlurfer typische Gestank blieb aus.

Im mit rosa gestrichenen Wänden und Katzenbildern verzierten Raum standen drei Möbel. Ein kleiner Schrank aus weißem Holz, ein Kinderbett und eine Wickelkommode. Das Liebliche der Katzenbilder fiel uns nicht weiter auf, obwohl wir auf der Festung Königstein auch einige Exemplare als Haustiere hielten. Andreas und meine Blicke klebten an der Wickelkommode, auf der sich eine riesige, mittlerweile eingetrocknete Blutlache befand. In Mitten der Lache lag ein stark verwester Knochen, vermutlich der Arm eines kleinen Kindes.

Ich drehte mich entsetzt um und hörte Andrea Würgen. Mehr und mehr begriff ich, welche Desaster sich nach Ausbruch der Katastrophe abgespielt haben mussten, welche Schicksalsschläge so manche Familie ereilte. Auf die Heftigkeit, mit der uns solche Szenen begegneten, konnten uns die Erzählungen derer, die diese Zeit erlebten, nicht vorbereiten.

Ein dumpfes Poltern auf dem Flur holte uns in die Wirklichkeit zurück. Sekunden später erschien in der Tür zum rosa Kinderzimmer eine weibliche Gestalt, die meiner Vermutung nach die Mutter der hier früher lebenden Kinder gewesen sein musste. Zur Untoten mutiert, griff sie uns sofort an.

Mir gelang es, die Zimmertür zuzuschlagen. Diese traf die Bestie und schleuderte sie in den Flur zurück. Andrea stieß die Tür sofort wieder auf und wir zwängten uns an der Frau vorbei in den Gang, der Treppe nach unten zu. Ein Blick nach rechts und ich sah die sich erneut aufrappelnde Mutter und fünf weitere Gestalten im Flur, die völlig verwittert eher die Größe von Kleinkindern aufwiesen.

Entsetzt und voller Angst flogen Andrea und ich die Treppe hinab.

»Raus, raus, raus«, schrie ich.

Die Gestalten hinter uns fielen mehr die Treppe hinab als dass sie liefen. Deutlich konnte ich das Knacken ihrer brechenden Knochen vernehmen. Das hielt sie dennoch nicht auf. Ich erinnerte mich an meinen Großvater, der keine Gelegenheit ausgelassen hatte, vor engen Räumen und Massen von Schlurfern zu warnen.

Oskar blieb an meiner Flanke. Er würde die uns verfolgenden Schlurfer nur angreifen, wenn ich es ihm erlauben würde.

Nach schier endlosen Augenblicken erreichten wir die Terrassentür. Andrea zerrte die zugezogenen Vorhänge an der Schiebetür beiseite und zog sie auf. Völlig unvermittelt standen wir vor der nächsten, erst einmal für uns unerklärlichen Situation.

Ein riesiges Tier, welches ich nur aus Büchern kannte und was ich für eine Löwin hielt, griff soeben meinen Vater an. Gleichzeitig erfasste ich in meinen Augenwinkeln den näher kommenden und seine Axt hebenden Fritz. Es roch nach Blut.

Hinter uns die Schlurfer und vor uns ein Tier, welches auf einen anderen Kontinent gehörte, doch sicher nicht hierhin. Welche unwirkliche Situation.

Unser plötzliches Erscheinen lenkte die Raubkatze ab. Sie vergaß, meinem Vater sofort das Genick durchzubeißen. Der zappelte nun, um Luft ringend und gegen Schmerzen und Angst kämpfend, unter dem Tier hin und her.

Ein leises Klacken ertönte und hinter dem Ohr der Löwin zeigte sich ein langsam größer werdender roter Punkt. Bernhard beherrschte seine Waffe.

Fritz erreichte das Raubtier jetzt ebenfalls und warf sich todesverachtend auf dessen Rücken. Dabei schwank er seine Axt und schlug dem Tier mit voller Wucht die Waffe ins Kreuz. Die Löwin brüllte und ich glaubte den dadurch verursachten Luftzug zu spüren.

Wie in Trance hob ich meinen Tapezierigel und schlug diesen nun dem Raubtier aufs Maul. Ein Wink an Oskar und mein Hund attackierte die tierische Bestie. Er vergrub ungeachtet der Gefahr seine Zähne in den Nacken des Raubtiers. Ein weiteres Klacken wurde lautbar. Das Tier sackte endgültig zu Boden.

Nur bis hierhin machten wir die Rechnung ohne die untote Familie, die uns aus dem Einfamilienhaus folgte. Andrea wollte Fritz und mir helfen, meinen schwerverletzten Vater unter dem Löwen hervorzuziehen. Da sprang eines der Kinder mit einer für einen Untoten nicht für möglich gehaltenen Sprungkraft auf ihren Rücken. Ihr spitzer Aufschrei ließ mein Blut gefrieren.

Ich wirbelte zu Andrea herum und blickte direkt auf die spitzen Zähne, die ihr Peiniger ihr in den Nacken stoßen wollte. Gleichzeitig sah ich Ihren Blick, aus dem Verzweiflung ebenso sprach wie Aufgabe.

Nur eine blitzschnelle Reaktion konnte jetzt meiner Freundin noch das Leben retten. Mit dem Stiel meines Tapezierigels stach ich zu und brachte diesen irgendwie zwischen die Zähne der Bestie. Anstatt Andreas Hals zu verletzen, verkeilten sich die Zähne des kleinen Ungeheuers im Holz des Griffes. Ich packte die Kreatur in ihrem Nacken und zerrte sie von Andrea weg.

Nun standen wir dessen ungeachtet dem Rest der Familie gegenüber. Fritz bemühte sich immer noch darum, meinen Vater zu befreien und Andrea stand nach wie vor regungslos da.

Wie von Sinnen schlug ich um mich und erwischte dabei die Mutter der kindlichen Untoten an der Schläfe.

»Ich hab ihn«, rief Fritz.

In den Augenwinkeln erkannte ich den riesigen Fritz, der den ebenfalls nicht klein gewachsenen Marc schulterte und schwerfällig in Richtung Hotel lief. Ich griff Andrea bei der Hand und zog sie hinter mir her. Zunächst verweigerte mir Andrea in ihrer Schockstarre heftig die Gefolgschaft, ließ sich dann zum Glück doch dazu bewegen mit mir auf das Hotel zuzulaufen. Oskar ließ auf meinen Befehl davon ab, die kindlichen Schlurfer zu traktieren und folgte uns.

Nach schier endlos langen Sekunden erreichten die sich immer noch widerstrebende Andrea und ich die rettende Tür, hinter der kurz vorher Fritz und Marc verschwanden. Lennard und Mona sicherten unseren

Rückzug und schließlich befanden sich alle in Sicherheit.

Fiona kümmerte sich um die Wunden meines Vaters. Die Krallen der Löwin hinterließen tiefe Fleischwunden und sorgten für einen hohen Blutverlust. Die Wunden würden keine größeren Probleme bereiten, wenn sie sich nicht entzündeten. Das würde mit großer Wahrscheinlichkeit sein Ende bedeuten. Marc würde sich die nächsten Tage schonen und Fiona würde seinen Wunden akribisch sauber halten müssen.

Andrea kam langsam wieder zu sich. Mona kümmerte sich rührend um ihre Freundin, was ich ihr hoch anrechnete.

(35)

»Als wir damals in der Nacht losgezogen sind habe ich mir die ganze Sache anders vorgestellt«, meinte Lennard.

»Das war ziemlich blauäugig von uns, wie wir in die Sache reingeschliddert sind. Irgendwie kindisch. Wir waren nicht reif genug, dann haben wir auch noch die Kleinen mitgenommen.«

»Nicht nur das, Jan. Wir sind an all dem Schuld, was passiert ist. All die Toten und Verletzten gehen ganz allein auf unser Konto.«

»Stimmt Lennard. Da hast du Recht. Aber seit dem ersten Tag, an dem ich losgezogen bin, hab ich von Tag zu Tag die Freiheit ein Stückchen mehr gespürt. Hättest du es auf Königstein noch sechzig oder siebzig weitere Jahre aushalten können? Ich glaube, wir hatten am Ende keine andere Wahl.«

»So oder so, jetzt haben wir die Sache angefangen. Jetzt bringen wir sie auch zu einem Ende.«

Wir schworen uns ewige Freundschaft, beendeten unser Frühstück – eine rohe Kartoffel mit Salz – und suchten den Parkplatz des Hotels mit unseren Augen ab. Der Plan, eines der abgestellten Fahrzeuge flott zu bekommen, schwirrte durch unsere Köpfe. Die am Vortage umherstreifenden wilden Tiere sorgten dafür, uns noch umsichtiger als üblich dabei vorgehen zu lassen.

»Dahinten, der sieht doch ganz gut aus.«

»Welchen meinst du?«

»Den blauweißen Sattelschlepper da, ganz links.«

»Nein Lennard, schau dir mal die Plane von dem an. Die fällt doch bald runter. Ich finde den da in der Mitte ganz gut. Was steht da drauf?«

»Du meinst den hellblauen mit „Georgsteiner Sprudelwasser"?«

»Genau den. Der hat bestimmt noch was Brauchbares geladen. Wasser wäre nicht schlecht. Oder wieder so eine Cola.«

Eine Stunde später öffneten Fritz, Lennard und ich die Tür zum Parkplatz. Schlurfer konnten wir ebenso nicht ausmachen, wie wilde und uns unbekannte Tiere.

»Ein Elefant wäre jetzt toll«, flüsterte Lennard freudig.

»Oder ein Nashorn«, antwortete sein Vater, »konzentrier dich lieber. Wir haben schon genug Probleme.«

Kurze Zeit später standen wir zwischen den parkenden Fahrzeugen und bestaunten den von uns ausgewählten LKW.

»Kannst du den starten?«, wollte ich von Fritz wissen.

»Ja, das kann ich, wenn ich die Batterie anschließe und Elektrik wieder fit kriege. Und fahren kann ich den auch. Wir müssen dann nur aufpassen, dass wir nicht unvorbereitet in eine Polizeikontrolle geraten. Hab den Führerschein nicht mit.«

Verständnislos blickte ich Fritz an. Sicher handelte es sich wieder mal um einen seiner Scherze, die irgendetwas mit dem Leben früher zu tun haben mussten. Ich wusste nicht, was er meinte und konnte nicht darüber lachen. Lennard kicherte zwar, ich sah ihm aber den wahren Grund seiner Reaktion an. Er lachte für seinen Vater, verstand den Witz jedoch ebenso nicht.

Fritz fummelte derweil an der Fahrertür des LKWs herum und nach einer Weile gelang es ihm, diese zu öffnen. Er zog sich ins Fahrzeug, schaute sich um, blickte in die kleine Schlafkabine, die sich hinter den Sitzen befand und öffnete schließlich das Handschuhfach.

»Kein Schlurfer hier, zum Glück. Das hier können wir gut gebrauchen«, sprach er und warf mir eine kleinkalibrige Pistole herunter.

„Hämmerli Kaliber zweiundzwanzig" stand auf der Waffe, deren roter Griff mir sofort ins Auge fiel. Zehn Schuss standen der Waffe zur Verfügung und keine Patrone fehlte. Ob die Munition die letzten fünfzehn Jahre unbeschadet überstehen konnte, wussten wir nicht. Fasziniert betrachteten Lennard und ich die Waffe.

»Musst du reinigen, dann geht sie bestimmt wieder«, meinte Fritz, »der Bernhard kennt sich damit aus.«

»An der Tankstelle sind Schlurfer aufgetaucht«, beendete die Stimme von Mona unsere fachmännische Diskussion, »und die Herren achten darauf nicht, bestaunen lieber Schusswaffen.«

»Wo kommst du denn her?«, fragte Lennard.

»Frag nicht so dumm und sei lieber froh, dass wenigstens eine aufgepasst hat«, antwortete Mona vorwurfsvoll und sah Lennard aggressiv an.

»Los, lasst uns gucken, was der geladen hat«, meinte ich und trennte die beiden Kampfhähne damit.

Vorsichtig um uns schauend schlichen wir zum Ende des Wagens. Lennard nahm mich auf die Schultern und ich versuchte, den schweren Riegel zu lösen, der die hintere Tür des LKW sicherte.

»Der bewegt sich nicht.«

»Versuch es noch mal.«

Ich hing mich mit meinem vollen Gewicht an den rostigen Hebel und endlich gab dieser nach. Mit einem quietschenden Geräusch öffnete sich das Schloss und ich landete im Dreck. Ich rappelte mich wieder auf und Lennard öffnete unter ungeduldigen Blicken von Mona und mir die Lade.

»Boh, alles voller Getränkekästen.«

In der Sekunde erschütterte ein Ruckeln das Fahrzeug. Gurgelnde Motorgeräusche weckten jeden Schlurfer im Umkreis von zwei Kilometern. Schließlich, nach mehreren Anläufen, schoss eine schwarze Rauchwolke aus dem Auspuff. Lennard, Mona und ich husteten. So eine Belastung kannten unsere Lungen nicht.

»Auf geht's, macht die Tür zu und steigt ein«, forderte uns Fritz von vorne auf.

»Sie kommen!«, rief Mona mahnend und wir rannten zur Fahrerkabine.

Einer nach dem anderen erklommen wir diese. Fritz setzte das Fahrzeug in Bewegung. Es schüttelte uns ordentlich durch, aber es fuhr.

Von der Tankstelle her machte sich eine Meute Untoter in unsere Richtung auf. Auch auf der Straße reckte die eine oder andere Kreatur den Kopf. Lärm zog sie an. Bald würde sich der Parkplatz mit Schlurfern füllen.

Weit bevor dies der Fall sein würde, erreichten wir mit unserem neuen Wagen den Eingang zum Hotel. Der Getränketransporter verfügte über einen seitlich zu öffnenden Zugang. Fritz parkte den Wagen geschickt an der Hauswand. Wir konnten diesen Zugang nahezu gefahrlos von einem der Fenster des Hotels erreichen.

In den kommenden Stunden würde es viel zu tun geben. Die Flaschen in den Getränkekästen mussten auf Haltbarkeit untersucht werden. Wir benötigten Platz für unsere Utensilien, Schlafplätze mussten vorhanden sein und unsere Kranken – mein Vater mit seinen Fleischwunden am Rücken und die immer noch leicht fiebernde Emma – benötigten ebenfalls einen Ruheplatz.

(36)

Die uns interessant und wertvoll erscheinenden Getränkekästen mit Mineralwasser und Limonade postierten wir an den Außenwänden des LKWs. Auch zwei Kästen mit Bier befanden sich bei unserer Ausbeute. Gespannt darauf, ob das Bier noch genießbar sein würde, stellten wir die Kästen an das obere Ende der Ladefläche. Unser bisheriger ständiger Begleiter, der Durst, schien gebannt.

Jegliches Leergut warfen wir aus der oberen Etage des Hotels auf die Schlurfer hinab, die sich mittlerweile zahlreich vor dem Hotel eingefunden hatten. Den einen oder anderen Untoten konnten wir auf diesem Wege endgültig beseitigen. Die Traube vor dem Hotel blieb dessen ungeachtet groß. Die Massen würden uns bei der Wegfahrt behindern.

Den frei gewordenen Raum auf der Ladefläche des LKWs legten wir mit Matratzen aus dem Hotel aus und polsterten ihn mit Kissen und Decken. Es mutete nahezu gemütlich an. Einen großen Teil unserer Sachen verstauten wir in einem eigens dafür aufgebauten Schrank. Diesen verzurrten wir mit Seilen an den Getränkekästen und der Bordwand. Er würde nicht umfallen können.

Nach getaner Arbeit saßen wir schließlich zusammensaßen, um darüber nachzudenken, wie wir die große Meute von Untoten von unserem Fahrzeug weglocken könnten. Eine Idee jagte die nächste, ohne einen brauchbaren Plan daraus erstellen zu können. Doch jäh kam uns ein nie für möglich gehaltener Zufall zur Hilfe.

»Was ist das denn?«, rief Andrea und deutete auf das nächste Fenster.

Der abendliche Himmel leuchtete in einem grellen Licht. Wir flitzten zu den Fenstern und schauten erstaunt hinaus. Ein Feuerball raste mit hohem Tempo über den Himmel. Sein helles, zunächst gelbes Licht färbte sich rot und schließlich krachte er mit einem lauten Knall und einer deutlich zu spürenden Druckwelle, etliche Kilometer von uns entfernt auf die Erde. Die Fenster in unserem Haus wackelten bedenklich, doch zum Glück hielten sie.

Mit offenem Mund starte ich Fritz an, der direkt neben mir stand.

»Ich habe so etwas vor Jahren schon mal gesehen«, meinte Bernhard, »bei dem was da runtergekommen ist, handelt es sich entweder um einen Meteor oder um einen abstürzenden Satelliten. Da bin ich mir sicher. Die Druckwelle war nicht so stark. Wird wohl eher ein Satellit gewesen sein.«

Fritz und Fiona nickten zustimmend.

»Ein Satellit? Was ist das denn?«, wollte Andrea wissen.

»Das erklär ich euch später. Wundern täte es mich nicht, wenn die Dinger auch fünfzehn Jahre später noch vom Himmel fallen. Hoffentlich kommen da nicht noch mehr runter«, antwortete Fritz.

»Guckt mal, die Schlurfer«, rief Mona da, »sie ziehen in Richtung Absturzstelle.«

Tatsächlich verließ ein Untoter nach dem anderen den Parkplatz. Sie alle zogen über das Kartoffelfeld nach Osten, wo in einiger Entfernung an der Absturzstelle ein Feuer loderte.

Wir nutzten die Gelegenheit. Rasch brachten wir unsere Kranken und Verletzten in unser Fahrzeug, griffen unser letztes Hab und Gut sowie unsere Waffen und verzogen uns in unser Gefährt. Fritz schloss den Wagen erneut kurz und mit einem lauten Grollen setzte sich der LKW in Bewegung. Langsam rollten wir von der Tankstelle auf die Straße gen Norden, in die Dunkelheit hinein. Die Schlurfer, die sich verwirrt zwischen Absturzstelle und lärmenden LKW entscheiden wollten, ließen wir eilig hinter uns.

Fritz fuhr nur mit geringer Geschwindigkeit. Die dunkle, ja nahezu schwarze Nacht und ein nicht funktionierender Scheinwerfer behinderten seine Sicht erheblich. Ich weiß nicht, wie viele Stunden die Fahrt dauerte und ich kann mich nicht mehr an viele der Dinge erinnern, die ich unterwegs in der Dunkelheit ausmachen konnte – es handelte sich dabei nur neben Straßenschildern mit mir unbekannten Ortsnamen wie Salzwedel, Ludwigslust und Kühlungsborn, um eine freie Landstraße. Ab und an standen uns Fahrzeuge im Wege. Manchmal tauchten kleinere Gruppen oder einzelne Untote im Scheinwerferlicht auf. Fritz kümmerte das nicht weiter. Er blickte starr geradeaus und drückte die Hindernisse mit dem LKW zur Seite oder überfuhr die sich in den Weg stellenden Schlurfer. Wir kamen gut voran. Die gesamte Fahrt über sprach Fritz kein Wort. Er wollte es heute Nacht zu einem Ende bringen – so seine Worte bei der Abfahrt.

Stunden später, es dämmerte der Morgen, da stoppte Fritz plötzlich das Fahrzeug.

»Da ist sie«, verkündete er voller Ehrfurcht, »gebt den anderen Bescheid.«.

Andrea und ich nahmen die Nacht über neben Fritz im Führerhaus Platz. Jetzt schauten wir uns staunend an. Ich blickte die Straße hinunter und erkannte neben den links und rechts stehenden, verrotteten

Häusern mit ehemaligen Restaurants und Ladenlokalen nur Bäume, die einen kleinen Platz am Ende des Weges zierten. Ein Stück weiter rechts sah ein neugierig gewordener Schlurfer gerade um die Ecke. Den meinte Fritz mit Sicherheit nicht.

»Wer ist da und wer ist sie?«

»Die Ostsee, du Dummkopf. Gleich da vorne, hinter den Bäumen beginnt der Pier und rechts liegt die Marina.«

Die Worte Pier und Marina zählten für Gewöhnlich nicht zu meinem täglichen Wortschatz und ich kannte sie nicht. Trotzdem sprachen die unbekannten Worte zu mir. Wir hatten es tatsächlich bin ans Meer geschafft.

Vergnügt sprang ich aus dem Führerhäuschen. Der neugierige Schlurfer machte sich derweil auf den Weg zu uns. Ich glaubte, sein Schmatzen zu hören. Er begann mit der Verdauung seiner Opfer schon bevor er ihrer habhaft werden konnte.

Auf der Ladefläche traf ich auf einen glücklich dreinschauenden Bernhard, der mit sofort davon berichtete, Emma hätte die Nacht gut geschlafen und nun kein Fieber mehr.

Meine Mutter sah dagegen besorgt aus. Mein Vater saß, gestärkt durch Schmerztabletten, auf seiner Matratze. Seine Wunden drohten sich dennoch zu entzünden. Er benötigte dringend frisches Verbandmaterial.

»Die Ostsee, wir sind da«, verkündete ich frohen Mutes und sorgte mit der Neuigkeit für strahlende Gesichter.

»Komm her zu mir, mein Junge«, sagte mein Vater und winkte heftig.

»Was ist denn?«

»Wir haben es bisher aufgeschoben, wollten es erst einmal bis hierhin schaffen. Jetzt müssen wir entscheiden, wie es weitergehen soll.«

»Was meinst du damit?«

»Wir müssen weiter nach Norden, viel weiter. Entweder wir finden eine Möglichkeit, mit einem Schiff das Meer zu überqueren oder wir müssen es umfahren.«

»Umfahren? Das Meer?«

Bisher sah ich noch nie ein Meer, besaß jedoch die Vorstellung, es müsse riesengroß und nicht mal soeben zu umfahren sein.

»Ja, ja, Junge. Was über das Wasser vielleicht einhundertsechzig bis zweihundert Kilometer sind, sind über die Straße locker sechshundert Kilometer oder mehr. Auf dem Landweg müssen wir an etlichen großen Städten vorbei und wissen nicht, auf wie viele Schlurfer wir dort treffen. Es gilt eine Reihe wirklich große Brücken zu überqueren und wir wissen nicht, in welchem Zustand die sind oder wer und was die verstopft oder ob sie überhaupt noch stehen. Und hält der Wagen durch? Finden wir genug Treibstoff? Nehmen wir ein Schiff, wissen wir nicht, welches Wetter wir zu bewältigen haben. Und wer kann ein Schiff, das groß genug für uns ist, steuern und wer navigiert uns über das Meer? Und wie ist es da mit dem Treibstoff? Reicht der oder müssen wir segeln oder rudern?«

»Oh, das müssen wir diskutieren.«

»Nein, nein«, flüsterte mein Vater jetzt, »wir müssen gar nichts diskutieren, mein Sohn. Du bestimmst das jetzt. Früher habe ich das getan. Jetzt kann ich nicht und nun musst du das machen. Glaub mir, sonst funktioniert das nicht. Nur so erreichen wir unsere Ziele.«

Dabei sah mir mein Vater direkt in die Augen und ich verstand ihn. Letztendlich trug ich die Verantwortung für alles. Sie alle befanden sich völlig ohne Not in dieser Lage und bereiteten sich hier an der Ostsee auf den nächsten Angriff der Schlurfer vor. Jetzt würde ich sie aus dieser Lage wieder befreien.

Mit neuem Mut und neu gefundener innerer Stärke erhob ich mich. Dann verteilte ich mutig und mit fester Stimme meine Anweisungen.

»Fritz ist die ganze Nacht durchgefahren. Der schläft jetzt besser ein paar Stunden. Lennard, Bernhard und du, Mama, wir gehen zusammen ans Meer, nehmen den Hund mit und sehen uns da mal um. Andrea und Mona! Ihr kümmert Euch derweil um unsere Kranken, Marc und Emma.«

Ich sah den Widerstand in Andreas Augen, doch sie sagte nichts.

37

Früher handelte es sich bei diesem Ort bestimmt um einen herrlichen Urlaubsort – Seebad sagte Bernhard. Heute stand hier ein offensichtlich geplündertes und baufälliges Haus neben dem anderen.

Zu unserem neugierigen Schlurfer gesellten sich noch zwei weitere Leidensgenossen, die sich hungrig auf die Fährten von Fiona, Bernhard und mir hefteten. Die unüberschaubare Meute von Untoten, die sich ein Stück weit die Straße zurück sammelte, bemerkten wir nicht.

Große Bäume, ein sandiger Platz und Parkbänke. Dahinter dann tat sich die riesige Wasserfläche der Ostsee auf. So etwas Wundervolles sah ich noch nie in meinem Leben. Überwältigt von der Größe und Schönheit dieser Wasserfläche blieb ich wie angewurzelt stehen.

Ein langer Pier lag direkt vor uns. Die Versuchung, diesen bis zu seiner Spitze zu erkunden, lockte mich. Die drei Schlurfer unmittelbar hinter uns machten mir allerdings schnell klar, in welche Falle ich gelaufen wäre. Für eine intensive Beschäftigung mit der Schönheit der Natur, dem Meeresrauschen oder dem Wellengang, blieb leider keine Zeit.

»Dahinten, das Hotel und ein Stück weiter hinten die Boote in dem kleinen Hafen«, wies Bernhard nach links.

»Nils hätte gewusst, welches Schiff das richtige für uns wäre«, meinte meine Mutter und erinnerte uns damit an den asthmatischen Nils, mit dem Bernhard gemeinsam, zunächst auf Zypern und später in

Deutschland, eine Reihe von Abenteuern mit den Schlurfern bestand.

»Nun lasst uns erst einmal dahin gehen«, warf ich ein.

»Wir brauchen dringend Verbandszeug für deinen Vater. Die Chance, welches in dem Hotel zu finden, ist groß«, meinte Fiona.

»Dann gehst du mit Bernhard ins Hotel. Ich suche schon mal ein Boot für uns aus.«

»Aber...«

»Keine Diskussion. Oskar ist ja bei mir. Wir können uns hier nicht ewig aufhalten«, zeigte ich auf die drei Schlurfer, die sich uns bedenklich näherten, »bestimmt gibt es hier noch mehr von denen.«

Meine Mutter nickte und verschwand mit Bernhard geschwind durch eine Terrassentür im ehemaligen Luxushotel. Mein Hund und ich näherten uns den fünf gut gefüllten Reihen von Segelbooten, die hier festgemacht vor Anker lagen.

Damit kannte ich mich nun überhaupt nicht aus und meine Wahl konnte auf jedes der Boote fallen. So wählte ich gleich eines in der ersten Reihe, dessen Farbe mit gefiel und an dessen Mast noch ein größeres Segel hing. Ich betrachtete das Boot eingehend und kam zu dem Schluss, ein Boot mit Motor ausgesucht zu haben. Eine Luke, hinter der ich den Motor vermutete, wies mich in diese Richtung. Eine kleine Kajüte schien groß genug zu sein, uns allen Platz zu bieten. Ob dieses Boot in der Lage sein würde, uns über die Ostsee zu tragen, vermochte ich nicht wirklich zu beurteilen. Das konnte allerdings auch niemand sonst in unserer Gruppe.

Ein Blick in Richtung Hotel zeigte mir meine zwei Weggefährten, die von einem Balkon mit einem Verbandskasten in den Händen fröhlich winkten.

Beruhigt wendete ich mich dem Pier zu und wurde alsbald durch das unerwartete Motorengeräusch unseres LKWs meiner Hoffnungen entledigt, in aller Ruhe vom Lastwagen auf das Boot umziehen zu können.

Mit einem Höllenlärm donnerte der LKW über die sechs flachen Stufen der zum großen Holzpier führenden Treppe. Dann tauchte das Fahrzeug auch schon vor meinen Augen auf. Mit hohem Tempo raste es auf den Pier zu. Kurz vor dem Holzsteg riss Fritz, der am Steuer saß und doch nicht schlief, das Lenkrad herum. Der LKW legte sich bedächtig in die Kurve und ich fürchtete, das Fahrzeug könnte kippen oder auf die Büsche und den Sandstrand zuschießen. Doch Fritz und sein Gefährt schafften es, den Wagen auf allen seinen Rädern zu belassen. Das nur, um die nächste, viel engere Treppe als jene zuvor, hinunterzurasen. Links und rechts beschädigte der Aufbau des LKWs das Geländer der Treppe. Er raste über einen Platz und knapp an der dort befindlichen Kinderschaukel vorbei. Schließlich flitzte er mit weiterhin hohem Tempo auf die Promenade, an deren Ende sich die Marina befand.

38

Fiona schwenkte auf dem Balkon den Verbandskasten, der ihr in einem der Gänge des Hotels in die Hände fiel. Bernhard neben ihr freute sich ebenfalls über den schnellen Fund. Beide wollten jetzt noch das eine oder andere Zimmer durchsuchen. Vielleicht fanden sich noch weitere brauchbare Dinge. Lachend erzählten sie sich von ihren Hoffnungen und Phantasien. Fiona erhoffte sich schöne Kleidung und ein Haarwaschmittel oder Parfüm, Bernhard dagegen hoffte Werkzeuge zu finden.

Der Lärm des nahenden LKWs ließ auch sie aufhorchen.

»Was ist das denn? Der rast doch nicht umsonst so hier rum. Da muss was passiert sein!«

Was Fritz und die anderen dazu bewegte, den Abstellort des LKWs zu verlassen, zeigte sich Minuten später. Zuerst bogen wenige, dann ganze Trauben von Untoten um die Ecke. Sie quollen aus der Straße hervor, in der wir das Fahrzeug vor unserer Expedition zurückließen. Immer größer wurde die Meute, die hungrig hinter dem Lastwagen herschlurfte. Viel Zeit würde den Insassen des Wagens nicht bleiben, auf das Boot umzusteigen. Schlimmer jedoch wog die Tatsache, dass Bernhard und Fiona überhaupt gar keine Zeit mehr besaßen, rechtzeitig die Marina zu erreichen.

»Das schaffen wir nicht!«

»Egal, wir müssen erst einmal hier raus.«

Bernhard zog Fiona hinter sich her, raus auf dem Flur und zum nächsten Treppenhaus. Erst am Ende der Stufen verlangsamte er sein Tempo.

»Wir sind schon im Keller«, zweifelte Fiona an der Richtigkeit ihres Weges.

Bernhard stieß derweil die Tür, die aus dem Treppenhaus herausführte, auf. Am Ende eines von Betonwänden gerahmten Gangs befand sich eine weitere Tür, der sich Bernhard und Fiona lieber langsam näherten. Was mochte sich dahinter verbergen?

Bernhard drückte die Klinke herunter. Nicht mehr als ein weiterer Gang tat sich vor den Beiden auf. Am Ende dieses Ganges führte eine Treppe ins Parterre zurück.

»Wieder hoch?«

»Zurück macht auch keinen Sinn.«

Fiona und Bernhard erklommen die Stufen. Die Promenade vor dem Hotel füllte sich mit immer mehr Untoten.

Nach vorsichtigem Öffnen der nächsten Tür befanden sich Bernhard und Fiona jäh mitten im Hallenbad des ehemaligen Hotels. Durch die über die Jahre stark verschmutzten, bis zum Boden reichenden Fenstern konnte man verschwommen die unzähligen Schlurfer außerhalb des Gebäudes erkennen. Zum Glück befanden sich die riesigen Fenster in tadellosem Zustand. Trotzdem erschien es ratsam, sich langsam zu bewegen und leise zu sein, damit die Bestien nicht auf sie aufmerksam würden.

Im fünfzig Meter langen Becken des Schwimmbades befand sich zu Fionas Verwunderung immer noch eine letzte Pfütze Wasser, oder besser einer stinkenden Brühe. In dieser Brühe schwammen zwei Schlurfer mit dem Bauch nach oben. Jetzt versuchten diese Kreaturen den Beckenrand wild mit den Armen rudernd zu erreichen. Nach mehr als fünfzehn Jahren hielten sich mit Bernhard und Fiona für die Schlurfer mal wieder begehrenswerte Nahrungsmittel vor ihnen auf. Immer hektischer wurden die Bewegungen der im Wasser aufgequollenen Untoten, doch es gelang ihnen nicht, die Lache zu verlassen, den Beckenrand zu erreichen oder gar diesen zu erklimmen. Wie Bojen dümpelten sie auf dem bisschen Waser auf und ab. Der Gestank, den die lebenden Wasserleichen verströmten, nahm Bernhard und Fiona den Atem.

Beide zwangen sich trotz der widrigen Umstände langsam das Becken zu passieren. Trotz ihrer Vorsichtmaßnahmen hämmerte von draußen der erste Schlurfer gegen die Scheibe. Lange würde es nicht dauern, bis er und seine Freunde das Glas zum Bersten bringen würden.

Am Ende der Schwimmhalle führte der einzige Ausweg, eine Schiebetür zum Außenbereich des Schwimmbades, zu einer Liegewiese. Nur ein das Gelände umrahmender, hüfthoher Metallzaun trennte die Schlurfer auf der Promenade von diesem Bereich.

Fiona und Bernhard betraten den Außenbereich. Das gurgelnde Gejammer der hungrigen Gestalten schwoll an. Massen drückten hungrig vor den Metallzaun. Einige der Untoten in der ersten Reihe wurden von ihren eigenen Leidensgenossen zerdrückt, anderen gelang es, über den Zaun zu steigen. Dabei erlittene, neue Verletzungen hielt sie bei ihrem Vorhaben, nach Bernhard und Fiona zu greifen, nicht auf.

»Da der Parkplatz!«, schrie Bernhard aufgeregt.

Fiona, deren Panik langsam aber sicher ins Unermessliche stieg, wusste nicht was Bernhard auf dem Parkplatz zu finden hoffte, sah jedoch auch keinen anderen Ausweg für sie.

Bernhard sprang zuerst über den Zaun und half Fiona ebenfalls hinüber. Hätte er doch bloß nicht sein Gewehr im LKW zurückgelassen.

Vom Parkplatz des Hotels aus konnte man den mittlerweile zum Stehen gekommenen Lastwagen gut sehen. Hastig brachten Lennart, Mona und die Anderen Teil um Teil zum von mir ausgesuchten Boot.

Bernhard und meine Mutter rannten die lange Fahrzeugreihe entlang. Die Untoten folgten ihnen auf dem Fuße. Mit etwas Glück bestand doch noch die Chance, das Boot zu erreichen.

Plötzlich wurde jede Hoffnung der Beiden zerstört. Fiona knickte mit ihrem linken Fuß um und sackte in den Staub des Parkplatzes. Zwar versuchte sie, so schnell wie möglich wieder auf die Beine zu kommen, doch der den ganzen Körper durchziehende Schmerz stoppte ihre Bemühungen jäh. Der linke Fuß vertrug keinerlei Belastung mehr.

Bernhard und Fiona wurden dadurch erheblich langsamer, die dadurch motivierten Verfolger schneller. So verblieb keine Chance mehr, davonzurennen.

(39)

Der LKW donnerte auf mich zu. Meine Mutter und Bernhard verschwanden vom Balkon des Hotels. Für einen kurzen Augenblick verlor ich meine Ruhe und trat aufgeregt von einem Fuß auf den anderen.

Der LKW kam über den Boden der Promenade rutschend vor mir zum Stehen. Mir ging ein Licht auf und mir wurde klar, was zu tun sein würde.

»Wir nehmen das da, das rote Boot. Bringt alles rüber!«

Lennard, Mona und Andrea trugen etliche Taschen und Beutel zum Boot herüber. Die mittlerweile wieder genesene Emma half ihnen dabei nach Leibeskräften. Fritz und ich bemühten uns, meinen Vater auf einer Matratze liegend aus dem LKW und zum Boot herüber zu tragen. Das gestaltete sich schwieriger als zunächst angenommen. Das ewige Genörgel des Patienten vereinfachte die Aufgabe zudem nicht. Die ungelöste Frage nach dem Verbleib von Bernhard und meiner Mutter verschärften darüber hinaus die Sorgen in nicht unerheblichem Maße.

Die Schlurfer rückten näher. Ich wusste, worauf ich zu achten hatte. Den bestialischen Gestank bemerkte man immer zu allererst, wenn sie sich näherten. Als eine Mischung von Verwesung, süßem Parfüm und ranziger Leberwurst brannte dieser Geruch in den Lungen. Jetzt blieb nicht mehr viel Zeit. Bald darauf vernahm man das gurgelnde Gesabber, welches die Untoten ausstießen, sobald sie Nahrung witterten. In dem Augenblick standen für die Lebenden die Zeichen auf Flucht. Die Bestien befanden sich nur noch eine Armlänge entfernt.

All das roch und hörte ich hinter mir und blickte dabei zur Ladefläche des LKWs. Ein Kribbeln legte sich über meinen Nacken. Die Haare standen mir zu Berge. Nur noch wenige Augenblicke und sie würden mich packen.

Von meiner Mutter und Bernhard fehlte derweil noch immer jede Spur. Wir würden Wohl oder Übel dazu gezwungen sein, ohne sie abzulegen.

»Los jetzt!«, schrie Fritz mir mit kreischender Stimme zu.

Ich drehte mich um und sah direkt in die verzerrte Fratze eines Schlurfers. Ein Lächeln schien seine zerfetzten Mundwinkel zu umspielen. In seinen ansonsten trüben Augen zeigte sich ein leichtes Blitzen. Dann öffnete er seinen Mund und ein schmatzender Laut entfuhr seiner Kehle ebenso, wie ein Schwall Sabber.

Gedankenschnell zog ich am Abzug von Bernhards Gewehr. Es handelte sich dabei um das letzte Teil unseres Habs und Gutes, welches ich aus dem LKW holen wollte. Ein Schuss löste sich und fuhr dem Untoten vor mir von unten durchs Kinn und quer durch den Schädel. Er sank zu Boden. Sein angedeutetes Lächeln erstarb. Sein blutiger Schädel streifte im Sturz meinen rechten Oberschenkel und hinterließ einen schleimigen Fleck auf meiner Hose.

Ich rannte los, spürte noch, wie jemand mir an meinem Shirt zupfte, riss mich los und rannte weiter.

»Leinen los!«, rief ich meinen Gefährten zu, die sich auf dem Boot ihre Plätze suchten.

Oskar musste von Andrea festgehalten werden, damit er mir nicht entgegensprang. Das Tier bellte und fletschte die Zähne.

Das Boot löste sich von dem kleinen, hölzernen Steg und ich rannte selbigen parallel zum ablegenden Boot entlang. Hinter mir füllten die ersten Untote die Anlegebrücke und Tausende versuchten ihnen zu folgen.

Mit einem beherzten Sprung erreichte ich das Boot am Ende des Stegs und konnte mich soeben an Fritz festklammern, der mir seinen langen Arm entgegenstreckte. Hinter mir fielen drei Untote mit ausgebreiteten Armen ins Wasser. Auf dem Boot zum Stehen gekommen, drehte ich mich um und blickte die Untoten, die den Steg füllten. Neben dem Gurgeln der Schlurfer vernahm ich deutlich das Ächzen und Krächzen des hölzernen Stegs, der einem solchen Gewicht nicht lange standhalten würde.

Unter vollen Segeln und dem leichten Brummen des Motors bewegte sich das Boot langsam heraus aus der Marina und entfernte sich vom Ufer. Wie durch ein Wunder gelang es dem Langen auch hier, den Motor dank seiner Batterie in Gang zu setzen. Offensichtlich verstand Fritz nicht nur etwas von Straßenfahrzeugen.

Dann stoppte Fritz den Motor und Lennard holte das Segel ein.

»Was machen wir jetzt? Fiona und Bernhard befinden sich noch an Land.«

(40)

Bernhard griff Fiona mit der linken Hand unter die Achsel und schleppte sie mehr wankend als dass sie gingen weiter. Dabei verließen sie ihren Weg und prüften die Türen von jedem Auto, an dem sie vorbeikamen.

Die Schlurfer näherten sich Stück um Stück

Die Türen der beiden Transporter ließen sich ebenso wenig öffnen, wie die des blaue Fords und des grünen BMWs. Bernhard versuchte mehrfach mit seinem Ellenbogen eines der Seitenfenster der Fahrzeuge einzuschlagen, was ihm misslang und ihm einen blauen Flecken bescherte. Erneut vermisste er sein Gewehr.

Nach mehreren Versuchen fand sich endlich ein Mercedes, dessen Tür sich tatsächlich öffnen ließ. So schnell es ging, schlüpften Bernhard und Fiona in den Wagen. Sie konnten die Fahrzeugtür zuziehen, da klebten nur Sekunden später die ersten Schlurfer an den Scheiben und hämmerten mit ihren Fäusten dagegen.

»Guck mal, der Schlüssel steckt«, sagte Fiona entgeistert.

»Tatsächlich. Dreh in mal rum.«

Fiona nestelte mit schmerzverzehrtem Gesicht am Zündschlüssel herum. Ihr ging es wahrlich nicht gut. Vor Schmerz und Aufregung vergaß sie die Kupplung zu treten. Der Motor drehte, das Auto schüttelte sich und sprang mit einem Satz nach vorne.

Durch den Sprung nach vorne wurden drei der Schlurfer zwischen dem Mercedes und dem davor abgestellten Fahrzeug eingequetscht. Die über die

langen Jahre von der Verwesung stark in Mitleidenschaft gezogenen Beine gaben nach. Das hinderte die
Gestalten jedoch nicht daran, weiterhin auf Bernhards
und Fionas Wagen einzuschlagen.

»Ich kann die Kupplung nicht durchtreten.«

»Dann lass und die Plätze tauschen.«

Mühselig versuchten Bernhard und Fiona in dem
engen Fahrzeug aneinander vorbei zu klettern.
Schließlich landete Bernhard auf dem Fahrersitz und
Fiona auf der Rückbank. Ihre Schmerzensschreie motivierten die umstehenden Untoten, ihre Bemühungen,
ins Innere des Wagens zu gelangen, zu erhöhen.

Bernhard versuchte das Fahrzeug erneut zu starten, legte den Rückwärtsgang ein und betätigte das
Gaspedal. Das Auto gab keinen Ton von sich und
bewegte sich keinen Zentimeter.

»Der hat kein Benzin mehr oder die Batterie ist
kaputt«, stellte Bernhard verschnupft wie fachmännisch fest.

Nach Jahren Stillstand kann ja nicht mehr jeder
Motor anspringen. Sie besaßen eben nicht so ein
glückliches Händchen, wie Fritz, der jeden Motor in
Bewegung setzten konnte. Egal ob Batterie oder nicht,
dieses eine Mal hätte es aber ruhig auch mal bei ihnen
klappen können, dachte Fiona.

Nebelähnlich – die Traube von Untoten um das
Auto herum ließ keine Sicht auf die Umgebung zu.
Mühevoll kletterte Fiona auf den Beifahrersitz.

»Was machen wir jetzt?«

»Guck mal ins Handschuhfach.«

»Das Ding muss einer Frau gehört haben. Zwei
Flaschen Haarspray, sonst nichts.«

Bernhard grübelte in seiner Vergangenheit herum.
Seine Ausbildung zum Wachpersonal auf dem Flug-

hafen auf Zypern musste doch für etwas gut gewesen sein. Er blickte sich um, und dann kam ihm eine Idee.

»Wir haben nur eine Chance, Fiona, und die müssen wir nutzen. Hier abwarten bis sie die Glasscheiben geschafft haben, macht keinen Sinn.«

»Du hast Recht. Also was machen wir? Warte.«

Fiona öffnete den Verbandskasten, den sie aus dem Hotel mitnahm und holte eine der Bandagen heraus. Diese wickelte sie sich so fest sie es vermochte um den lädierten Knöchel.

»Ich bin bereit, Bernhard. Wie ist dein Plan?«

Bernhard griff zur Rückbank und holte zwei Zierkissen nach vorne. Von der hinteren Ablage des Mercedes besorgte er sich eine umhäkelte Rolle Toilettenpapier.

»Frau als Autobesitzerin ok, wenn du meinst, aber jung war sie nicht«, bemerkte er.

Bernhard wühlte in seinen Hosentaschen und brachte schließlich zwei Feuerzeuge zum Vorschein.

»Lass uns beten, dass wenigstens die funktionieren.«

Bernhard zerrupfte eines der Kissen und reichte es Fiona. Dann gab er ihr eine der Flaschen mit Haarspray.

»Auf drei reißt du die Tür auf, steckst das Kissen in Brand und wirfst es im hohen Bogen in die Schlurfer auf deinem Flügel. Ich mache auf meiner das Gleiche. Das lenkt sie hoffentlich ab.«

»Und dann?«

»Dann drückst du den Knopf auf der Haarspray-Flasche und zündest den Strahl an. Den hältst du den Schlurfern mitten ins Gesicht, steigst aus und dann rennen wir so schnell wir können.«

»Na ja, toller Plan. Aber was Besseres fällt mir auch nicht ein. Wo rennen wir hin?«

»Wenn ich mich recht erinnere, stand neben dem grünen BMW ein Tandem. Das nehmen wir und...«

»Ein Tandem?«, kreische Fiona.

»Hast du eine bessere Idee?«

Fiona sah Bernhard eine Weile lang an, legte die Stirn in Falten, schüttelte den Kopf und öffnete ihre Tür einen Spalt weit. Die sie umringenden Untoten witterten Morgenluft.

Links und rechts aus dem Mercedes heraus flogen brennende Kissen und landeten zwischen den Bestien. Auf Fionas Seite tat sich augenblicklich eine Lücke auf. Die Untoten wichen vor dem Feuer zurück. Auf Bernhard Seite gerieten die spärlichen Fetzen, die einem der Untoten als Kleidung dienten, in Brand.

Bernhard und Fiona sprangen aus dem Auto. Ihre Flammenwerfer hielten sie den Bestien vor ihre Köpfe. Das stiftete ausreichende Verwirrung. Bernhard entzündete das Toilettenpapier nebst Häkelhülle und warf diese zurück ins Auto. Die Sitze des Wagens fingen sofort Feuer. Dann bahnte auch er sich seinen Weg. Beide erreichten das Fahrrad. Bernhard stieg vorne auf, Fiona nahm hinten Platz.

Sie traten so gut es ging und so gut es Fionas Fuß zuließ in die Pedale und das Tandem setzte sich in Bewegung. Anstürmende Schlurfer ernteten Tritte von Bernhard. Fionas Spraydose funktionierte noch einige Sekunden, dann diente sie ihr als Schlagwerkzeug und zuletzt als Wurfgeschoss.

Bernhard lenkte das Fahrrad. Wie durch eine zähe Masse drückte sich das Tandem durch die Körper der Kreaturen – so zumindest kam es Bernhard vor.

Gierige, knochige Hände griffen nach ihnen. Der eine oder andere Schlurfer versuchte sein Glück mit einem direkten Biss und schob seinen Kopf vor. Bernhard und Fiona wehrten jeglichen Angriff ab. Mal traten, mal schlugen sie. Plötzlich lichteten sich die Reihen der Untoten und ließ den Fahrradfahrern einen freien Blick auf die Promenade. Bernhard trat in die Pedale. Fiona wehrte einen Schlurfer ab, der sich in ihren Haaren festkrallen wollte. Das Fahrrad machte eine Satz voran und schoss über die Promenade hinweg. Jäh wurde die wilde Fahrt an einem Geländer gestoppt und Bernhard und Fiona landeten auf dem Hosenboden, zogen sich allerdings keine weiteren ernsthaften Verletzungen zu. Bernhard half Fiona auf die Beine, drückte sie über das Geländer und sprang seinerseits hinterher. Nach einem rund zwei Meter tiefen Sturz landeten sie hart auf dem Sandstrand, rollten noch wenige Meter und blieben schließlich zwischen diversen Strandkörben liegen.

Die Schlurfer auf der Promenade blickten den Beiden hinterher und schickten sich an, ihnen zu folgen. Dabei rutschten auch sie die zwei Meter zum Sandstrand hinab. Einige von ihnen verletzten sich dabei schwer. Sie konnten den Flüchtenden nicht mehr folgen. Andere setzten ihren Weg fort. Ein in Badehose bekleideter und durch die jahrelange Sonneneinstrahlung aufgedunsener Untoter rappelte sich in seinem Strandkorb hoch und taumelte ebenfalls auf Bernhard und Fiona zu.

Bevor sich die Bestien über die Fahrradfahrer hermachen konnten, zerrte Bernhard die vor Schmerzen jammernde Fiona hoch, griff sich den im Hotel erbeuteten Verbandskasten, den Fiona immer noch festhielt und zog sie nun unter dem einen und das

Verbandszeug unter dem anderen Arm in Richtung Wasser davon. Die Schlurfer folgten mit geringem Abstand.

Ihren elenden Gestank nahm Bernhard gar nicht wahr. Das klackende Geräusch, welches sein Gewehr verursachte, wenn eine Patrone den Lauf verließ, bemerkte Bernhard sehr wohl. Fritz stand aufrecht auf dem roten Boot und versuchte, den Schlurfer aus dem Strandkorb zu treffen – vergebens.

Die Einen versuchten verzweifelt ihr Boot zu beschleunigen, um den Gefährten zur Hilfe zu eilen. Die Anderen schleppten sich derweil ohne innezuhalten weiter. Die Schnelligkeit, mit der beide Gruppen ihr Vorhaben vorantrieben, würde nicht ausreichen können, meine Mutter und Bernhard vor den hungrigen Mäulern der Bestien zu bewahren.

Fritz versuchte erneut sein Glück, wieder vergebens. Die Kugel traf den Schlurfer an der Schulter. Das warf ihn um, hinderte ihn gleichwohl nicht daran, sich wieder aufzurappeln und die Verfolgung der Flüchtenden erneut aufzunehmen.

Bernhard blickte sich um. Ihm wurde die Chancenlosigkeit seiner Flucht mit Fiona klar. Alleine würde er es zweifellos schaffen. Einen zweiten Gedanken daran verschwendete er nicht. Für ihn würde ein Zurücklassen von Fiona nicht infrage kommen. Dann würden sie eben beide jetzt und hier sterben.

Noch bevor Fritz seinen ersten Schuss abgab, sprangen Lennard und ich, bewaffnet mit Fleischeraxt und Tapezierigel, in das Wasser vor dem Strand von Kühlungsborn. Wir beide lernten nie schwimmen. Gottlob reichte uns das Wasser nur bis zu den Hüften. Jetzt fehlten uns nur noch wenige Meter bis zum Ufer.

Bernhard verlangsamte sein Tempo und hielt schließlich an.

»Was machst du?«, fragte ihn Fiona verwirrt.

»Wir müssen kämpfen. Sie kriegen uns«, antwortete Bernhard resigniert.

Er stellte sich breitbeinig auf und blickte entschlossen in die gierigen Gesichter der Untoten. Fiona versuchte sich derweil mit ihren Schmerzen weiterhin in Richtung Wasser zu schleppen.

Dem sich ihm zuerst nähernden Schlurfer trat Bernhard in den Schritt. Das tötete diesen natürlich nicht, zwang die Bestie aber in die Knie. Mühelos konnte Bernhard ihm seinen Schuh gegen den Kopf rammen. Dieser zerplatzte wie eine auf Steinboden aufschlagende Wassermelone.

Bernhard registrierte dies schon nicht mehr in allen Einzelheiten. Er wendete sich den nächsten Angreifern zu. Gleich drei Untote bauten sich vor ihm auf. Einer davon biss sofort zu. Bernhard schaffte es, ihm den Verbandskasten zwischen die Zähne zu schieben. Der zweite Schlurfer rammte Bernhard seine Zähne in den Unterarm. Bernhard spürte das und wähnte sein Ende gekommen. Die morschen Zähne des Untoten vermochten jedoch nicht, das Leder seiner Jacke zu durchstoßen. Der dritte Schlurfer...

In der Sekunde erreichten Lennard und ich das Kampfgeschehen. Unsere Waffen wüteten fürchterlich unter den umstehenden Kreaturen. Doch unzählige Schlurfer rückten nach.

»Los weg hier!«, schrie ich Bernhard an.

Wir drehten uns von den Angreifern weg und rannten auf das Meer zu. Meiner Mutter, die erst wenige Schritte bis dahin zurücklegen konnte, griffen Lennard und ich unter die Arme und zogen sie mit uns. Kurze Zeit später umspülten kleine Wellen unsere Füße und wieder etwas später strampelten wir durch die Fluten der Ostsee. Bernhard hielt dabei den erbeuteten Verbandskasten in die Luft.

Ein Blick zurück sorgte für Gewissheit. Die Untoten folgten uns nicht ins Wasser.

Zehn Minuten später saßen wir alle zusammen auf unserem roten Boot und versorgten die Wunden der Verletzten. Fritz steuerte unser neues Gefährt in Richtung Nordosten.

Nicht ohne ein Gefühl von Wehmut schaute ich mich um. Die Todesregion Deutschland lag hinter uns.

(41)

Ein schönes Gefühl, auf See zu sein. Die Unmöglichkeit, hier auf Schlurfer zu treffen, die uns hinterrücks überfallen und verspeisen wollten, brachte uns allen eine schon lange nicht mehr verspürte Ruhe. Fritz und Lennard bewiesen ihre Fähigkeiten, ein Boot wie das unsrige zu steuern. Allerdings blies der Wind nicht stark und wir befuhren eine stille See.

Ausgiebig Platz blieb uns nicht auf dem Boot. Neun Personen fanden im Gegensatz zu meiner vorherigen Annahme keinen ausreichenden Platz, um ungestört schlafen zu können. Mein Vater und meine Mutter konnten zudem nicht lange stehen und benötigten mindestens einen Sitzplatz.

Marcs Wunden am Rücken schienen endlich zu heilen. Eine schon längst abgelaufene, trotzdem von Fiona verwendete Salbe schien dabei tatkräftig zu helfen. Saubere Verbände schützten die Wunde. Den geschwollenen Fuß meiner Mutter behandelten wird mit kühlen Umschlägen.

Die Frage nach unserer Reiseroute – kurze Strecke übers Meer nach Dänemark oder den längeren Weg nach Schweden – diskutierten wir heftig. Letztendlich entschieden uns dafür, so lange wie es uns eben möglich sein sollte auf dem Boot zu bleiben. Unser Ziel sollte der Süden Schwedens sein. Ob es uns mit dem kleinen Bordkompass hingegen ohne Seekarte gelingen sollte, dieses Ziel zu erreichen, stand in den Sternen.

Ich saß mit Andrea am Bug des Bootes und wir unterhielten uns über unsere Zukunftspläne.

»Glaubst du, wir können irgendwo ohne diese Schlurfer leben?«, fragte mich Andrea.

»Davon bin ich überzeugt. Dafür machen wir das doch hier. Ich will so leben, wie es mir mein Opa immer erzählt hat.«

Lange saßen wir beisammen und ich erzählte meiner Freundin eine Geschichte nach der anderen – ebenso gut, wie ich mich daran erinnern konnte, was mein Opa Rudolf zu erzählen wusste. Volle Fußballstadien, Einkaufszentren, Flug- und Urlaubsreisen, gute Restaurants, Pommes und Currywurst – Andrea und ich bauten uns Stück um Stück eine für uns nur schwer vorstellbare Traumwelt.

»Was ist das denn für ein Pott?«, zog uns die verblüfft klingende Stimme von Mona aus unseren Träumereien zurück in die unwirtliche Gegenwart.

Alle reckten ihre Köpfe in die Richtung, in die Mona aufgeregt zeigte. In gebührender Entfernung, trotzdem riesengroß wirkend, schlingerte ein ehemals weiß gestrichenes, jetzt eher graues Schiff auf dem Meer hin und her, dessen gewaltige Erscheinung uns alle innhalten ließ.

»Tja, ich weiß was das ist«, behauptete Fritz triumphierend.

»Na klar weißt du das. Nur die Jungen können das nicht wissen«, lachte Bernhard.

»Ja, wir haben alle unseren Spaß gehabt. Was ist das denn jetzt?«, zeigte sich Lennard zickig.

»Das ist ein Passagierschiff, mein Sohn. Darauf haben die Menschen früher Urlaub gemacht und sind über die sieben Weltmeere geschippert.«

Ungläubig bestaunten die Jüngeren das Ungetüm von Schiff.

»Hätte man darauf eventuell überleben können? Vielleicht sind da noch lebende Menschen drauf.«

»Das kann ich mir nicht vorstellen. Der Pott wird bestenfalls voller Schlurfer sein.«

»Wenn das so ist und die alle zu Schlurfer geworden sind, dann hat logischerweise auch noch niemand die Vorräte geplündert.«

»Die Dinger hatten meistens nur frische Ware an Bord. Da wird nichts Haltbares mehr dabei sein.«

»Ich bin trotzdem der Meinung, wir sollten nachsehen.«

Mit sechs zu drei Stimmen entschieden wir uns dafür, das Schiff näher in Augenschein nehmen zu wollten. Wir hegten die Hoffnung von außen etwas erfassen zu können, was uns eine endgültige Entscheidung ermöglichen würde. Bernhard äußerte zudem weitere Bedenken. Ohne besondere Umstände würde es uns nicht möglich sein, von unserem Boot auf das Schiff zu gelangen.

Eine Beschriftung, die uns die Herkunft des Schiffes verriet, besaß das Schiff nicht. Woher es kam, konnten wir zunächst nicht bestimmen. Das Schiff verfügte über zehn Etagen. Fiona wusste zu berichten, dass es sich bei den oberen Etagen um jene handelte, in denen sich die Außenkabinen mit Balkon für die ehemaligen Passagiere befanden. An der linken Schiffsflanke erspähten wir eine Art Anlegestelle, an der wir versuchen wollten festzumachen. Der leichte Seegang erleichterte uns das Manöver.

»Guckt mal, da steht was.«, bemerkte Andrea jetzt doch einen Hinweis auf den Namen des Schiffes, » sieht aus wie „the world". So heißt das Schiff wohl«.

In der obersten Etage rumorte es auf einem der Balkone. Jemand lehnte sich über das Geländer, verlor das Gleichgewicht und stürzte unmittelbar neben unserem Boot klatschend ins Wasser. Wenige Atemzüge später fiel der nächste Körper ins Meer. Die Balkone füllten sich mit Schlurfern und jeder von ihnen bemühte sich uns näher zu kommen - ohne Rücksicht auf Verluste.

»Ablegen, lasst uns abhauen«, rief Bernhard.

Leichter gesagt als getan. Mühselig stießen wir das Boot ab, der Motor startete und erzeugte sein leichtes Surren. Die Bestien sprangen weiterhin hungrig hinter uns her ins Meer.

Plötzlich erschütterte ein Stoß unser Boot. Eine der Bestien schlug mit einem lauten Knall auf das vordere Deck auf, direkt neben dem Mast. Die rote Farbe des Decks platzte ab. Die Beine der Kreatur brachen. Jeder an Bord vernahm das deutlich. Trotzdem versuchte der Untote weiter zu kriechen. Emma, die sich in unmittelbarer Nähe des Masts aufhielt, kreischte vor Angst. Der Schlurfer streckte einen Arm nach ihr aus und das uns allen bekannte gurgelnde Grölen entfuhr seiner Kehle. Weiter kam das Scheusal nicht. Fritz versetzte dem schleimigen Körper einen Tritt in die Rippen und die Kreatur rutschte ins Wasser. Zurück blieben ein blutiger Fleck und noch eine Weile sein ekliger Gestank, sowie ein sich wie ein Fußballstar nach versenktem Elfmeter fühlender Fritz.

Weitere Schlurfer stürzten sich von den Balkonen. Unser Boot befand sich zum Glück längst außer Reichweite der Fallenden. Es bestand für uns keine Gefahr mehr.

»Guckt euch das an.«, meinte Mona betroffen und zeigte in Richtung Passagierschiff.

Auf sämtlichen Balkonen hielten sich Schlurfer auf. Immer noch fielen Untote ins Meer und auch auf den Decks, die wir von hier aus einsehen konnten, tauchten immer mehr der Kreaturen auf.

»Das Schiff fasste bestimmt mehrere Tausend Passagiere.«

(42)

Emma und Andrea entwickelten besondere Fähigkeiten beim Angeln. Immer wieder gelang es ihnen, einen Fisch ins Boot zu ziehen und so für unser leibliches Wohl zu sorgen. Da wir auf dem Boot kein Feuer entfachen konnten und wir den durch den kleinen Motor erzeugten Strom nicht vergeuden wollten, aßen wir die Fische gewürzt mit den Resten unseres Salzes und roh. Sushi nannte das mein Vater. Unsere Wasservorräte rationierten wir. Jedem von uns stand täglich nur ein Becher mit der wohltuenden Flüssigkeit zu. Unsere Kräfte schwanden von Tag zu Tag. Lange würden wir uns nicht mehr auf dem Meer aufhalten können. Wir würden Land ansteuern müssen.

Die Wunden meines Vaters verheilten gut. Er sprach nicht mehr davon, Schmerzen zu haben und beteiligte sich an den wenigen Arbeiten, die an den langen Tagen anfielen. Die Schwellung am Fuße meiner Mutter behinderte sie nicht mehr. Diesbezüglich ging es mit uns bergauf.

Nach meiner Berechnung befanden wir uns nun vierzehn Tage auf der Ostsee. Wir bemühten uns, mit unserem Kompass Kurs nach Norden zu halten. Auch gingen wir davon aus, Dänemark links liegen gelassen zu haben, um gradewegs auf Schweden zuzuhalten. Aufgrund des schwachen Motors und unserer mangelnden Kenntnisse, die Segel richtig zu setzen, kam unser Boot nur langsam voran.

»Links und rechts Land in Sicht«, rief Andrea und alle schauten neugierig auf.

»Das kann nur die dänische Insel Bornholm auf der einen und das schwedische Festland auf der anderen Seite sein«, stellt Bernhard fest.

»Bist du dir da sicher?«, zeigte sich Fritz skeptisch.

»Was soll da sonst sein? Meinst du, das ist die Meerenge von Gibraltar?

»Hört auf zu streiten«, mischt sich Marc ein, »guckt euch lieber die anderen Boote an, die dahinten segeln.«

»Da sind bestimmt andere Menschen drauf«, jubelte Fiona.

Begeistert starrten wir zu drei Booten hinüber, die über die Größe unseres eigenen Bootes verfügten. Alle drei Boote segelten unter vollen Segeln. In unsere Begeisterung mischte sich flott eine weitere Beobachtung. Hinter einer Landzunge der Insel rechts, von der wir vermuteten, es müsse Bornholm sein, tauchte wie aus dem Nichts eine Fregatte auf, die mit hoher Geschwindigkeit auf die drei Segelboote zuhielt.

Eine kleine Wolke zeigte sich an einem der Geschütze der Fregatte und wenig später hörten wir den Knall. Die Fregatte feuerte ein Geschütz ab. Eines der drei Segelboote wurde getroffen, fing Feuer und versank schließlich in den Fluten der Ostsee.

Panisch schauten wir uns in die Augen. Sollten wir es bis hierhin geschafft haben, um dann von der schwedischen oder dänischen Marine versenkt zu werden? Und warum schossen sie überhaupt auf die Boote?

»Abdrehen«, schrie da mein Vater, der seine Verwirrung, wie so oft, zuerst beiseite schieben konnte.

Fritz reagierte schnell und unser Boot wendete nach Südosten. Sollte das Glück zu uns halten, könnte es uns gelingen, hinter Bornholm aus der Sicht der Fregatte zu verschwinden.

Die beiden übrig gebliebenen, von der Fregatte verfolgten Boote änderten nicht ihren Weg. Ob sich keine lebenden Menschen, sondern nur Schlurfer auf den Booten befanden? Handelte es sich dabei um den Grund, warum die Fregatte auf sie schoss? Untote segelten doch nicht mit einem Boot, oder? Möglicherweise würden wir das nie in Erfahrung bringen können. Eines jedoch konnte mit Sicherheit behauptet werden. Auf der Fregatte befanden sich gesunde Menschen. Ob es sich dabei um Vertreter Schwedens oder Dänemarks handelte oder ob wir es, wie so oft, mit irgendwelchen marodierenden Banden zu tun bekamen, wussten wir nicht. Allein die Tatsache, dass es Menschen schafften, ein solches Schiff zu bewegen, zeugte von einer Bildung, die Untote nicht aufbringen konnten. Das war das, was wir suchten. Auch wenn es uns jetzt bedrohte.

Ein weiterer Schuss versenkte das zweite Segelboot. Immer noch befanden wir uns im Sichtfeld der Fregatte. Eines der Geschütze bewegte sich in unsere Richtung.

Der dritte Schuss fegte das letzte der fremden Boote von der Oberfläche des Wassers und die Fregatte änderte ihren Kurs.

Die Richtung der Kursänderung konnte uns nicht gefallen. Ob die Fregatte weiterhin in unsere Richtung fuhr, konnten wir nicht mehr ausmachen, weil wir nun hinter einer Landzunge der Insel verschwanden. Fritz und sein Sohn Lennard nestelten an den Segeln herum, um eine höhere Geschwindigkeit zu erzielen. Wir mussten fürchten, dass der nächste Schuss der Fregatte uns gelten und uns auch treffen würde. Bisher zeigten sie sich absolut zielsicher.

Mona und Andrea beobachteten die Landzunge. Sie sollten uns darauf aufmerksam machen, sobald die Fregatte auftauchte.

Unserer Waffen und Rucksäcke trugen wir vorsichtshalber bei uns. Fiona hing sich die Reisetasche mit unserer medizinischen Ausstattung um die Schulter. Wir wollten versuchen, uns sofort in die See zu werfen, sobald eine Rauchwolke an einem der Geschütze zu sehen sein sollte.

»Da kommt sie«, riefen die beiden Mädchen zeitgleich.

Ein lautes, alles übertönendes kratzendes Geräusch ließ uns aufhorchen. Unser Boot und damit wir, wurden ordentlich durcheinandergewürfelt. Die Spitze unseres Bootes stellte sich hoch. Ich versuchte Andrea zu halten, die das Gleichgewicht verlor und über Bord zu fallen drohte. Trotz meiner schnellen Reaktion griff ich an ihren rudernden Armen vorbei und meine Freundin verschwand aus meinem Blickfeld.

»Runter, runter, runter«, kreischte Mona.

Alle sprangen von Bord und ich tat es ihnen gleich, sofort bereit, nach meiner im Wasser treibenden Freundin zu suchen. Voller Verwunderung landete ich nicht im Wasser der Ostsee sondern mit beiden Beinen auf dem Strand von Bornholm. Das kratzende Geräusch entstand beim Aufprall des Bootes, welches Fritz in voller Fahrt in den Sand setzte. Andrea lag drei Meter von mir entfernt auf dem Rücken und lachte mich an.

»Kommt schon«, forderte mein Vater uns zur Eile auf.

So schnell es ging liefen wir über den schmalen Sandstrand und versteckten uns hinter mannshohen Felsen.

Die Fregatte schoss nicht auf unser Boot. Sie drehte bei und nahm einen Standort mehrere hundert Meter vom Strand entfern ein.

»Die haben gemerkt, dass wir keine Schlurfer sind«, vermutete Fritz.

»Das glaube ich nicht. Auf den anderen Booten befanden sich bestimmt keine Schlurfer «, bemerkte Fiona, »die wären ja da seit fünfzehn Jahren auf den Booten und das Kriegsschiff hätte die erst jetzt entdeckt.«

Ein lauter Knall, ein weiterer Schuss der Fregatte und aus unserem kleinen roten Boot wurde ein brennender Trümmerhaufen.

(43)

Den Strand ließen wir hinter uns. Soweit wir es beobachten konnten, blieben die Seemänner der Fregatte auf ihrem Schiff und machten keine Anstalten an Land zu kommen, um uns zu folgen.

Schon nach kurzer Wegstrecke standen wir vor einem Ortseingangsschild. Arnager, niemand von uns kannte diesen Ort. Hier ließen wir uns im Gras am Straßenrand nieder, um neue Pläne zu schmieden. Wildgänse zogen im Tiefflug über unsere Köpfe hinweg und erregten kurz unsere Aufmerksamkeit.

»Eine davon über dem Feuer, das wäre was.«

»Wir haben andere Sorgen. Die Fregatte muss doch von einem Ort kommen, der zivilisiert genug ist, sie aufs Meer zu schicken.«

»Könnten doch auch Piraten sein, oder?«

»Treibstoff für das Schiff brauchen sie dann trotzdem irgendwoher – und das nicht zu knapp.«

»Und warum jagen die diese Boote? Wenn ich das richtig gesehen haben, dann kamen die von dieser Insel hier.«

»Keine dieser Fragen werden wir jetzt beantworten können«, unterbrach ich das Gespräch, »lasst uns lieber überlegen, was wir jetzt machen.«

»Vielleicht gibt es hier keine Schlurfer«, meinte Mona voller Hoffnung.

Eine Zeit lang schwelgten wir in unseren Träumen und diskutierten die Einschränkungen und Möglichkeiten, die uns eine schlurferlose Insel bieten könnte.

»Dahinten brennt es«, beendete Bernhard schließlich unsere Fantasien.

Nicht weit entfernt loderte ein kleines Feuer. Der aufsteigende, helle Rauch und die Größe des Feuers verrieten uns genug. Es handelte sich nicht um einen unkontrollierten Brand eines Gebäudes oder eines kleinen Waldes. Vielmehr sah es nach einem von Menschen bewachten Feuer aus, eben ein größeres Lagerfeuer.

Nach den Erfahrungen, die jeder Einzelne von uns mit der Wildnis und den darin lebenden Lebewesen in der Vergangenheit machen musste, herrschte zunächst Zurückhaltung. Niemand rannte voller Freude in die Richtung des Feuers und den daran lagernden Menschen. Stattdessen verebbte das Gespräch, wir griffen nach unseren Waffen und, angeführt von Fritz und Bernhard, schlichen wir dem Unbekannten entgegen. Nur mein Vater und die kleine Emma bleiben mit dem Rest unseres Hab und Guts und unter der Obhut meines Hundes Oskar zurück.

Schließlich erreichten wir - zuerst gebückt gehend, dann kriechend – eine Hecke, die einen Friedhof umrandete. Im Mittelpunkt des Friedhofs befand sich eine weiß getünchte, runde Kirche mit dunklen Dachschindeln. Die Tür der Kirche stand weit offen und davor versammelten sich Personen um ein großes Lagerfeuer. Bei den Personen handelte es sich um lebende Menschen, keine Schlurfer.

Gekleidet in Fell und Leder sowie in zerfetztem Stoff unterhielten sich die Personen, fünf Männer und vier Frauen, angeregt. Ihre Bewegungen wirkten aggressiv und immer wieder deutete einer der Männer in eine bestimmte Richtung. Offensichtlich handelte es sich dabei um den Anführer der Gruppe.

Leider verstanden wir keines der gesprochenen Worte.

»Das ist wohl Dänisch«, flüsterte mir Andrea ins Ohr.

Jetzt schlug eine der Frauen mit einer großen, hölzernen Keule voller Wut auf das Eingangstor der Kirche ein. Dabei stieß sie kehlige Laute aus und ihre Gefährten stimmten mit einem Gejaule ein.

»Was ist denn mit denen los?«, fragte mich Bernhard.

»Weiß nicht. Geheuer sind die mir nicht.«

»Wir sollten die beobachten und in Deckung bleiben.«

Der Anführer der Gruppe stieß einen lauten Schrei aus und die anderen stoppten ihr Geheul. Die Frau, die mit der Keule gegen die Eingangstür der Kirche hämmerte, ließ die Keule nun fallen und zerrte eines der Kreuze, welche die nahegelegenen und mittlerweile verwahrlosten Gräber schmückte, heraus. Sie überreichte es dem neben ihr stehenden Mann und zeigte mit ausgestrecktem Arm in die Richtung, in die der Anführer auch wies. Dann zog die Truppe lärmend in die angezeigte Richtung davon.

»Ihr geht zurück zu Marc und Emma«, wies ich die anderen an.

»Du spinnst wohl«, mischte sich meine Mutter ein, »du folgst denen nicht alleine.«

»Natürlich nicht. Bernhard und ich gehen mit dem Jungen.«

»Und ich?«, fragte Lennard seinen Vater.

»Immer diese Diskussionen. Irgendwer muss auch auf die anderen aufpassen und wir können denen nicht alle hinterhersteigen. Und seid leise. Das hält man ja nicht aus«, rissen Fritz die Nerven.

Beleidigt dreinschauend zog sich Lennard auf dieselbe Gangart zurück, wie wir gekommen waren. Fiona, Mona und Andrea folgten ihm. Ihren Gesichtern sah man die Erleichterung darüber an, sich zurückziehen zu können.

Fritz, Bernhard und ich versuchten der wilden Gruppe unbemerkt zu folgen. Die Bande verließ den Friedhof und wir schlichen uns zur Begrenzungshecke auf der anderen Seite der Grabstätte.

Bernhard strecke seinen Kopf über die Hecke und zuckte sogleich wieder zurück. Die Gruppe, die wir verfolgten, ging eine Straße entlang, die links und rechts von bunten, einstöckigen Häusern mit bunten Dächern gesäumt wurde. Aus diesen Häusern strebten nun weitere Personen der Gruppe zu, die dadurch in kürzester Zeit zu einer Meute von fünfzig Menschen anschwoll.

Wir folgten der Gruppe von Haus zu Haus, immer bedacht, nicht entdeckt zu werden. Besonders auffällig kamen mir die ebenerdig durch Bretter zugenagelten Fenster und mit Hindernissen verbarrikadierten Türen der Gebäude vor.

»Die gehen zum Hafen«, stellte Bernhard fest.

Eine illustre Gruppe, die da die Straße herunterging. Die Leute wirkten ungepflegt, zum Teil schmutzig. Ihre zerrupfte Kleidung bedeckte nur sparsam ihre Körper. Allen war darüber hinaus die offen erkennbare Motivation und Aggression gemein, mit der sich die Bande weiter bewegte, ja nahezu vorwärts tanzte.

Plötzlich stoppte die Gruppe und wir verschanzten uns unbemerkt in Sichtweite hinter einem abgestellten Auto.

Zwischen zwei Häusern kam eine weitere Gruppe heran. Sieben oder acht Personen führten an Ketten und Seilen fünf andere Personen hinter sich her. Der Anführer vom Friedhof schritt auf eine der Gefangenen zu – eine junge Frau – griff ein Messer, welches ihm eine Gefährtin reichte und stieß es mehrfach in den Hals der Gefangenen. Die so Getroffene sackte zusammen und bewegte sich nicht mehr.

Bernhard hob sein Gewehr, wusste jedoch, er würde nichts tun können und sein Eingreifen würde unser eigenes Ende bedeuten.

Übelkeit stieg in mir hoch und ich musste mich beherrschen, dem Würgegefühl nicht lauthals nachzugeben. Ich wollte andere Menschen treffen und sie kennenlernen, doch Menschen wie diese hier, die der Grausamkeit der Schlurfern in Nichts nachstanden, mit denen wollte ich nichts zutun haben.

Die vier verbleibenden Gefangenen wirkten jetzt noch gramgebeugter. Gemeinsam zogen die Einwohner des Ortes mit ihren Gefangenen weiter und wir folgten ihnen in gebührendem Abstand. Schließlich erreichten wir einen kleinen Hafen. Boote, die unserem eigenen in ihrer Größe glichen, lagen hier.

Die Gefangen wurden auf eines der Boote getrieben und an die kleine Reling gefesselt. Die an der Kirchentür die Keule schwingende Frau betrat ebenfalls das Gefangenenschiff. Die umstehende Meute jubelte frenetisch. Die Frau verbeugte sich tief, winkte ausladend und setzte das Boot in Bewegung. Langsam steuerte es auf den Hafenausgang zu.

Ein großer Teil der Zurückgebliebenen bestieg nun selbst insgesamt sieben andere im Hafen liegende Boote. Sie folgten dem Gefangenenschiff sodann mit Abstand.

Das Boot mit den Gefesselten erreichte derweil den Hafenausgang und bog aus unserer Sicht nach links ab. Die ihm folgenden sieben Boote wendeten sich nach rechts.

Keine uns angreifenden, stinkenden Schlurfer, bizarre und auf verwirrende Art miteinander verbundene, brutale Bewohner und ebenso seltsame, heruntergekommene Gefangene. Was stimmte hier auf Bornholm nicht?

Zumindest in einem der Punkte unserer Bewertung der dänischen Insel und ihrer Bewohner sollten wir uns irren.

(44)

Wir zogen uns vorsichtig zum Friedhof zurück, immer darauf bedacht, ausreichend Deckung zu finden. Waren sämtliche Bewohner dieses Ortes zum Hafen gezogen? Wir wussten es nicht.

Ein Blick zurück ermöglichte uns, da es bergan ging, eine bessere Sicht auf das Meer. Von Links näherte sich die Fregatte, die uns bereits über die Ostsee jagte und unser Schiff versenkte. Das Boot mit den Gefangenen versuchte dem Kriegsschiff auszuweichen. Die anderen sieben Boote entfernten sich von der Fregatte. Die ganze Grausamkeit der Szenerie wurde nun klar. Die Gefangenen mussten den Köder für die Fregatte spielen. Warum diese kein Boot von der Insel lassen wollte, eröffnete sich uns damit allerdings nicht.

Fritz und Bernhard diskutierten soeben mit mir über das uns gebotene Schauspiel, da stieg mir ein wohlbekanntes Aroma in die Lungen.

»Schlurfer!«, rief ich ohne zu wissen, aus welcher Richtung der Gestank kam.

Dann quollen sie ebenso zwischen den Häusern hervor, wie vorhin noch die Menschen, die nun mit ihren Booten die Flucht von der Insel versuchten.

Im Hintergrund ertönte das Geräusch des feuernden Geschützes der Fregatte. Bernhard hob sein Gewehr, Fritz seine Streitaxt und ich meine Tapezierigel. Zusammen liefen wir, ohne auf Deckung zu achten, zum Friedhof zurück. Eine immer größer werdende Horde von Untoten unmittelbar hinter uns.

Von weitem winkte uns Mona. Sie stand mit den Anderen nicht weit vom Friedhof entfernt zwischen einer Ansammlung von Bäumen. Sie nahm die uns verfolgende Meute mit starrem Gesichtsausdruck wahr. Ihr Traum von einer Insel ohne Schlurfer zerplatzte wie eine Seifenblase.

Wir folgten einem schmalen Weg, der einen bewaldeten Hügel hinausführte. Es begann zu regnen. Mein Vater tat sich noch schwer, unsere Geschwindigkeit mithalten zu können. Für die verrotteten Gestalten reichte es dennoch und wir konnten den Abstand zwischen ihnen und uns Stück um Stück vergrößern. So gingen wir einer Auseinandersetzung mit den Untoten aus dem Wege. Die Schüsse der Fregatte hörten wir immer noch.

Fritz, Bernhard und ich berichteten unseren Freunden während unserer kurzen Flucht vor den Schlurfern von unseren Erlebnissen mit den Einwohnern der Insel. Ratlosigkeit machte sich breit.

»So ein Mist«, polterte schließlich Lennard, »Schlurfer gibt es hier auch und die Typen aus dem Dorf kann man auch nicht gebrauchen.«

»Also ist eins klar, hier bleiben geht nicht. Wir müssen weiter. Bis hierhin haben wir es geschafft. Da werden wir es doch wohl auch von Dänemark nach Schweden schaffen können«, stimmte ich ein.

Meiner Mutter Fiona und meiner Freundin Andrea konnte ich ansehen, wie sie an meinen Worten zweifelten. Ich dachte darüber nach, wie diese Zweifel am ehesten zu zerstreuen wären, da meldete sich unsere Kleinste, Emma, zu Wort.

»Guckt mal, da steht Lufthavn auf dem Schild. Was heißt das?«

»Ist bestimmt Dänisch und bedeutet Flughafen«, meinte Bernhard.

»Das ist unsere Chance. Last uns den mal erkunden«, sagte Fritz.

»Diesmal trennen wir uns nicht. Wir gehen alle gemeinsam dahin«, mischte sich Fiona ein, bevor ich irgendein Wort sagen konnte.

»Wenn wir da einen Flieger finden und ihr das Ding auch noch flott bekommt, dann gebe ich einen aus.«

Mit war nicht ganz klar, was mein Vater damit sagen wollte. Es lag jedoch fern meiner Vorstellung, dass so lange nach der Katastrophe noch ein Flugzeug tauglich sein könnte, uns hier fortzubringen, doch die Hoffnung meiner Leute wollte ich nicht trüben – zumal ich auch keine bessere Idee vorbringen konnte.

Also wendeten wir uns wieder Richtung Küste und folgten der Straße zum Flughafen. Von den uns verfolgenden Schlurfern fehlte jede Spur. Auch die Fregatte schoss nicht mehr. Ob sie alle ihre Ziele versenken konnte oder ob die Inselflüchtlinge erfolgreich die Insel verlassen konnten, wussten wir nicht.

»Mir tun die Füße weh und der Regen nervt.«

Mona schien mit ihren Kräften am Ende zu sein. Doch zum Glück befand sich der Flughafen schon in Sichtweite. Allen setzte die Reise bis hierhin schwer zu. Der anfänglichen Euphorie folgte eine Art von Gleichgültigkeit, die nun von großer Müdigkeit abgelöst wurde. Mir selbst fiel es von Tag zu Tag schwerer, an ein erfolgreiches Ende unserer Expedition zu glauben. Zu zäh gestaltete sich unser Fortkommen. Immer wieder stießen wir auf neue Hindernisse An eine Rückkehr war dennoch ebenso wenig zu denken. Ein Erfolgserlebnis in Form eines fliegenden Transportmittels käme jetzt gerade recht.

Der nicht umzäunte Flughafen tauchte vor unseren Augen auf.

»Wie in Leipzig«, frohlockte mein Vater.

Der Flughafen verfügte über eine Landebahn an einer Steilküste, hinter der sich direkt das Meer erstreckte. Rechte Hand befanden sich Hangars und links hinter einem großen Parkplatz der Tower mit dem eigentlichen Flughafengebäude.

»Lasst uns mal die Maschinen inspizieren«, schlug Bernhard vor.

»Kannst du so ein Ding überhaupt fliegen«, fragte Fiona besorgt.

»Ich habe damals Nils über die Schulter geguckt, mehr nicht«, bedauerte Bernhard, »in die Luft kriege ich so ein Teil. Nur die Landung ist schwierig, aber runter kommen sie immer.«

»Versuch macht klug«, erwähnte ich und machte mich auf den Weg zu den Hallen.

Drei Flugzeuge standen hier herum, deren Zustand auf mich nicht überzeugend wirkte. Bernhard dagegen strahlte über das ganze Gesicht und steuerte auf die erste Maschine zu. Es handelte sich um ein kleines Passagierflugzeug mit zwei Propellern, das im stärker werdenden Regen in seinen Farben Orange und Weiß mehr trübe und beschädigt als flugfähig wirkte. Bernhard lief um das Flugzeug herum, klopfte hier und da dagegen und verzog die Lippen.

»Mach mal Räuberleiter«, rief Bernhard schließlich Fritz herbei, »und reich mir die Batterie hoch«.

Bernhard fummelte an der vorderen Tür des Flugzeugs herum und schließlich schwenkte diese auf. Noch ein triumphaler Blick zurück zu uns und Bernhard zog sich hoch und verschwand im Inneren der Maschine.

Voller Hoffnung klopften wir Wartenden uns auf die Schultern. Das Klirren einer zerbrechenden Scheibe riss und aus unserer Wartestellung.

Im Flughafengebäude gelang es gerade jemanden eines der großen Fenster neben dem Eingang einzudrücken. Bei dem, was sich jetzt auf uns zubewegte, handelte es sich nicht um Untote, sondern um lebende Menschen, die ebenso gekleidet daherkamen, wie die Dorfbevölkerung, die mit den Segelbooten die Insel verließ. Der immer stärker werdende Regen hielt die Horde nicht ab, schreiend auf uns zuzurennen.

Von oben winkte Bernhard zu uns herunter.

»Kommt, alles ist klar.«

»Da steig ich doch nicht ein«, widersetzte sich Mona, »habt ihr mal die Reifen gesehen. Die sind doch Schrott.«

Tatsächlich zeigten die Gummireifen des Flugzeugs einen erbärmlichen Zustand. Das Gummi schien porös und spröde. Zahlreiche Risse sorgten für eine aufgequollen anmutende Form der Reifen.

»Du kannst das ja mit den Typen da ausdiskutieren«, meinte Fritz, griff sich Emma und hob sie zu Bernhard empor.

Immer mehr Menschen schlüpften aus dem Flughafengebäude und auch von der Straße her rannten drei Personen auf uns zu.

Nach Emma folgten Andrea, Fiona und schließlich Mona, die ihren Widerstand lieber aufgab. Die Inselbewohner näherten sich bis auf wenige Meter. Wildgewordene dänische Menschen unterscheiden sich nicht von deutschen Verrückten, dachte Marc und bereitete sich auf die Auseinandersetzung mit den Anrennenden vor.

Bei den drei von der Straße auf uns zu rennenden Personen handelte es sich um eine Frau mit zwei kleinen Kindern. Die Frau schien die Mutter der Kinder zu sein. Den Dreien folgten, mit kurzen Abstand, zwei weitere Personen, zwei Männer.

» Hjælp! Hjælp os. Gutterne vil ikke lade os gå!«, rief die Frau.

Wir wussten nicht, was das bedeutete, doch es hörte sich nach einem Hilferuf an.

Hilfebedürftige Mitmenschen von der einen und übergeschnappte Menschenhorden auf der anderen Seite. Dazu hinter uns ein Fluggerät, welches seit mindestens fünfzehn Jahren an dieser einen Stelle stand. Menschen, die andere Menschen erschlugen und auf Booten als Köder für ein Kriegsschiff nutzten und eine Fregatte, die auf alles schoss, was die Insel verlassen wollte. So stellte ich mir den Norden und das neue Leben, was uns hier geboten werden sollte, nicht vor. Was mochte hier geschehen sein? Stockholm, und damit der sechzigste Breitengrad, lag allerdings auch noch gute sechshundert Kilometer von hier entfernt. Bis zur Festung Königstein, die ich noch als Kind verließ, und die den Ausgangspunkt unserer Reise darstellte, maß die Strecke ebenso lang wie bis Stockholm. Die Reise ließ mich erwachsen werden, zu dem gewünschten Ziel führte sie mich noch nicht.

»Wir haben auch nie gedacht Leipzig zu erreichen«, sagte mein Vater leise neben mir, so als ob er meine Gedanken lesen konnte.

Fritz forderte nun Lennard und mich auf, das Flugzeug zu erklimmen. Mein Vater schlug um sich um die schreienden, mit Fäusten drohenden und grölenden Angreifer von uns fern zu halten.

Die Frau und die Kinder rannten einen Bogen, um den anderen Menschen auszuweichen, die sich ihnen zuwendeten. Die sie verfolgenden Männer wedelten wild mit den Armen. Fritz hievte Lennard nach oben. Mein Vater schubste einen der Angreifer zurück. Ich schleuderte meinen Tapezierigel einem der Angreifer gegen die Schulter.

Jetzt richtete ich die Waffe erneut gegen eine der Figuren, da zerrte mich irgendetwas weg und hob mich an. Das Irgendetwas hieß Fritz, der mich mühelos zur Flugzeugluke emporhob. Dort zog mich Bernhard in die Maschine. Nun befanden sich nur noch Fritz und Marc auf dem Rollfeld.

Eine Traube von schreienden und gestikulierenden Menschen umringte nun die beiden Männer, welche die Frau und die Kinder verfolgten. Von meiner erhöhten Position konnte ich sehen, wie die Flüchtenden begannen, wild um sich zu schlagen. Schließlich bohrte sich das Messer eines der Umstehenden tief in die Schulter des einen Mannes. Der andere schlug einen der ihn Umringenden an die Schläfe, worauf dieser zusammensackte. Der vom Messer verletzte Mann stieß einen durch Mark und Bein gehenden Schrei aus und der andere Mann stürzte sich auf den Messerhelden. Die Traube um das Kampfgeschehen herum verdichtete sich und ich konnte nicht länger einsehen, was mit den Männern geschah. Zuletzt sah ich nur noch johlende Figuren, die mit blutigen Messern und Keulen nach weiteren Opfern Ausschau hielten.

Vor der Frau und den Kindern lagen nur noch wenige Meter bis zu meinem Vater und Fritz. Die Beiden schlugen mit ihren Waffen einen der wilden Menschen nach dem anderen nieder. Lange würden sie der Übermacht nicht mehr standhalten können.

Eines der Kinder geriet ins Stolpern und taumelte über den Asphalt. Die Frau stoppte ihren Lauf und drehte sich zu dem sich langsam wieder aufrappelnden Kind um. Ich erkannte, es handelte sich um ein Mädchen. Die Verfolger erreichten das Mädchen und schlugen und stachen auf das Kind ein. Die Frau schrie erschüttert auf. Bernhard schoss mit seinem Gewehr. Tatsächlich traf er drei der Angreifer mit seinen Kugeln. In der Summe blieb dies leider wirkungslos. Ich versuchte ebenfalls mein Glück mit der im Getränkelaster gefundenen Pistole, verschoss fünf der zehn Patronen und traf nichts.

Das andere Kind rannte weiter und erreichte nun meinen Vater. Die Frau sah herüber, drehte sich erneut zu den wilden Verfolgern und ging ihnen mit offenen Armen entgegen. Mein Vater packte das Kind, übergab es an Fritz und Sekunden später stand ein kleiner Junge, nicht älter als fünf Jahre, neben mir in der Tür des Flugzeugs. Der Junge zitterte am ganzen Körper und Fiona und die anderen Frauen zogen ihn ins Innere der Maschine.

Fritz, der Hüne, schaffte es auch meinen Vater emporzuheben und gemeinsam mit Bernhard und Lennard zogen wir schließlich auch Fritz zu uns an Bord. Einer der Figuren versuchte noch, ein Messer in die Wade von Fritz zu stoßen. Sein gezielter Tritt verhinderte dies.

(45)

Eine gewaltige Masse von wild tanzenden Menschen umlagerte das Flugzeug. Mir blieb unklar, woher sie alle gekommen sein konnten.

Ein kleiner Junge stand zwischen uns. Er sprach nicht unsere Sprache und wir konnten ihn nicht verstehen. Einzig Oskar näherte sich dem Kind erfolgreich und dieses schien auf den Hund zu reagieren. Oskar ließ sich streicheln, leckte ihm das Gesicht und der Kleine nahm das für ihn große Tier ohne Scheu in den Arm.

Bernhard, dessen einzige Qualifikation zum Piloten darin bestand, einem anderen über die Schulter geschaut zu haben, hantierte gemeinsam mit Fritz, einem ehemaligen KFZ-Mechaniker, im Cockpit des Flugzeugs herum.

Aus einem der kleinen Fenster der Maschine konnte ich auf dem Meer die Fregatte kreuzen sehen.

Die Wunden auf dem Rücken meines Vaters bluteten leicht. Bisher konnten wir eine Entzündung vermeiden. Unser Verbandsmaterial und unsere Medizin gingen langsam aber sicher ebenso zur Neige wie unsere Lebensmittel. Vor allem Wasser fehlte.

»Du bist groß geworden«, sagte mein Vater, der neben mir in auf Platz Fünfzehn-A saß.

»Was meinst du?«

»Als du vor Wochen unsere Festung verlassen wolltest, warst du ein unreifer Junge. Du bist rasch erwachsen geworden. Ich hätte dir das gerne erspart, mein Junge.«

»Ach Vater. Ja, ich habe meine Kindheit aufgegeben, ohne es zu wissen. Der Preis dafür ist bisher ziemlich hoch – wie es scheint zu hoch. Doch eines ist sicher, wir zogen los und wir wollten das so. Und wir wollen es heute noch – ein anderes Leben.«

Andrea gesellte sich zu uns.

»Der kleine Junge ist ganz schön durcheinander.«

»Wen wundert das? Er hat mit angesehen wie seine Mutter und seine Schwester zu Opfern der anderen Inselbewohner wurden. Und ob bei den beiden Männern sein Vater dabei gewesen ist oder ob die sie verfolgten, wer weiß. Jetzt steht der hier zwischen lauter fremden Leuten. Der muss ja verwirrt sein. Was machen wir jetzt mit ihm?«

»Na ja, bestimmt nicht aus dem Flugzeug werfen. Wir werden ihn mitnehmen müssen.«

Ein heftiges Rütteln des kompletten Flugzeugs unterbrach unser Gespräch. Lennard lief an uns vorbei nach vorne und Mona jubelte. Irgendwie musste es den beiden Hobbypiloten gelungen sein, die Stromversorgung in Gang zusetzen und den Treibstoff zu zünden. Die Maschine rüttelte uns erneut durch, dann wurde es still.

Ein lauter Knall wenige Minuten später ließ erneut die Hoffnung aufkeimen, die Motoren des Flugzeugs könnten noch funktionieren. Die Seeleute auf der Fregatte hörten den Knall der Flugzeugmotoren offensichtlich ebenfalls. Das Schiff drehte bei.

Nach einem weiteren Knall drehten sich die Propeller beider Motoren und das Flugzeug begann damit, sich aufgrund der schlechten Bereifung holprig, doch langsam vorwärts zu bewegen. Die den Reifen im Wege stehenden Inselbewohner gerieten unter die maroden Räder der Maschine. Andere wichen den Propellern zu spät aus und wurden von ihnen zerfetzt.

Im Cockpit herrschte Uneinigkeit. Bernhard und Fritz diskutierten angestrengt miteinander über den weiteren Startvorgang.

Endlich standen wir am Anfang der Startbahn. Die Fregatte richtete ihre Geschütze aus. Die Motoren unseres Flugzeugs versagten ihren Dienst.

Mona kreischte, Andrea wurde blass, Emma betete und Fiona sprang auf. Der kleine Däne spielte mit Oskar und Lennard starrte vor sich hin. Marc sprang ebenfalls auf und ich suchte nach Deckung, falls die Geschütze der Fregatte schießen würden. Schnell wurde es für uns zur grausigen Gewissheit. Es würde kein Entrinnen geben, sollte uns die Fregatte mit ihren Geschossen treffen.

Wieder zuckte das Flugzeug wie ein sich schüttelnder Hund.

Wenn man die Bewegung, die ein Flugzeug mit verrotteten Gummireifen vollführt, rollen nennen kann, dann rollten wir. Mehr und mehr gewann die Maschine an Geschwindigkeit.

»Jetzt«, schrie Fritz.

»Nein, noch nicht«, antwortete Bernhard.

Die Geschütze der Fregatte folgten der Bewegung des Flugzeugs. Schließlich sahen wir das verräterische Wölkchen an den Geschützen und fürchteten, jede Sekunde getroffen werden zu können. Seitdem wir uns mit den Geschossen der Fregatte auseinandersetzen mussten, erlebten wir nur Volltreffer. Zum ersten Mal traf die Fregatte nicht. Das Geschoss schlug unmittelbar hinter dem Flugzeug auf der Startbahn ein.

Die in einen der Sitze gekauerte Emma betete lauter als jemals zuvor und Lennard ballte eine Faust.

Wieder richteten die Kanoniere der Marine ihre Geschütze aus. Unser Flugzeug gewann mehr und mehr an Geschwindigkeit.

»Jetzt aber«, schrie Fritz erneut.

»Ja jetzt«, antwortete Bernhard.

Er zog an den Hebeln, an denen gezogen werden musste und das holprige Rollen der Maschine brach ab. Das Flugzeug hob sich langsam in die Lüfte. Unter dem entfesselten Jubel der Passagiere drehte Bernhard nach links, ins Landesinnere ab.

Erneut schoss die Fregatte und ich bildete mir ein, das Geschoss an uns vorbeifliegen zu sehen. Tatsächlich traf auch dieses Projektil die Startbahn und zerstörte sie endgültig. Zwei weitere Wölkchen bildeten sich an den Geschützen. Wohin die Geschosse flogen, konnten wir jedoch nicht ausmachen.

Kurze Zeit später verschwand das Land unter uns und wir flogen über offenes Wasser. Der Hölle von Bornholm konnten wir entkommen.

Nach einer Weile blickte ich mich um. Neun Flüchtlinge der Festung Königstein, ein Hund und ein dänisches Kind in einem Flugzeug. Zwei Piloten, die nicht fliegen konnten sowie ein unbekanntes Ziel. Wo sollte das hinführen? Ganz plötzlich kam mir Bärbel in den Sinn, die Frau von Fritz und Mutter von Lennard. Sie saß auf der Festung ohne jegliche Information darüber, wie es den Beiden erging. Und da wusste ich es wieder – wir mussten unser Ziel erreichen und unsere Leute dann aus Königstein holen.

Ich begab mich ins Cockpit zu Fritz und Bernhard.

»Wie sieht's aus?«

»Fritz und ich haben Sorge. Diejenigen, die eine Fregatte haben, sind vielleicht auch in der Lage ein Flugzeug zu schicken.«

»Da können wir auch nichts dagegen tun.«

»Du hast leicht reden. Wenn die uns abschießen, bleibt hier nichts übrig.«

»Dann macht es Sinn, bald wieder zu landen?«

»Wir wissen gar nicht, wie Landen geht. Aber grundsätzlich ja. Da hast du Recht.«

Beruhigend wirkte unsere Diskussion auf mich nicht und ich blickte gedankenverloren durch das Cockpitfenster.

»Hey, ist da nicht Land«, meinte Fritz und zeigte nach vorne.

»Das ist bestimmt die schwedische Küste. Der müssen wir nur nach Norden folgen. Dann kommen wir nach Stockholm.«

Kaum sprach Bernhard die Worte aus, versagte das Flugzeug seinen Dienst. Beide Motoren setzten gleichzeitig aus. Die Maschine begann langsam aber stetig zu sinken.

»Die Küste schaffen wir«, erwähnte Bernhard, »geh besser nach hinten und bereite die Leute auf eine Notlandung vor.«

Na wenn es weiter nichts ist, dachte ich und ging zurück zu den anderen.

»Es geht los.«

Die Worte reichten aus. Jeder suchte sich einen Platz, beugte sich vor und nahm den Kopf in beide Hände. Marc lehrte uns dies. Er könne sich daran erinnern, dies sei die richtige Haltung.

Oskar verzog sich irgendwohin. Selbst der kleine Däne, den meine Mutter seltsamerweise aufgrund ihrer Erinnerung an einen norwegischen Biathleten

Emil taufte, suchte sich einen Platz und tat es uns gleich. Fiona nahm direkt neben ihm Platz – da bahnte sich was an.

»Jetzt brauchen wir wenigstens nicht drüber nachdenken, wie das mit dem Landen funktioniert. Jetzt geht es runter«, murmelte Bernhard vor sich hin.

Stetig näherte sich das Flugzeug der Küste. Die Landschaft hinter dem Küstenstreifen zeigte sich hügelig und bewaldet.

»Wo willst du denn da runter?«

»Scheiß egal, ich weiß auch nicht, wie ich das Ding runterkriege.«

»Mist, der Strand ist zu kurz, die Küste sonst felsig. Das wird eine Bruchlandung.«

»Warte! Da, das Feld und der Weg. Siehst du das? Da versuchen wir es.«

Das Flugzeug beugte sich nach vorne. Für mein Gefühl ein gutes Stück zu steil, schoss die Maschine dem Boden entgegen. Wir alle fürchteten voller Angst und Sorge den Aufprall.

Das Fahrwerk, welches Bernhard nach dem Start erst gar nicht einfuhr, da er nicht wusste wie das funktionierte und ob das der Maschine die nötige Leistung kosten könnte, berührte zuerst den Boden. Die aufgequollenen Reifen zerplatzten vollends. Das Fahrwerk bohrte sich in den Boden und hinterließ eine tiefe Furche. Das Flugzeug kippte nach vorne und die Nase der Maschine zog ebenso wie das Fahrwerk einen Graben in den weichen Boden. Unsere Geschwindigkeit verringerte sich deutlich. Gerade dachte ich, die Landung wäre schadlos überstanden, da vergrub sich die Spitze der Maschine tiefer in die Erde, das Heck des Flugzeugs stellt sich auf und wir überschlugen uns. Dabei zerbrach die Maschine in zwei Teile.

Schließlich kamen wir einige Meter weiter zum stehen.

Ich rappelte mich auf. Meine linke Schulter schmerzte durch den heftigen Stoß, den ich beim Überschlag der Maschine erlitt. Direkt hinter meinem Platz endete die Hälfte des Flugzeugs, in der ich saß. Meine Eltern, der kleine Emil, sowie Lennard und Mona, sie mussten sich in der anderen Hälfte befinden.

Vorsichtig kletterte ich aus den scharfkantigen Trümmern, da streckte der erste Schlurfer seine grässliche Fratze neugierig durch die Reste der Bordwand. Er schob sein Kinn vor und sein Kiefergelenk knackte zweimal laut. Sein Atem formte einen pfeifenden Ton, der er durch seine gespitzten Lippen presste.

(46)

Welches miese Karma belastete mich bloß? In absolut jeder Krise, die wir auf unserem Weg in ein neues Leben erleben mussten, tauchten immer diese Untoten auf? Naja, ich konnte es nicht ändern und zuckte zurück. Ein stechender Schmerz im Po erinnerte mich an die Trümmerteile, die an der Stelle, an der das Flugzeug auseinanderbrach, scharfkantig in die Höhe stachen. Ich griff den knackenden Schlurfer an seiner zerfledderten Jacke und zog ihn auf die scharfen Metallteile. Ein hässliches Geräusch entstand, gerade so, als wenn man einen prall mit Wasser gefühlten Beutel aufschneidet. Der Schlurfer zappelte aufgeregt an einem spitzen Stück Metall.

Andrea, die sich ebenfalls von ihrem Sitz befreien konnte, gab der Kreatur mit einem gezielten Messerstoß den Rest.

»Geht es dir gut?«, wollte ich wissen.

»Nur Kopfschmerzen, sonst ist alles gut.«

Hinter Andrea tauchten Bernhard und Fritz auf, die ebenfalls schadlos unsere Bruchlandung überstanden hatten. Im Hintergrund weinte, wie immer, Emma.

Ehe jemand etwas sagen konnte, deutete Andrea nach draußen.

»Da!«

Marc stand in den Überresten des anderen Flugzeugteils. Sein rechter Arm blutete und auch in seinen Haaren schien Blut zu kleben. Schlimmer als die offensichtlich eher oberflächlichen Verletzungen meines Vaters erwies sich die Tatsache, dass sich der kurze Zwischenraum zwischen den Flugzeugteilen mit immer mehr Bestien füllte, die gierig nach ihren Opfern Ausschau hielten.

»Vorne raus!«, rief Emma.

Langsam zogen wir uns durch die Sitzreihen zurück zur Cockpittür. Fritz rüttelte daran und versuchte dabei so wenig Lärm wir möglich zu erzeugen. Die ersten Bestien kletterten über die zerstörten Sitze.

Zweimal schoss Bernhard mit seinem Gewehr, dann warf er es dem dritten Schlurfer entgegen.

»Nichts mehr wert. Keine Munition mehr«, bemerkte er emotionslos.

Die Waffe, die ihn von Zypern bis hierhin begleitete, flog dem Untoten vor die Schulter.

Mit einem beherzten Tritt gegen den Einlass trat Fritz die verbeulte Tür aus ihrer Verankerung und einer nach dem anderen sprangen wir aus dem Flugzeug. Das erste Mal in meinem Leben betrat ich schwedischen Boden.

Ratlos sahen wir uns an, saß der andere Teil unserer Gruppe doch immer noch in der anderen Flugzeughälfte fest. Emma, die bisher ihre Zeit meistens damit verbrachte zu weinen oder zu beten, reagierte zu unserer aller Überraschung zuerst.

»Wir müssen Faxen machen«, herrschte sie uns mit erhobenem Zeigefinger an, rannte an den Trümmern des Flugzeugs entlang nach hinten und tanzte vor der ebenfalls staunenden Schlurfer-Herde auf und ab. Dazu stieß sie einen Schrei nach dem anderen aus. Die schwedischen Untoten reagierten nicht anders als deutsche Kreaturen. Mit weit ausgestreckten Armen und grunzenden Geräuschen setzte sich ein Schlurfer nach dem anderen in Bewegung. Die Chance auf einen herzhaften Biss in Emmas frisches Fleisch ließ die Bestien in Wallung geraten.

Nun sind Schlurfer nicht sonderlich schnell, solange sie jedoch ihre Beute vor sich sehen, ausdau-
ernd. Wir rafften zusammen, was wir bei uns trugen
und rannten über das Feld, unsere Landebahn, auf den
nächsten Waldrand zu. Unsere Freunde verstanden
unseren Plan und verließen ihrerseits ihren Flugzeug-
teil. Da der Weg zu uns durch die Meute der Bestien
versperrt blieb, rannten Marc und die anderen, die
ebenfalls nur geringe Verletzungen wie Schürfwunden
davontrugen, parallel zu uns in dieselbe Richtung.

Plötzlich und für uns alle unerwartet, geriet der
Waldrand in Bewegung. Etliche Untote brachen her-
vor und suchten wie ihre Artgenossen hinter uns nach
leckerem Blut. Meinen Eltern, dem kleinen Dänen
Emil, Lennard und Mona blieb nichts anderes übrig.
Sie mussten ihren Weg nach links fortsetzen und dem
Feldweg entlang des Waldes gen Westen folgen. Wir
anderen mussten genauso einen neuen Weg finden.
Dieser führte uns in die gegengesetzte Richtung nach
Osten.

Es wurde eng. Emma stolperte. Schon wieder,
dachte ich. Die ersten Schlurfer witterten ihre Chance.
Ein besonders vorwitziges Exemplar schwang sich auf
das stehengebliebene Mädchen. Doch noch bevor das
Untier zubeißen konnte, flog Oskar heran, erwischte
die Bestie an ihrem Nacken und zerrte sie von Emma
fort. Schließlich stieß Oskar seine Schnauze mitten in
das Gesicht des Schlurfers und bereitete ihm so sein
Ende.

Emma richtete sich auf, klopfte sich den Staub
von der Kleidung und rannte weiter. Einem weiteren
Schlurfer sprang sie dabei in ihrer unnachahmlichen
Art mit ihrer einer asiatischen Kampftechnik nach-
empfundenen Sprungkraft an und trat der Kreatur vor

den Kopf. Bernhard, ihr Vater stand immer noch wie angewurzelt da. Ohne sein Gewehr fühlte er sich wehrlos. Ich schleifte ihn am Arm ziehend mit. Zuletzt folgte uns Oskar, dessen blutverschmierte Schnauze widerlich aussah.

Ich drehte mich im Laufen zu meinen Eltern um. Sie rannten den Weg hinab und wurden ebenso wie wir von einer grunzenden Meute verfolgt. Ihr Weg machte so wie unser Weg auch eine Kurve in Richtung Norden. Vielleicht handelte es sich um einen Rundweg und wir würden uns am Ende des Weges wiederfinden.

Marc, Fiona, an ihrer Hand Emil, Lennard und Mona rannten den Feldweg entlang. Eine grunzende und stinkende Meute Schlurfer folgte ihnen langsam aber stetig. Der Weg vor ihnen nahm eine Biegung in Richtung Norden und führte direkt in den dichteren Wald hinein. Es blieb keine Zeit darüber nachzudenken, welche Gefahren auf einem unübersichtlichen Weg, der links und rechts von unzugänglichem Wald gesäumt wurde, lauerten. Der Abstand zu den Verfolgern wuchs an, ließ diese dennoch nicht vollends zurück. Die Bestien blieben dran.

»Ich kann nicht mehr. Man kann doch nicht ewig durch den Wald rennen«, zickte Mona und blieb augenblicklich stehen.

»Willst du dich fressen lassen?«, brauste Lennard auf, fasste Mona an beide Schultern und schüttelte sie hin und her.

»Habt ihr euch mal umgeschaut?«, mischte sich Marc ein, »der ganze Wald wimmelt nur so vor Schlurfern. Wir haben nur die eine Chance und die heißt weiterrennen.«

Tatsächlich bewegten sich zwischen den Bäumen Massen an Gestalten. Man gewann den Eindruck, der Wald lebe und wäre ständig in Bewegung.

Die Sorgenfalten auf Fionas Stirn fielen auch Marc auf. Er verzog seinen Mund und nickte leicht. Beide erkannten den Ernst der Lage.

»Weiter, weiter, weiter!«, schrie Fiona nur und setzte sich wieder in Bewegung.

»Wären wir doch auf Königstein geblieben oder wenigstens zurückgegangen, als wir die Kinder gefunden haben. Ich bin es leid immer und ewig vor diesen Bestien davonzurennen«, haderte Fiona mit ihren Entscheidungen der Vergangenheit.

»Die Kinder haben das entschieden und ich glaube, sie hatten Recht«, antwortete Marc nur, stellte sodann das Reden ein, da er mehr und mehr außer Atem geriet.

Die sie verfolgenden Schlurfer vereinigten sich mit immer mehr hinzukommenden Kreaturen, die links und rechts aus dem Wald kamen. Lennard hatte alle Hände voll zu tun, mit seinem Beil die Bestien abzuwehren, die ihnen zu nahe kamen. Und Mona wurde immer langsamer. Der kleine Emil sagte etwas in einer Sprache zu Mona, was sie nicht verstehen konnten. Seiner Geste konnte man entnehmen, dass das Kind schneller voran wollte.

»Da, das Schild!«, machte Fiona die anderen aufmerksam.

Der Waldweg wurde zu einer kleinen asphaltierten Straße und nach links führte eine ebensolche ab. Ein Schild mit der Aufschrift „Natur- och Hemmapark" wies in diese Richtung.

Die Fünf folgten dem Wegweiser, die Schlurfer ebenfalls. Mona warf ihren kleinen Rucksack von sich, in dem sie alte Kekse und zwei Flaschen Wasser trug. Lennards Ärger darüber konnte man ihm ansehen. Er platzte bald vor Wut über die Schwäche seiner Freundin. Einen Augenblick lang schien es so, als ob er Mona sein kleines Fleischerbeil voller Groll in den Rücken schlagen wollte. Dann besann er sich eines Besseren und hieb dem nächsten Schlurfer, der gerade hinter einem Baum hervor auf die Straße kam, seine Waffe in den Kopf.

»Wenn das nicht bald aufhört, schaffen wir es nicht.«

Einem weiteren Untoten schlug Lennard sein Beil wutentbrannt in den Schädel. Er wollte es wieder herausziehen, da rutschte er ab. Das Beil blieb im Kopf des nun zu Boden sackenden Toten stecken. Der Junge blieb stehen und zerrte am Griff seiner Waffe. Weitere Untote stoben aus dem Wald und versuchten sich an Lennard zu laben.

»Bärbel bringt mich um, wenn ich den Jungen nicht wieder heimbringe«, meinte Marc leise zu Fiona und rannte zurück.

Fiona packte die müde Mona an der Hand und zog das vor sich hin stolpernde Mädchen hinter sich her. Emil folgte von alleine.

»Wir rennen weiter!«

Je ein Messer mit einer zwanzig Zentimeter langen Klinge in der linken und in der rechten Hand griff Marc die immer größer werdende Meute von Schlurfern an, die Lennard umringten. Er konnte den Jungen nicht mehr erblicken. Das zunächst doch noch freibekommene und dann kreisende Beil, mit dem Lennard um sich schlug, ward nicht mehr gesehen.

Kalter Schweiß bildete sich auf Marcs Stirn. Lennard zurücklassen zu müssen wog so schwer, wie das eigene Kind zu verlieren. Lennards Eltern kannte Marc von Beginn an. Im Parkhaus lernten sie sich unter bizarren Umständen kennen und freundeten sich an. Seitdem gingen sie ihren Weg durch die Katastrophe und die Welt danach gemeinsam, kämpften Seite an Seite und unterstützten sich gegenseitig, als Bärbel und Fiona zu selber Zeit schwanger wurden. Letztendlich waren es Fritz und Marc gemeinsam, die Hand in Hand die Essener Überlebenden zur Festung

Königstein führten. Und nun sollte Fritz' Sohn Lennard Opfer dieser blutrünstigen Meute werden?

Seine Messer schwingend, erarbeitete sich Marc eine kleine Gasse zwischen die Schlurfer. Hieb um Hieb landete in den Köpfen der Untoten. Wie von Sinnen arbeitete sich Marc nach vorn. Immer mehr Schlurfer näherten sich dem Geschehen und vergrößerten die Traube, die sich um den kämpfenden Marc bildete. Schließlich arbeitete sich dieser bis zu Lennard vor. Von einem riesigen Untoten bedeckt lag der Junge auf dem Rücken und rührte sich nicht.

Drei, vier, fünf Stiche in die Köpfte der umstehenden Untoten, dann zog Marc den jetzt zappelnden Schlurfer von Lennard. Unter diesem kam der Junge zum Vorschein. Den über ihm liegenden Untoten konnte er abwehren, weil er ihm sein Beil einfach ins Maul schob. Der Schlurfer kaute fortan auf dem Beil herum und die umstehenden Kreaturen versuchten ihre Zähne in Körperteile von Lennard zu wuchten, die unter dem riesigen Untoten auf ihm hervorguckten. So erwischte es ihn mehrfach in seinem ledernen Stiefeln, die der Bisskraft der Bestie standhalten konnten. Ein anderer Schlurfer versuchte es an Lennards Rucksack, natürlich auch ohne Erfolg.

Nun umringten sie immer noch unzählige Untote und Lennard – mittlerweile wieder auf die Beine gekommen - sowie Marc schlugen zusammen wild um sich. Ihre aussichtslose Lage verbesserte sich nicht. Fortwährend sackten Untote zu Boden und bereiteten dadurch einen kleinen Schutzwall von toten Köpern. Die ungelenken Schlurfer schafften es immer wieder, den Wall zu übersteigen. Und es wurden unaufhörlich mehr.

Marcs Arme wurden lahm und er begnügte sich damit, abwechselnd nur noch mit einer Hand zuzustoßen und die jeweils andere zu schonen. Auch die Hiebe von Lennard und seinem Beil wurden langsamer. Die Schlurfer witterten Morgenluft und Marc und Lennard wussten nicht, wie sie den Gestank den die Kreaturen absonderten, noch ertragen sollten.

(48)

Unser Weg führte uns in einer langgezogenen Kurve nach Norden. Immer noch folgte uns eine Schar von Untoten, die wir auf einen gebührenden Abstand halten konnten. Links lag der Wald und rechts öffnete sich vor unseren Augen eine Steppe, die früher bestimmt zur Landwirtschaft genutzt wurde. Kleine weiße Wolken zogen über einen sonst blauen Himmel und ein Wohlgeruch von blühenden Blumen schob sich über den Gestank der Schlurfer.

Emma marschierte strammen Schrittes voran und Fritz folgte ihr auf dem Fuße. Seine Sorge um die andere Gruppe und insbesondere um seinen Sohn Lennard wuchs von Schritt zu Schritt. Nach einigen Kilometern endete der Feldweg an einer kleinen, asphaltierten Straße.

Wir blieben stehen und schauten uns suchend um.

»Sie müssen von da kommen«, zeigte ich nach links, »entweder sie tauchen jede Sekunde auf oder sie mussten sich dort verstecken.«

Dabei wies ich auf ein kleines Schild, auf dem „Natur- och Hemmapark" zu lesen stand.

»Oder die Schlurfer haben sie erwischt«, posaunte Emma pietätlos hervor und ging strammen Schrittes in die Richtung, aus der wir das Kommen unserer Leute vermuteten.

Was ist denn mit der los, fragte ich mich und folgte der Kleinen. Die vor uns liegende Straße führte direkt in den Wald. Nach kurzem Weg konnten wir eine nächste Weggabelung einsehen. Die Luft wurde hier schlechter. Schlurfer mussten sich in der Nähe befinden.

»Da sind Fiona, Emil und Mona!«, rief Emma und deutete nach rechts, den Weg hinab, in den auch das Schild mit der für uns nicht übersetzbaren Information führte.

Interessanter gestalte sich der Blick in die entgegengesetzte Richtung. Dort tummelte sich eine große Horde Untoter um etwas herum, was wir von hier nicht einsehen konnten.

»Lennard und mein Vater!«, kreischte ich mit aufgeregter Stimme.

Da lief Andrea an mir vorbei, fasste mir kurz an die Schulter und zeigte mit ihrem angespitzten Stock voran, in Richtung der Horde. Fritz und Bernhard folgten ihr und auch ich zog meinen Tapezierigel und rannte los.

Wie besessen hämmerten und stachen wir auf die Untoten ein. Der Hüne Fritz griff einen nach dem anderen an seinen Armen oder seiner Kleidung und schleuderte die zappelnden Figuren zu beiden Rändern der Straße in den Wald. Nach gefühlt viel zu langer Zeit gelang es uns, eine Schneise in die immer wieder angreifenden Gestalten zu schlagen und diese auch zu verteidigen. Was wir in der Mitte der Schlurfer zu sehen bekamen, ließ uns das Blut in den Adern gefrieren.

Lennard und Marc saßen Rücken an Rücken auf dem Boden. Lennards linkes Bein und sein völlig zerfetztes Hosenbein zitterten. Einer der Schlurfer vor ihm kaute gierig an Teilen von Lennards Jeans, die ihm zwischen den Zähnen hingen. Ob Fritz' Sohn Bisswunden davontrug, konnte ich zunächst nicht feststellen. Der Junge trug keine Schuhe mehr. Einer seiner Schuhe steckte, offensichtlich von Lennard dahinbefördert, im Maul eines direkt neben ihm auf dem Boden liegenden Untoten. Den zweiten Schuh konnte ich nicht entdecken. Mehr bewusstlos als bei Sinnen ließ Lennard sein Fleischerbeil hoch über seinem Kopf kreisen. Unzählige Bestien oder ihre abgeschlagenen Köperteile lagen links und rechts neben ihm.

Unmittelbar vor Marc kniete ein Untoter, der augenscheinlich mittlerweile zu den endgültig Toten zählte. In einer seiner Augenhöhlen steckte eines der Messer meines Vaters. Marc strampelte mit beiden Beinen und trat auf alles, was sich in seinem direkten Umfeld bewegte. Sein zweites Messer steckte tief in einem Nasenloch eines Schlurfers, oder was davon noch übrig blieb, der mit seinem Schädel vor Marc und Lennard hin und her wackelte, sich aber nicht mehr in der Lage befand, anzugreifen. Am linken, von uns abgewandten Arm meines Vaters hing eine der Bestien, die meinem Vater in den Arm gebissen hatte. Ich erschauderte bei dem Gedanken. Jetzt erwischte es ihn hier endgültig? Da erkannte ich die an der Armbanduhr meines Vaters hängengebliebenen Zähne der Kreatur. Diese Uhr erbte Marc einst von seinem Vater, meinem Opa Rudolf. Mein Vater trug sie, auch wenn sie schon lange nicht mehr funktionierte. Jetzt rettete sie ihm das Leben.

Immer noch alle Hände voll damit zu tun, die Angriffe der hungrigen und stinkenden Gestalten abzuwehren, zogen Bernhard und Fritz die befreiten Lennard und Marc einfach über den Boden hinter uns her. Emma weinte laut und bitterlich, kreiste jedoch trotzdem wie ein Helikopter über den am Boden befindlichen Freunden. Ich bewunderte jedes Mal aufs Neue ihre gewaltige Sprungkraft und ihr Geschick, ihre Tritte ins Ziel zu bringen. Andrea und ich deckten den

Rückzug und Oskar gab den Untoten den Rest, die uns zu nahe kommen konnten. Der Hund kannte die gezielten Bisse, mit denen er den Bestien ein Ende bereiten konnte.

Mittlerweile mischten sich auch Fiona und Mona ins Kampfgetümmel ein, indem sie nachrückende Untote daran hinderten, uns in den Rücken fallen zu können.

Mit vereinten Kräften gelang es uns schließlich einen Abstand zwischen uns und die Schlurfer zu bringen. Nach kurzer Zeit tauchten vor uns dunkelrot getünchte, zweigeschossige Holzhäuser auf. Gesäumt von einem alten Baumbestand auf der einen und einem mittlerweile verrotteten Kinderspielplatz auf der anderen Seite führte eine noch intakte kleine Holzbrücke über einen Bach auf die Häuser zu. Auf einem metallenen Schild stand „Natur- och Hemmapark". Wir wählten das Mittlere von drei Gebäuden. Fritz fackelte nicht lange und trat den Zugang einfach ein.

Im Inneren befand sich nichts, außer alten Gemälden an den weißen Wänden und Stühle in leeren Räumen. So gut es ging, verbarrikadierten wir den Zugang und ließen uns da, wo wir uns gerade befanden, einfach nieder.

(49)

Zwei volle Tage und Nächte verbrachten wir in unserem dunkelroten Holzhaus. Die Kunst an den Wänden bewunderte ich, auch wenn ich sie nicht in jedem Fall verstand. Solche Gegenstände und die Geschichten darum herum mussten vollends verloren gegangen sein. Welcher vor Untoten Flüchtende wird schon daran gedacht haben, schöne Bilder, Skulpturen oder Literatur mitzunehmen? Auf der Festung Königstein besaßen wir ein paar wenige Bücher. Doch es musste sehr viel mehr von ihnen gegeben haben. Ich liebte Bücher. In ihnen stand das Wissen der Welt.

Von den Untoten fehlte am zweiten Morgen jede Spur. Sie hatten sich verzogen.

Lennard und Marc wurden ausgiebig untersucht und blieben letztendlich unverletzt, soweit man von den Todesängsten absah, die sie ausstehen mussten. Dies konnte nicht spurlos an ihnen vorrübergegangen sein.

Bei allen Anwesenden macht sich Müdigkeit breit. Die langen Tage unserer Reise und der ständige Umgang mit der tödlichen Gefahr machte die Reisenden lustlos. Die Anziehungskraft einer anderen Welt wog schwer, die Sehnsucht zurück in die Geborgenheit der Festung Königstein besaß ebenfalls seinen nicht zu unterschätzenden Reiz. Darüber hinaus sehnten sich Fritz und Lennard ebenso wie Bernhard und Emma nach Ehefrau und Mutter sowie Mona und Andrea nach ihren Eltern.

»Es kann nicht mehr weit sein«, versuchte ich die Stimmung zu heben, »wir haben bestimmt weniger als fünfhundert Kilometer vor uns. Als wir auf der Festung starteten hatten wir weit mehr als das Doppelte vor der Brust.«

Ich erntete einen bösen Blick meiner Mutter - mehr nicht.

Andrea, die sich in der letzten Stunde damit beschäftigte, meinen Hund Oskar zu kraulen, kam zu mir herüber und legte ihren Kopf an meine Schulter.

»Fünfhundert Kilometer sind ganz schön weit. Willst du das laufen?«

»In dieser Holzhütte hier ewig sitzenbleiben können wir auch nicht. Und woher soll ich wissen, welche Fahrzeuge da draußen überhaupt herumstehen und welche davon noch funktionieren? Wahrscheinlich keines. Wenn ihr wollt können wir ja wieder nach Hause gehen.«

»Nun reg dich mal nicht auf. Wollte nur nett sein.«

»Wir gehen gleich los«, mischte sich mein Vater ein und beendete den kleinen Disput zwischen meiner Freundin und mir.

Ich gab Andrea eine flüchtigen Kuss auf ihre Lippen, erhob mich suchte meine Habseligkeiten zusammen und schaute in die Runde. Nach und nach taten es mir die Anderen nach und nach einer Weile standen wir abmarschbereit in unserem Holzhaus.

Langsam öffnete ich die Tür, lugte hindurch und trat, nachdem ich nichts Verdächtiges ausmachen konnte, heraus. Mit meinem Kompass bestimmte ich die Richtung und wanderte los, ohne mich darum zu kümmern, ob meine Mitreisenden mir folgten. Mein Hund Oskar blieb neben mir.

Untote befanden sich nicht in der Nähe, was mir die Reinheit der Luft verriet. Nach einer Weile holten Andrea und die anderen auf. Die Wanderung wirkte im hellen Licht der schwedischen Sonne wie ein Sonntagsspaziergang, den die Familien früher ausgelassen unternahmen – so erzählte es wenigstens mein Opa. Ich stellte mir vor, wie das gewesen sein musste und träumte vor mich hin.

»Bleib mal stehen«, flüsterte mir mein Vater von hinten ins Ohr, »da vorne! Das könnte eine Bahnlinie sein.«

Marc lag richtig. Mitten durch den Wald verliefen zwei Schienenstränge. Hier fuhr schon lange kein Zug mehr. Anhand der verrosteten Schienen stellten wir das fest. Ehrfürchtig standen wir um die eisernen Zeugen der früheren Zivilisation herum. Jeder von uns verband irgendeine Sehnsucht damit.

»Zwei Schienen nebeneinander. Das war mal eine größere Strecke. Die führt geradewegs nach Norden. Auf Schienen läuft sich nicht so gut, wie auf dem Weg hier. Doch wenn wir der folgen, sind wir auf dem richtigen Weg.«

Ich starrte dabei auf meinen Kompass und deutete mit ausgestrecktem Arm nach Norden.

»Da kann man gut drauf laufen. Und dann können wir auch gleich nachsehen, ob es dahinten in der Hütte was zu holen gibt«, meldete sich Mona schnippisch, stakste hochnäsig dreinblickend los, geriet auf die Schienen und stolperte zum wiederholten Male.

Ich konnte mir nur schwer ein Lachen verkneifen und wunderte mich mal wieder über meinen Freund Lennard, der sofort herbeisprang, um seiner großen Liebe auf die Beine zu helfen. Oskar sprang um die Beiden herum und wedelte mit dem Schwanz. Er hielt das Ganze wohl für ein Spiel.

Die Hütte, die Mona vor ihrem Missgeschick erwähnte, übersahen wir anderen bei der Betrachtung der Schienenstränge tatsächlich. Vermutlich gab es dort wahrhaftig Beute für uns. Gewohnt vorsichtig und langsam schlichen wir uns neben dem Gleiskörper an. Das kleine, einstöckige Gebäude sah wie ein kleiner Bahnhof aus. Große, ausladende Türen und große Fenster. Zum Glück zeigte sich keine Menschenseele – weder lebend noch untot.

Wir durchsuchten jede Ecke des Bahnhofs, fanden allerdings nichts Brauchbares. Nur Emil spielte mit alten, staubigen Fahrkarten, die er von einem der Schreibtische ziehen konnte.

»Na dann last uns weitermarschieren«, schlug Fiona vor.

»Nichts da«, wiedersprach ihr mein Vater mit einem Lächeln, »guckt euch das Teil da mal an.«

In einer Ecke des Raumes, der früher als Bahnhofshalle diente, stand ein Gestell auf vier eisernen Rädern. Solch ein Gerät sah ich nie zuvor und ich wusste auch nicht recht damit etwas anzufangen. Den anderen Jugendlichen in meinem Alter ging es nicht anders. Die Älteren allerdings scharrten sich um das Gestell und selbst Emil betrachtete es fachmännisch, indem er mal hier und mal da auf das Metall klopfte und seine Mundwinkel gekonnt verzog..

»Was soll das denn sein?«

»Wie wollt ihr in der Welt nur zurechtkommen?«, hielt sich meine Mutter den Bauch vor Lachen, »das ist eine Draisine.«

»Ja, ja, Dreisine. Ich dachte schon es wäre eine Vierlone, oder welches Obst hättest du denn gerne«, antwortete ich verärgert.

»Oh je, mein Sohn. Einen Scherz auf deine Kosten verträgst du wohl nicht. Das Ding heißt wirklich so. So wie der Erfinder.«

Immer noch lächelnd – meine patzige Antwort konnte ihr die Freude nicht nehmen – beredete meine Mutter mit Marc, Bernhard und Fritz die Möglichkeiten, diese Draisine auf die Schienen zu bringen.

»Packt mal mit an Lennard und Jan. Kerle wie Bäume, aber stehen nur dumm rum.«

(50)

Keine Ahnung, aus welchem Jahrhundert die Draisine stammte. Marc schätzte sie auf ein Alter von mindestens zweihundert Jahren. Auf zwei Eisenbahnachsen war ein Holzgestell montiert. Auf diesem Holzgestell wiederum befanden sich links und rechts zwei uralte hölzerne Bänke mit eisernen Verstrebungen. Von vorne und hinten konnte das Gestell bestiegen werden. In der Mitte des Geräts befand sich eine Vorrichtung mit der man wie bei einer Pumpe die Draisine in Bewegung setzen konnte. Zwei Personen drückten an jedem Flügel einen Hebel nach unten oder zogen ihn nach oben und das Ding fuhr tatsächlich.

Schafften wir zu Fuß in einer Stunde bei den heutigen Verhältnissen gerade mal drei oder vier Kilometer – und das nur dann, wenn uns keine Untoten begegneten – so konnten wir mit der Draisine gute zwanzig Kilometer in derselben Zeit bewältigen. Die Wälder und Felder sowie ab und an in der Entfernung auch ein Dorf oder ein Bauernhof flogen an uns vorbei. Hin und wieder tauchten kleinere Horden Schlurfer auf, aus deren Blickfeld wir verschwanden, noch bevor diese unsere Anwesenheit überhaupt bemerkten.

Plötzlich trat Fritz, der gerade jetzt mit dem Betätigen der Draisine an der Reihe war, die Fußbremse mit aller Kraft. Bernhard, der an der anderen Hälfte des Hebels pumpte, tat es ihm gleich, ohne sofort zu sehen, warum. Die Draisine verringerte ihr Tempo nur langsam. Schließlich kam sie nur Zentimeter vor dem Hindernis – einem Baum, der quer über den Gleisen lag – zum Stehen.

Fritz, Bernhard, Marc und Fiona konnte man umgehend ihre gehörigen Erfahrungen anmerken, die sie auf der Flucht aus Essen und der Reise nach Leipzig sammelten. Das steckte tief in ihnen. Alle Vier gingen sofort in Deckung und sicherten mit vorgehaltenen Waffen die Umgebung. Weder Schlurfer oder andere unliebsame Gesellen konnten sie überraschen.

Eine Weile standen wir so da und nichts geschah. Auch wir jungen Leute zogen unsere Waffen und Oskar schnupperte in die Gegend. Dann sprang der Hund plötzlich von unserem Gefährt herunter und verschwand zwischen den Bäumen. So verhielt er sich doch sonst nicht.

»Schau du mal wo dein Hund bleibt«, meinte mein Vater, »wir anderen räumen derweil den Baum weg.«

Froh, mich vor der Arbeit drücken zu können, widersprach ich nicht und folgte Oskar zwischen die Bäume. Vorsichtig, den Tapezierigel im Anschlag, schlich ich voran. Hinter den Bäumen öffnete ein kleines Feld den Blick auf die Umgebung. Am Ende des Feldes stand ein für diese Gegend typisches Bauernhaus mit rotem Dach. Von Oskar fehlte jede Spur.

Ich langte vor dem Haus an, da setzte der typische Geruch ein, den unsere untoten Freunde verströmten. Um die Hausecke herum tauchen auch alsbald drei dieser Kreaturen auf. Bis zum heutigen Tage kamen mir viele Bestien vor Augen. In manchem Antlitz konnte man Menschlichkeit vermuten, andere wiederum wirkten wie groteske Karikaturen von Comicfiguren. Immer sah ich das Elend im Dasein der Schlurfer. Die drei, die jetzt auf mich zu stiefelten, ließen mir die Lachtränen die Wangen hinablaufen. Drei Schlurfer, offensichtlich weiblich und in schwedischer Tracht gekleidet schlurften auf mich zu. Die aschfahle Haut, die sich um die totenkopfähnlichen Schädel spannte, dazu der stumpfe Blick und die eckigen Bewegungen verknüpft mit der gelb und blau leuchtenden Tracht, den knöchelhohen Schnürstiefeln an den knochigen Füßen und dem weißen Häubchen auf dem Kopf. Nie zuvor erblickte ich so lustig dreinschauende Untote.

Es tat mir leid. Ich musste das mich so belustigende Bild mit gezielten Schlägen auf die Schädel der Kreaturen zerstören.

Von weiter hinten trotteten schon die nächsten Untoten heran. Ich weilte wohl mitten in den Resten eines Trachtenumzugs. Die Schlurfer, die jetzt auf mich zukamen, wurden immer noch von ihren Musikinstrumenten begleitet. Vor dem einen klemmte sein Akkordeon, dem anderen hing die Pauke an der Schulter und ein Dritter trug ein Metallgestell, welches seine Mundharmonika hielt, um den Hals.

Das würde mir doch niemand glauben, wenn ich das erzählen würde. Angestrengt dachte ich darüber nach, ob es besser wäre, die Flucht anzutreten oder ob ich mich der nächsten Auseinandersetzung stellen sollte, da tauchte Oskar wieder auf. In seinem Maul trug der Hund ein fettes Rebhuhn und den Stolz über seinen Fang konnte ich ihm deutlich ansehen.

Dann lass uns verschwinden, dachte ich und sah noch aus den Augenwinkeln die den musizierenden Schlurfern folgende große Horde anderer Untoter – offensichtlich die Besucher des Trachtenfestes.

Zurück bei meinen Leuten berichtete ich über das Geschehene. Ein Lachen konnte ich mir dabei an der einen oder anderen Stelle nicht verkneifen, erntete dafür jedoch nur unverständliche Blicke und einen flüchtigen, eher mitleidigen Kuss meine Freundin.

Schließlich stellte sich heraus, was wir erhofften. Der Baum wurde nicht von Menschenhand gefällt und auf die Gleise gelegt. Keine Falle, zum Glück.

Wir konnten unseren Weg fortsetzen und uns auf die Zubereitung der Jagdbeute von Oskar schon freuen.

Die nächsten drei Tage verliefen absolut ereignislos. Die Landschaft änderte sich nicht. Immer noch wechselten sich Felder und ausgedehnte Wälder ab. Hin und wieder tauchte ein kleiner See auf. Nachts schliefen wir auf der Draisine oder in ihrer Nähe. Abwechselt hielten wir Wache. Weder Menschen noch nennenswerte Horden von Untoten oder wilde Tiere kreuzten unseren Weg. Das von Oskar erlegte Rebhuhn blieb zunächst die einzige frische Nahrung.

Die erste größere Ansiedlung von Häusern seit Tagen tauchte auf und wir lasen auf einer neben den Gleisen verlaufenden Straße auf einem Ortschild den Namen Linköping. Wir stoppten unsere Draisine. Große Ortschaften stellten große Gefahren dar. Für Gewöhnlich wichen wir diesen aus.

(51)

Um den Ort herumschleichen und hinter der Ansiedlung wieder ohne Fahrzeug dazustehen, stellte für
uns keine Option dar. Stattdessen entschieden wir uns
dafür mit unserer Draisine einfach weiterzufahren,
wohl wissend, welche übermächtigen Gefahren beim
Durchqueren der Stadt auf uns warten könnten. Doch
niemand mehr wollte Umwege. Zu lange dauerte die
Reise bis hierher. Der direkte Weg sollte es sein.

Mein Freund Lennard und ich betätigten die Draisine. Alle Anderen kauerten sich auf die Bänke. Jedem ordneten wir eine Blickrichtung zu, die beobachtet werden sollte, um auftauchende Gefahren rechtzeitig auszumachen.

Lennard und ich gaben Vollgas. Schweiß stand
uns auf der Stirn und ich merkte, wie meine Kleidung
im Rücken feucht wurde.

Links und rechts erstreckten sich Straßenzüge, die
von mehrstöckigen alten Gebäuden gesäumt wurden.
Die Gebäude befanden sich in einem jämmerlichen
Zustand. Eingefallene Dächer, kaputte Fenster und
teilweise eingefallene Mauern wechselten sich mit bis
zur Unkenntlichkeit von Grünpflanzen überwucherten
Wänden ab. Autowracks standen herum und weiter
hinten konnte man die Schneise und die Trümmer
erkennen, die ein zu Boden gegangenes Flugzeug
hinterlassen hatte. Links zeigte sich ein komplettes,
einer Feuerbrunst zum Opfer gefallenes Viertel. Zer-
störung überall. Nur eines fehlte. Irgendeinen Hinweis
auf lebende Menschen oder Untote konnten wir nicht
finden. Keine Menschenseele weit und breit.

Bernhard und Fritz lösten Lennard und mich bei der Arbeit an der Draisine ab. Vor uns lag der Bahnhof des Ortes. Zu unserem Glück stand die alte, verrottete S-Bahn auf dem anderen Gleis und wir fanden auf unseren Schienen freie Fahrt vor. Ein Umsetzen der Draisine wäre unmöglich gewesen und wir hätten mitten in der Stadt ohne Gefährt dagestanden. Die Bahnsteige sahen so aus wie erwartet. Seit Jahren wurden sie nicht mehr gefegt oder gereinigt. Eine dicke Staubschicht an den windgeschützten Stellen zeigte uns, hier bewegte sich über Jahre hinweg keine Menschenseele mehr.

»Stoppt das Teil.«, meldete sich Marc.

»Was ist los?«

»Seht ihr die zwei hohen Gebäude da vorne? Da steht doch Krankenhaus dran, oder? Wenn hier nicht ein einziger Schlurfer rumturnt, dann macht es meiner Meinung nach Sinn, dort nach Brauchbaren zu suchen.«

»Oder du machst die Türen auf und dann wimmelt es hier nur so von denen. Denk mal an den Flughafen in Leipzig.«

»Aber wir können auch tolle Sachen finden. Schmerztabletten oder Wasser.«

»Oder ich finde in einem der Häuser ein neues Gewehr. Habe mein altes ja dummerweise weggeworfen.«

»Und was zu Essen wäre auch nicht schlecht.«

»Verdammt«, mischte ich mich ein, »das hier ist Linköping. Schon bei Stockholm verläuft der sechzigste Breitengrad. Das sind nur noch zweihundert Kilometer. Die ganze Zeit bis hierher haben wir darauf geachtet, den unnötigen Gefahren, die uns aufhalten könnten, aus dem Wege zu gehen. Wir haben gekämpft, wenn es sich nicht vermeiden lies, sonst sind wir lieber ausgewichen. Und oft genug ging es ziemlich knapp aus. Wir haben Freunde verloren und jeder, der heute hier auf der Draisine sitzt, hatte nur Glück. Jetzt kurz vor dem Ziel wollen wir leichtsinnig werden und unser Glück auf die Probe stellen? Wir fahren schon quer durch die Stadt hier. Das ist gefährlich genug. Und jetzt wollen wir völlig unnötigerweise das nächste Risiko eingehen und nach Brauchbaren suchen, wo wir nur noch zweihundert Kilometer vor uns haben. Ist da in zweihundert Kilometern nichts, dann können wir immer noch Krankenhäuser durchsuchen. In Stockholm gab es bestimmt mehr als nur eines.«

»Nun beruhig dich mal, mein Sohn. Man darf ja mal träumen.«

»Dann lasst uns das abstimmen«, schlug Fiona vor.

»Nun streitet euch doch nicht«, meinte Emma mit weinerlicher Stimme.

»Ich brauch was für meine Haare, dringend«, zickte Mona und Lennard legte ihr beruhigend eine Hand auf die Schulter.

»Jan liegt völlig richtig«, meinte jetzt Fritz, »lasst uns die Sache endlich zu einem Ende bringen.«

Die Debatte entwickelte sich hitzig. Jeder besaß stichhaltige Argumente für seine Meinung.

Nur der kleine Emil, der sich anschickte, langsam das eine oder andere Wort unserer Sprache zu verstehen, beteiligte sich nicht an der Diskussion. Er und Oskar sahen in die Stadt hinaus und schmusten miteinander. Plötzlich stellte der Hund seine Nackenhaare auf und der Junge stockte in seinen Bewegungen.

»Riecht ihr det också?«

»Was?«

Doch da bemerkten auch wir anderen die Verän-
derung in der Luft.

»Lasst uns lieber abhauen!«

Die Untoten nahmen uns, wie so oft, die Entscheidung ab. Wir stemmten uns in das Antriebssys-
tem unserer Draisine und versuchten, den verdammten
Ort so schnell wie möglich hinter uns zu lassen.

(52)

Zwei ereignislose Tage und Nächte später hörten die Gleise einfach auf. Der Bahndamm lag Schienenlos vor uns und nur mit Mühe und Not schafften wir es, unsere Draisine rechtzeitig zu stoppen.

»Guckt mal da, die Straße«, wies Lennard zur nahegelegenen Landstraße.

So wie die Bahnlinie endete auch die Straße im Nichts. Der Asphalt war einfach abgetragen worden und verschwunden.

»Jetzt würden nur noch ein paar Schlurfer fehlen«, feixte Mona.

Wir packen unsere Sachen zusammen und ließen unsere lieb gewonnene Draisine zurück. Schon nach wenigen Metern erfüllte sich dann Monas Wunsch. Mit lautem Gegröle schlurfte eine Horde Untoter aus einem nahem Wald auf uns zu.

Schwedische Schlurfer hängen wohl immer in Wäldern ab, dachte ich und beschleunigte mein Tempo. Aus der kleinen Horde von Bestien wurde bald eine große und nicht lange später eine riesige Horde. Die Kreaturen liefen in einem Abstand von rund einhundert Metern hinter uns her. Sie besaßen keine Chance, uns zu erreichen, doch uns gelang es auch nicht, ihnen zu entwischen.

Die Landschaft hier lag flach vor uns. Vernachlässigte Felder, Steppe und ab und an eine Ansammlung von Bäumen. Man konnte kilometerweit sehen. Hindernisse für die Schlurfer oder Möglichkeiten des Verstecks für uns, fehlten weit und breit. Nichts gab es zu erspähen. Bis zur Dunkelheit würden wir, ob wir es wollten oder nicht, vor den Untoten herrennen müssen. In der Nacht würden sie hoffentlich unsere Spur verlieren.

Meine innere Spannung wuchs bei jedem Meter, den wir zurücklegten. Wir mussten uns mittlerweile am Rande des Gebiets befinden, für das wir uns einst auf den Weg machten. Die endenden Gleise waren ebenfalls ein Indiz dafür. Eine Frage jagte die andere. Würden wir überhaupt etwas finden? Wie groß wäre meine Enttäuschung, wenn da gar nichts wäre? Die Vorstellung, nichts vorzufinden, umsonst den Weg gemacht zu haben, machte mir ungeheure Angst. Mit nichts in den Händen zurückkehren, den weiten Weg zurückmachen? Das konnte ich mir gar nicht vorstellen. Hier in dieser Ödnis bleiben, ebenso wenig. In Schweden ein neues Königstein finden? Wie sollte das gehen? Wie sollten unsere Freunde jemals ihre Familien wiedersehen? Und wenn da etwas wäre. Wie könnte es aussehen? Hatten die Überlebenden hier einen riesigen Zaun aufgestellt oder eine Mauer gebaut? Wie bewachten sie ihr Gebiet? Waren sie uns überhaupt freundlich gesonnen? Waren wir willkommen? Alle Fragen, die ich mir hätte schon längst stellen sollen, durchfluteten jetzt meine Gedanken.

Ich schaute zu meinem Vater herüber. Ihm schien es ähnlich zu gehen wie mir. In seinem Gesicht arbeiteten die Zweifel. Schon einmal zog er los, verlor Freunde und kehrte erfolglos zur Festung Königstein zurück. Daran trug er schwer. Einen weiteren Fehlschlag würde er nicht ohne weiteres verkraften, fürchtete ich.

»Ich kann nicht mehr«, meinte Emma leise.

Das Mädchen tauchte neben mir auf und flüsterte mir jetzt ihre Sorgen zu.

»Wir müssen weiter, Emma. Die Viecher sind hinter uns her. Das sind zu viele, um es mit ihnen aufnehmen zu können.«

»Ich weiß«, sagte Emma traurig, »aber ich kann nicht mehr.«

Ich nahm das Mädchen an die Hand. Sie durfte sich nicht zurückfallen lassen und am Ende noch Opfer der Schlurfer werden. Das galt es unbedingt zu verhindern.

»Komm Emma, du bist so weit gegangen und hast so viel geweint. Denk an deine Mama. Sie wäre so stolz auf dich. Es ist bestimmt auch nicht mehr weit.«

Mir taten die Füße ebenfalls weh, doch es gab keine Alternative zur Flucht.

Lennard bildete die Vorhut. Jetzt kam er mir entgegen.

»Da vorne ist ein Fluss. Wie sollen wir darüber kommen?«

Schnell standen wir im Halbkreis zusammen. Der Fluss konnte nicht so einfach überquert werden. Wir saßen in der Falle. Vor uns tiefes Wasser und heftige Strömung, hinter uns hungrige Schlurfer.

»Gleich riechen wir sie«, sagte Marc, der neben mir stand.

Das stimmte und ich wartete auf den ekligen Gestank der blutrünstigen Gesellen. Doch das geschah nicht. Ich roch nichts.

»Die sind stehen geblieben«, meinte mein Vater entgeistert.

Tatsächlich bewegten sich die Untoten nicht weiter. Rund fünfzig Meter von uns entfernt hielten sie inne und bleiben regungslos stehen. Ihre gierigen Bewegungen und ihre weit aufstehenden Mäuler konnten wir immer noch sehen. Doch sie griffen uns nicht an.

»Was ist denn mit denen los?«

»Riecht doch mal, wie klar die Luft ist. Irgendwie anders als sonst«, machte uns Andrea aufmerksam.

Konzentriert sah ich mich um. Es musste doch einen Grund dafür geben. Am gegenüberliegenden Flussufer entdeckte ich in regelmäßiger Entfernung voneinander kleine Töpfe mit geringem Umfang.

»Sieht aus wie die Übertöpfe meiner Mutter«, sagte Fiona.

Ich wusste nicht, was Übertöpfe sind. In meiner Welt gab es sie nicht mehr. Die Bezeichnung Übertopf schien mir für die gemeinten Gebilde die richtige zu sein. Von hier sah es so aus, als ob über den Töpfchen eine kleine, weiße Rauchwolke stand.

In größeren Abständen voneinander befanden sich größere Objekte, deren Funktion ich mir nicht erklären konnte.

»Solche Dinger standen früher im meinem Wohnzimmer als Lautsprecher«, staunte Fritz.

»Auch wenn die Schlurfer stehen bleiben, hier bleiben können wir nicht, zurück geht auch nicht. Wir müssen über den Fluss«

Wir entschieden uns, flussabwärts dem Flusslauf zu folgen. Die Schlurfer folgten uns, verringerten jedoch nicht den Abstand zu uns. Die Übertöpfe und die Lautsprecher behielt ich dauernd im Auge. Oskar konnte ich nur schwer dazu zu bewegen, sich nicht den Untoten zu widmen.

Etliche Stunden und viele Kilometer später – die Übertöpfe und Lautsprechen standen auch hier herum - jauchzte Mona das hervor, auf das wir alle sehnlichst lauerten.

»Da ist eine Brücke.«

Froh darüber, dieses Bauwerk zu sehen und der Sorge entledigt, alle Brücken könnten ebenso wie die Gleise und die Straße abgebaut worden sein, näherten wir uns dem Flussübergang. Die Schlurfer folgten uns immer noch im gebührenden Abstand.

Die steinerne Brücke maß eine Breite von ungefähr sieben Metern. Links und rechts zierte sie ein hüfthohes Geländer. Direkt am Anfang der Brücke standen zwei Container quer vor dem Durchgang. Auf der einen Flanke versperrte das den Durchgang komplett, die andere Seite ließ einen Durchlass von knapp einem Meter offen. Dahinter standen erneut zwei Container. Diesmal schlossen die Container am entgegengesetzten Geländer direkt mit dem Brückenende ab. Man musste die Brücke also im Zickzackkurs überqueren – ein für Untote schwieriges Unterfangen.

Mit klopfendem Herzen bewegte ich mich zwischen die Container. Diejenigen, die diese hier aufstellten, wollten das Passieren der Brücke durch Untote verhindern und für Lebende erschweren. Welche zusätzlichen Fallen diejenigen bereitstellten, wussten wir nicht. So entschieden wir, nur eine Person auf das Wagnis des Übergangs zu schicken. Bevor sich mein Vater, Fritz oder Bernhard in den Vordergrund dängen konnten, machte ich mich auf den Weg.

Nach jeder Containerreihe befürchtete ich neue Hindernisse oder Unwägbarkeiten. Doch nichts geschah. Nach fünf Containerreihen stand ich vor einer Reihe von Absperrungen, die in einer ebensolchen Anordnung standen, wie die Container. Das Ende der Brücke konnte ich von hier aus einsehen. Keine Menschenseele zeigte sich.

An dem Ufer unserer Begierde standen in kurzer Entfernung vier große Bäume. Ich bildete mir ein, an einem der Bäume ein Aufblinken gesehen zu haben. Leicht gebeugt, umrundete ich die Absperrungen. Stünde an den Bäumen jemand mit einer Schusswaffe, so besäße er jetzt freie Schussbahn. Wenn es im Leben Situationen gibt, in denen man sich in die Hosen machen möchte, dann befand ich mich hier in so einer. Jede Sekunde befürchtete ich, den Einschlag eines Geschosses und mit jedem Meter, den ich ging, steigerte ich mich mehr in diese dunkle Vorahnung hinein. Schweiß rann mir die Stirn hinab. Gedanken an Andrea und meine Eltern wechselten sich mit seltsamen Gedanken, wie die Erleichterung darüber erschossen zu werden und nicht von Schlurfern verspeist zu werden, ab.

Und dann befand es sich unmittelbar vor mir – das Ende der Brücke.

Entwarnung bedeutete dies allerdings noch nicht. Meine Leute würde ich erst dann herüberwinken, nachdem die Inspektion der Umgebung der Bäume erfolgreich beendet wurde. Also schlich ich mit denselben Befürchtungen wie zuvor, weiter auf die Baumgruppe zu. Da blinkte es wieder.

Jetzt müsste es soweit sein. Wäre ich der Schütze hinter dem Baum, dann hätte ich exakt diesen Zeitpunkt gewählt, um abzudrücken. Doch nichts geschah.

Und wenn es sich gar nicht um ein Gewehr, sondern um eine andere Waffe handelte, die da im Licht der Sonne aufblinkte? Dann würde die Person hinter den Bäumen sicherlich noch innehalten und zwar solange, bis ich mich in Schlagweite befände.

Angst nutzte nichts. Ich musste es herausbekommen und schlich mich weiter an. Den Tapezierigel hielt ich schlagbereit in meiner rechten Hand. In meiner linken trug ich zudem eines unserer Messer. Ich wollte so gut es ging vorbereitet sein.

Schließlich stand ich zwischen den Bäumen, doch es geschah immer noch nichts. Mit hohem Tempo, meine Waffe wie einen Rammbock vor mich haltend, rannte ich um die Bäume herum. Doch ich fand nichts und niemanden. Bei dem einzigen Stück, welches nicht hierhin gehörte und von dem das Blinken ausging, handelte es sich um ein kleines Gerät. Angeschraubt in Mannshöhe an einem der Bäume blinkte es in regelmäßigen Abständen auf. Bernhard bestätigte mir später, dass es sich dabei um eine Kamera handelte.

Offenkundig wurden wir beobachtet. Am Übergang über die Brücke und am Zugang in dieses Land, in das die Schlurfer aus welchen Gründen auch immer nicht folgen konnten, hinderte uns niemand.

Ich winkte meinen Freunden zu und signalisierte ihnen, sie sollten herüberkommen. Ich wartete auf ihre Ankunft und beobachtete derweil wie die Schlurfer ihr Interesse an uns verloren und sich in der Landschaft zerstreuten oder einfach tatenlos stehenblieben, wo sie sich gerade befanden.

(53)

»Irgendwie habe ich das Gefühl, dass hier die Luft frischer ist, als auf der anderen Seite des Flusses. Bestimmt bilde ich es mir nur ein, aber ich würde darauf wetten wollen. Die Luft ist hier besser als überall, wo wir uns den ganzen Weg über aufhielten.«

Begeistert schnupperte Fiona in den Wind hinein. Unter uns allen machte sich eine ausgelassene Stimmung breit und es vermittelte sich der Eindruck, hier nicht mehr von Untoten angegriffen werden zu können. Ein lange unbekanntes und so sehr ersehntes Gefühl.

Marc ging es allerdings anders. Mein Vater blickte mit traurigem Blick in die Gegend.

»Was hast Du?«

»Ach weißt du Junge, es ist bald zwanzig Jahre her, da fuhr ich in Essen in dieses Parkhaus. Das rettete mir das Leben. Seitdem habe ich vieles verloren, was mir lieb und teuer war. Meine Welt zerbrach. Freunde starben. Opa ist auch tot. Selbst mein Hund ist mittlerweile gestorben. Ich habe Menschen erschlagen und Häuser und Geschäfte geplündert. Und das alles nur, um irgendwann irgendwo hinzukommen, wo ich überleben kann und sich das Leben lohnt. Dadurch habe ich auch deine Mutter kennengelernt und schließlich dich bekommen. Jetzt sieht es so aus, als ob ich am Ziel wäre. Nach zwanzig Jahren. Das packt mich gerade etwas an.«

»Noch sind wir nicht am Ziel. Wer weiß, wie sie uns hier empfangen.«

Diesseits des Flusses änderte sich die Landschaft nicht. Nach einem dreistündigen, strammen Marsch konnte man in der Ferne Häuser ausmachen. Sollte das der Stadtrand von Stockholm sein?

Nach weiteren zwei Stunden dämmerte es und es wurde Zeit einen Platz für die Nacht zu suchen.

Fiona, Andrea und Mona diskutierten darüber, ob es besser wäre, Schutz unter Bäumen zu suchen oder ein Lager in einem Graben zwischen zwei ehemaligen Feldern aufzuschlagen.

»Da kommen Autos«, zog Lennard sämtliche Aufmerksamkeit auf sich.

Den Scheinwerfern zufolge kamen drei Fahrzeuge auf uns zu. Es handelte sich dabei um zwei große, grün lackierte Jeeps. In zweien befanden sich je fünf Personen. Im dritten Fahrzeug saß nur der Fahrer.

Fritz und Bernhard wollten sich kampfbereit machen, ich bedeutete ihnen jedoch, innezuhalten und auszuharren. Die drei Fahrzeuge kamen unmittelbar vor uns zum Stehen und alle elf Personen sprangen heraus. Zehn von ihnen bildeten einen Halbkreis und richteten ihre Maschinengewehre auf uns. Die elfte Person, offensichtlich der Offizier der Truppe, kam schneidig auf uns zu und grüßte militärisch. Fritz und Bernhard konnten froh sein, passiv geblieben zu sein. Wir hätten gegen die Waffen der Schweden keine Chance gehabt.

»Vem är chefen här? Vem är de, vart vill de åka, var kommer de ifrån?«

Verständnislos sahen wir uns an. Wir verstanden kein Wort. Nur der kleine Emil baute sich vor dem Offizier auf, grüßte ebenfalls militärisch und zeigte abwechselnd auf Marc und mich.

»Danska, tyska, engelska?«, fragte der Offizier erneut.

Ich konnte mir immer noch nicht erklären, was er von uns wollte und trat einen Schritt vor.

»Wir kommen aus Deutschland.«

»Ah, sie kommen von Dütschland. Herzlich välkommen. Snälla kommen sie mit.«

Der Offizier drehte sich um und stieg in seinen Jeep. Die bewaffneten Soldaten vollführten eindeutige Bewegungen mit ihren Waffen.

»Besser wir steigen ein.«

»Was sollten wir auch sonst tun, bei den Waffen? Wir wollten doch auch hierhin und unfreundlich war der Offizier nicht.«

Wir wurden auf die drei Fahrzeuge verteilt. Jeweils ein bewaffneter Begleiter und ein Fahrer nahmen in den Fahrzeugen neben uns Platz. Die übrig gebliebenen Soldaten marschierten in Richtung Fluss davon.

Ich saß auf einer der hinteren Bänke im ersten Fahrzeug. Der Offizier setzte sich auf dem Beifahrersitz. Meinen Versuch, ihn anzusprechen, wiegelte er mit einer herrischen Handbewegung ab. Dann legte er einen Finger auf die Lippen und bedeutete uns, nicht mit ihm zu sprechen.

Ich wagte einen Blick zurück. Alle drei Fahrzeuge blieben zusammen. Sie trennten uns nicht und ließen uns unsere Waffen. Das empfand ich als angenehm und wertete es als gutes Zeichen.

Nach zwanzig Minuten erreichten wir den ersten Stadtteil von Stockholm, wie man unschwer am Ortseingangsschild ablesen konnte.

(54)

Auf den Straßen in diesem Stadtteil befanden sich Unmengen an Menschen, die ohne einander zu beachten, ihres Weges gingen. Jeder trug ordentliche, saubere und vor allem vollständige Kleidung und hatte Schuhe an den Füßen. Niemand schien bewaffnet zu sein. Das Ganze machte einen so friedlichen Eindruck. Es wurde mir warm.

»Wie früher«, murmelte Marc und die neben ihm sitzende Fiona griff seine Hand und strahlte über beide Wangen.

Ich selbst konnte meinen Blick nicht abwenden. An einem roten Licht blieben die Jeeps stehen. Jetzt fuhren aus einer Seitenstraße Fahrzeuge auf die Straße, auf der wir uns befanden und ich blickte meinen Vater fragend an.

»Ampel«, flüsterte er und schien ebenso überwältigt wie ich zu sein.

Zwei Ampeln weiter bogen unsere Fahrzeuge nach Links ab. Kurz danach durchfuhren wir einen Torbogen. Vor einem vierstöckigen Klinkerbau kamen wir zum Stehen und die Soldaten sprangen erneut schneidig aus den Autos. Wir folgten ihnen.

Auch hier bewegten sich Menschen über den Vorplatz. In meiner verschmutzten und abgerissenen Kleidung, die in der hinter uns liegenden Wildnis schwer in Mitleidenschaft gezogen wurde, kam ich mir plötzlich schäbig vor. Den abschätzenden Blick, den ich von den hier lebenden Menschen befürchtete, erntete ich zu meiner Verwunderung nicht.

Der Offizier brachte uns, unterstützt von den Soldaten, die immer noch ihre Waffen auf uns richteten, in das Backsteingebäude. Über eine große Steintreppe gelangten wir in den dritten Stock und schließlich in ein Büro. Vor einem Schreibtisch standen Stühle. Wir alle fanden einen Platz und saßen abwartend da.

»Sieht aus wie im Standesamt«, erklärte Fritz und ich war mir sicher, er dachte jetzt an seine in Königstein gebliebene Bärbel, deren Hochzeit mit ihm die einbrechende Katastrophe verhinderte.

Durch die heftig aufgestoßene Tür zum Nebenzimmer trat unvermittelt ein Mann mittleren Alters, der eine Jeans und ein rotes Hemd trug.

»Mein Name ist Hubert Fink. Ich mache hier die Zwischenuntersuchung. Wo kommen sie her?«

»Wir kommen von der Festung Königstein. Das ist in der Nähe von Dresden in Deutschland. Sind dort vor einiger Zeit gestartet und...«, antwortete ich, wurde jedoch von Hubert Fink unterbrochen.

»Was? Und dann haben sie bald zwanzig Jahre gebraucht, um hierher zu kommen? Ich lach mich krank. Wissen sie, wo ich herkomme? Nein, natürlich nicht. Als der Mist begann lebte ich in Coburg und habe mich dann auf der dortigen Festung verschanzt. Drei Tage später habe ich mich auf den Weg nach Norden gemacht und vier Monate später befand ich mich hier. Und sie brauchen zwanzig Jahre, träumen irgendwo rum, verstecken sich in irgendwelchen Löchern und tauchen dann hier bettelnd auf? Was sollen wir hier mit solchen Langschläfern?«

Mein Vater stand von seinem Stuhl auf, bevor ich etwas sagen konnte. So ruhig sah ich ihn selten. Er griff nach seinen Messern und übergab mir diese. Dann zog er seine zerschlissene Jeansjacke aus und gab sie Fiona.

»Was soll das jetzt werden?«, fragte Hubert Fink und lachte, »wollen die Versager jetzt strippen?«

Mein Vater wendete sich ihm zu und ging einen Schritt in seine Richtung. Dann holte er aus, wie ich ihn noch nie hatte ausholen sehen und schlug Hubert Fink mit geballter Faust mitten ins Gesicht. Das hässliche Knacken einer brechenden Nase erfüllte den Raum und Hubert Fink sackte ebenso wortlos wie bewusstlos, wie ein nasser Sack zu Boden.

»Hat der Kerl wieder aufgeschnitten? Irgendwann gerätst du an den Falschen, habe ich ihm gesagt. Jetzt ist es wohl soweit.«

Während wir alle die Auseinandersetzung zwischen Hubert Fink und meinem Vater verfolgten, musste der ältere Herr mit grauem Haar und Uniform den Raum betreten haben.

»Den Hubert Fink haben wir drei Jahre nach Beginn der Katastrophe in Dänemark aufgegriffen. Er lag halb nackt, total abgemagert und völlig verdreckt in einem Graben und sehnte sich nach dem Tot.«

Mit der sich jetzt ergebenen Situation wussten wir gar nichts anzufangen. Hubert Fink erhob sich währenddessen und schleppte sich, die Hände vors Gesicht haltend und gestützt von zwei Soldaten, blutüberströmt aus dem Raum.

»Entschuldigen sie bitte. Ich vergaß mich vorzustellen«, sagte der alte Mann, dessen Orden auf der Uniform die halbe Brust zierten, »mein Name ist General Ernst Beckstein. Ich bin der Präsident der deutschen Kolonie in Schweden. Bedienen sie sich bitte an den Getränken und Plätzchen, die meine Leute hereingebracht haben und erzählen sie mir ihre Geschichte – von Anfang an bitte und lassen sie nichts aus, keine Kleinigkeit.«

Marc erzählte vom Parkhaus in Essen und dem langen Weg zur Festung Königstein. Er vergaß nicht, von Marlene und Willi zu berichten und wie er Eddie und seine Gruppe traf. Er erwähnte den Ausflug nach Leipzig, berichtete von Bernhard und Nils und endete schließlich mit der Schilderung unseres Weges nach Schweden. Die Anderen kommentierten die Erzählung an den Stellen, an denen sie selbst Teil der Geschichte waren. Nur unsere Erlebnisse rund um und auf Bornholm ließen wir komplett aus in der Sorge, man könnte uns zu den dort Lebenden zurückbringen wollen. Die Frage, wie Emil zu uns stieß, stellte der General nicht.

Ernst Beckstein hörte aufmerksam zu und unterbrach die Redenden nicht ein einziges Mal. Es musste bereits mitten in der Nacht sein.

Der General erklärte uns alsdann seinerseits, was die Katastrophe in einem Labor in Amerika auslöste und wie aufgrund eines Wetterphänomens der gesamte Planet verseucht und nur die Gebiete oberhalb des sechzigsten nördlichen Breitengrads nicht in Mitleidenschaft gezogen wurden.

»Am Anfang bekämpften die Schweden an ihrer Grenze zum Gebiet der Untoten diese mit Waffengewalt und man dachte darüber nach, eine riesige Mauer zu bauen. Immer wieder brachen Horden von Untoten durch und richteten großen Schaden an. Durch einen Zufall gelang den Wissenschaftlern ein Durchbruch. Der Qualm von vier zusammen verbrennenden Chemikalien hielt die Untoten davon ab weiterzugehen. Auch ein Ton über fünfzigtausend Herz stoppte die Bestien. Das stellten wir später fest. An der Grenze nutzen wir heute beide Systeme, falls eines mal ausfällt. Zu Beginn rückten die Menschen von überallher aus Mitteleuropa heran, später kamen nur noch Norddeutsche und schließlich nur noch ein paar wenige Dänen. Kein einziger Brite überlebte. Sonst haben wir etliche Nationen hier. Mit Funksprüchen versuchten wir, die Menschen darauf aufmerksam zu machen, dass sie gen Norden ziehen sollen. Später stellten wir das ein. In Alaska und Nord-Russland leben heute auch noch Menschen und auf Grönland haben sie vollkommen überlebt. Zählt man das alles zusammen, dann reden wir von acht Millionen Schweden, drei Millionen Norwegern, zwei Millionen Dänen, sieben Millionen Deutschen und drei Millionen aus anderen Nationen. Dann wissen wir von der Existenz von einer Million Russen und einer Million Kanadiern und US-Amerikanern in Alaska. Zusammen mit den Leuten auf Grönland sind das fünfundzwanzig Millionen Menschen. Dem gegenüber stehen rund drei Milliarden Tote und fünf Milliarden Untote, die über die Erde wanken. Seit Jahren kam niemand mehr über die Grenze. Uns fehlen jegliche Informationen aus dem Süden. Deswegen ist ihre Geschichte so überaus interessant für uns. Doch jetzt bringen wir sie erst einmal in das deutsche Viertel von Stockholm. Dort stehen in einem Hotel Zimmer für sie bereit und sie können sich ausruhen und in aller Ruhe darüber entscheiden, wo ihr zukünftiger Platz sein soll. Und egal, wo das sein wird. Es wird ihnen dort gefallen. Versorgung, Wohnraum, Arbeitsplätze und Freizeitangebote sind vorhanden. Kriminalität ist kein Thema mehr für uns, nachdem wir jegliche Verbrecher auf die Insel Bornholm ins ehemalige Dänemark bringen. Und... ach ja, der kleine Däne kann bei Ihnen bleiben.«

Jeden von uns quälte ob der Anstrengungen des Tages die Müdigkeit. Fiona interessierte sich noch nicht einmal mehr dafür, in welchem Zimmer Andrea und ich verschwanden. Sie strebte nur noch der weichen Matratze ihres Zimmers entgegen. Doch wegen der unzähligen neuen Eindrücke wurde es eine schlaflose, kurze Nacht und wir trafen uns früh im Frühstücksraum des Hotels. Eine junge Dame überreichte uns eine Landkarte und eine Liste mit möglichen Wohnorten, die wir eifrig studierten.

Aus einer Kiste mit diversen Kleidungsstücken suchte sich jeder von uns einige passende Stücke aus. Neu gekleidet und gut gelaunt übergaben wir dem Fahrer des Kleinbusses, der uns in unsere neue Heimat bringen sollte, unsere Entscheidung.

Nach kurzer Diskussion entschieden wir uns für die sogenannte deutsche Kolonie. Sie lag dreihundertfünfzig Kilometer nördlich von Stockholm zwischen den ehemals schwedischen Orten Hudiksval und Sundsval am Bottnischen Meerbusen. In den hier einst entstandenen drei neuen Städten und mehrere Dörfern fand die Mehrzahl der deutschen Bevölkerung eine neue Heimat. Das würde es uns mit der Sprache und den Lebensumständen einfacher machen.

In der deutschen Kolonie lebten die Menschen überwiegend von der Landwirtschaft. Im Umkreis der Orte befanden sich darüber hinaus eine Fleischfabrik, ein Werk für elektronische Bauteile, fünf Kraftwerke und jede Menge Dienstleistungsbetriebe.

In einem der Dörfer, Ny-Äta, wurden uns unsere Häuser zugewiesen und von Stund an tauchten wir in ein neues Leben ein.

Jedem Einwohner im neuen Schweden stand ein Grundeinkommen zu, welches zum Bestreiten des Lebens ausreichte. Diejenige die es wollten, konnten einen Arbeitsplatz bekommen. Jede Menge Vereine versüßten die Freizeit. So stand es in den Briefen zu lesen, die wir bei unserer Ankunft auf unseren Küchentischen fanden.

»Die Bürokraten beherrschen die Welt«, sagte mein Vater lachend und diejenigen, welche die alte Welt noch kannten, stimmten ein.

Wir Kinder der Festung verstanden das nicht und beschäftigten uns aufgeregt mit den Checklisten und den darin verborgenen neuen Möglichkeiten.

In den ersten Tagen durchstreiften wir in kleinen Gruppen oder alleine unsere neue Heimat. Es zog uns von Geschäft zu Geschäft und wir kamen aus dem Staunen nicht heraus. Lebensmittel in Hülle und Fülle, Kleidung, die wir nicht mehr selbst herstellen mussten und technische Geräte, deren Nutzung wir uns nicht hätten träumen lassen.

Unsere Essgewohnheiten änderten sich. Durch die verschiedenen nun in Schweden ansässigen Völker lernten wir neue Speisen und Gerichte kennen.

Marc lud uns alle zusammen in eine Pizzeria ein, die wir in der Näher unserer Häuser vorfanden.

»Das würde Eddi freuen«, behauptete er.

Ich wählte eine Pizza mit Salami. So etwas Würziges kannte ich von der Festung Königstein nicht.

Andrea und ich fühlten uns wie im Paradies. Die Lebensumstände, die wir in unserer neuen Heimat vorfanden übertrafen unsere Erwartungen bei weitem.

Mehrfach versicherten wir uns, alles richtig gemacht zu haben.

Schon eine Woche nach unserer Ankunft schloss ich mich einen Fußballverein an und erlebte zum ersten Mal in meinem Leben die Leidenschaft, die mein Vater und mein Großvater bei diesem Sport empfanden.

Auch andere Königstein-Flüchtlinge versuchten sich in Vereinen. Andrea spielte Handball, Bernhard engagierte sich, für uns alle nicht überraschend, im Schützenverein, Emma trat dem Judo-Club bei und Lennard und Mona widmeten sich der Malerei. Es begeisterte uns, gemeinsam mit bisher fremden Menschen etwas zu spielen, sich mit ihnen im friedlichen Wettkampf zu messen oder etwas zu erschaffen.

Marc, Fiona und die anderen Erwachsenen suchten sich Arbeit. Meine Eltern entschieden sich für einen Milchbetrieb. Bernhard wurde Soldat, Fritz fand eine Betätigung in einer Autowerkstadt.

Uns Jugendlichen wurde es freigestellt, eine Schule zu besuchen. Leider stellten wir dort schnell fest, was es bedeutet, zu den Neuankömmlingen zu gehören. Wir fanden uns zunächst nicht so gut zurecht, fanden dann jedoch nach und nach neue Freunde.

Nach einigen Wochen normalisierte sich für Andrea und mich somit die Lage und auch unsere Freunde begannen damit, sich mit der neuen Welt zu arrangieren und sich in ihr langsam wohlzufühlen. Regelmäßig und mehrfach pro Woche trafen wir uns und redeten ausgelassen über das neue und das alte Leben. Selbst Bernhard, der als Soldat überall im Lande eingesetzt werden konnte, erschien zu unseren sämtlichen Treffen.

Wir waren dort angekommen, wo wir ankommen wollten. Gegenseitig versicherten wir uns immer wieder unser Glück. Wir hatten es also geschafft. Wir fanden ein Leben, wie wir es uns wünschten und mit dem wir uns zufrieden fühlten.

Insgeheim wusste ich jedoch, dass dies nur zum Teil stimmte. An jedem Tag erinnerte mich mein neben dem Bett stehender Tapezierigel an das Versprechen, welches ich einst Ebenezer Arissi gab – wir würden so oder so zur Festung Königstein zurückkehren und unsere dortigen Familienmitglieder und Freunde nicht im Stich lassen.

Nur ein Teil unserer großen Familie von Königstein konnte an unserem neuen Leben teilhaben. Die meisten von uns plagte die Sehnsucht nach ihren Lieben.

So konnten wir die Situation nicht hinnehmen. Wir schmiedeten Pläne und wir würden zu unseren Leuten auf der Festung Königstein bald zurückkehren, um sie zu uns holen. Dies entweder mit oder ohne Unterstützung der schwedischen Behörden.

Epilog

Ihr kennt mich ja, ich bin Jan, Marcs Sohn.

Ich bin einer von denjenigen, die euch gemeinsam mit meinem Vater alles über diese grässlichen Ereignisse erzählen konnten. Ereignisse, die uns und unser aller Leben veränderten, die uns neue Freunde brachten, jedoch auch liebe Menschen nahmen. Ihr habt uns kennengelernt, mit all unseren Schwächen und Stärken. Ihr konntet mit uns mitfiebern, uns auf dem Weg begleiten und könnt von den Erfahrungen, die wir mit der Tragödie machen mussten, lernen.

Ihr erinnert euch. Seine ursprünglichen Träume konnte sich mein Vater Marc nicht mehr erfüllen und seine große Leidenschaft, die Vereinsfarben seines Fußballclubs, für die er eine besondere Loyalität verspürte, musste er, wie vieles andere auch, aufgeben.

Als alles seinen Anfang nahm, lebte er in einer bescheidenen Wohnung mit zwei Zimmern am Niederrhein. Heute, beinahe zwanzig Jahre später, befindet er sich zusammen mit mir und ein paar anderen Freunden in der Nähe von Stockholm und wir bereiten uns auf unser nächstes großes Abenteuer vor. Gleich startet die Expedition, die wir glücklicherweise mit Hilfe unserer neuen Freunde auf die Beine stellen konnten. Endlich fahren wir, gut bewaffnet und mit schwerem Gerät ausgerüstet, zurück zur Festung Königstein, um von dort unsere Leute zu holen.

Wie auch immer. Jetzt könnt ihr die Lage besser einschätzen, wenn es darum geht, die Bewältigung der Katastrophe und das, was damit auf uns alle zukam, zu bewerten. Wir alle machten uns vorher ja keinen

Begriff davon, wie man reagiert, wenn solche Zustände zu verkraften sind.

Also, wir erzählten euch von den Geschehnissen, die unsere Welt veränderten.

Vergesst nicht, die Katastrophe könnte auch euch eines Tages treffen.

Seid besser vorbereitet als wir!

ENDE